星舰联盟 | Path of Exile

罗隆翔

——著

之星涛流年

分歧者之岸

北方联合出版传媒（集团）股份有限公司

万卷出版公司

图书在版编目（CIP）数据

星涛流年 / 罗隆翔著 . -- 沈阳 : 万卷出版公司 , 2020.10
（星舰联盟）
ISBN 978-7-5470-5386-7

Ⅰ . ①星… Ⅱ . ①罗… Ⅲ . ①幻想小说 - 中国 - 当代
Ⅳ . ① I247.5

中国版本图书馆 CIP 数据核字 (2020) 第 114857 号

出 品 人：王维良
出版发行：北方联合出版传媒（集团）股份有限公司
万卷出版公司
（地址：沈阳市和平区十一纬路 25 号　邮编：110003）
印 刷 者：三河市嘉科万达彩色印刷有限公司
经 销 者：全国新华书店
幅面尺寸：145mm × 210mm
字　　数：280 千字
印　　张：10
出版时间：2020 年 10 月第 1 版
印刷时间：2020 年 10 月第 1 次印刷
责任编辑：张鸿艳
责任校对：高　辉
封面设计：尚世视觉
ISBN 978-7-5470-5386-7
定　　价：45.00 元
联系电话：024-23284090
传　　真：024-23284448

目录

一、立春时节君初到

祖先在太空中流浪了七千年。当年逃离地球的小小难民飞船群，在南门二使用当时还很不成熟的虫洞技术，逃到了不知多遥远的宇宙彼方，跟家乡失去了联系。

七千年是很漫长的时间，大家经历了从流放者兄弟会到星舰联盟的变迁。当初数百艘残破的逃亡飞船，化为今天数以万计横亘星海的巨舰。在流浪的早期，他们找不到适合人类定居的星球，只能以地球为蓝本，制造了名曰“星舰”的流浪星球；后来，联盟拥有了五百多艘地球般美丽的星舰，于是任何天然行星都无法引起大家的羡慕之情了。但回家，始终是大家心底最深处难以忘怀的梦。

故乡的唯一线索，是很久以前地球时代的祖先们在贵州深山里用巨型射电望远镜绘制的脉冲星分布图，那成百上千道波霎共同指向的交会处，就是太阳系的位置。在长达七千年的时间里，天文学家一直盯着苍茫的宇宙，寻找古老的星图中那些脉冲星的位置。当发现故乡的消息从最高科学院传出时，分布在数百艘星舰上的五百亿地球人后裔无不震惊、错愕。

素来冷静的星舰联盟，在一夜之间迸发出狂热的情绪，发出了共同的呼声："回家！回家！"

星舰联盟抽回了镇守在二十三个星区的全部航天母舰战斗群，巨大的巡天战列舰慢慢离开马尔斯星舰上空的卫星轨道，所有的民用工业全部暂停，转入战争模式，各星舰的征兵点人头攒动，因体检被刷下来的年轻人抱头痛哭。

回家了，星舰联盟跨越数不清的光年，踏上回家的路。

总有些不识相的外星文明拦路打劫，这时候，联盟军就会派出一支航天母舰战斗群。航天母舰宛如一轮小月亮，岩石外壳下的环形山隐藏着马蜂窝般的舰载机发射井，它自身的质量和极高的速度所引发的引力扰动就像巨舰在海洋上疾驰时掀起的巨浪，足以把行星拖离轨道。数不清的舰载机摧毁敌人所有飞行在太空中的飞船，把对手炸回石器时代。

还有些更难对付的外星文明，死死扛住航天母舰战斗群的攻击，所以他们有幸见到了最恐怖的一幕："炎帝号"巡天战列舰慢慢离开编队。这艘一百多公里长的长雪茄形巨舰，黑色的外壳绘制着红色的饕餮纹，那慢慢打开防护罩的舰艏，就像饕餮吞噬一切的幽暗巨口。这艘巨舰只有一门主炮，这一门主炮就占据了全舰 90% 的体积，炮身上安有飞船发动机、航天控制室、复合装甲和次级防御武器。一百五十公里长的舰身，炮管内部的引力轨道占了一百四十公里，一颗人造黑洞在炮管最深处生成。这门主炮有个绰号叫“后羿弓”，是毁灭星球的利器。

所有的舰载机匆匆飞回航天母舰内部，所有的中小型军舰都通过空间跳跃躲在航天母舰和巡天战列舰背对着恒星的阴影中。“后羿弓”发射，人造黑洞宛若死神，奔向外星文明的世界。

这种小型的人造黑洞并不稳定，但足以摧毁恒星了。它的引力并不足以束缚光线。物质从奇点崩解，散发出太阳般耀眼的光芒，包裹在空间泡中，利用空间膨胀速度可以远超光速的特性，一头扎进外星文明的太阳中。

恒星爆炸。原本应该在未来一百亿年里缓慢散发的能量在瞬间释放，形成强烈的新星爆发。爆炸的高能辐射以光速扩散，照亮夜空，恒星连同围绕着它的行星带，一同灰飞烟灭。

爆炸在巨舰群表面留下一道道高能粒子冲蚀的痕迹。舰队继续赶路，六艘巡天战列舰——黑底红纹的“炎帝”、金白交错的“宙斯”、深黑的“奥西里斯”、暗红的“罗睺”、棕色涂装的“奥丁”、金底水纹的“伊邪那美”无视新星爆发的冲击波，带着数十艘航天母舰，拱卫着上百艘星舰穿越这个星区，经过无数次空间跳跃，前往七千年来魂牵梦萦的故乡。

“当你看到了由三颗大小不一的太阳组成的世界，你就看见了故乡的南大门。”这个在流浪地球人中代代相传了几千年的传说，在舰队面前变成了现实。舰队回到了南门二，距离故乡的太阳最近的比邻星世界。七千年前，祖先们就是在这里打开虫洞，逃往未知的遥远深空。

少小离家老大归，漫天巨舰映星海。五百多艘星舰和它附属的飞船群停驻在南门二和地球之间，形成直径超过两光年的人造繁星，而故乡的太阳系，如果以奥尔特云为界，直径也不过 0.0047 光年。

太阳系故乡，狭小偏僻荒凉。故乡的云近在眼前，舰队却不能穿过奥尔特云重返地球。无论是星舰、航天母舰还是巡天战列舰，对这小小的太阳系来说都太大了，它们巨大的质量产生的引力，足以把太阳系内的行星扯离轨道，一旦贸然闯入，故乡就毁灭了。

远征舰队把所有的巨舰留在奥尔特云外，联盟军实力虽强，却不敢朝着故乡的太阳使用“后羿弓”，航天母舰战斗群在奥尔特云外包围了太阳系，大量的舰载机不得不长途奔袭，飞越上百个天文单位，为体积较小的二级舰队护航，与盘踞在太阳系内的机器人叛军舰队鏖战。长度超过五公里的星海巡洋舰利用激光炮组和空间泡武器清空了盘踞在奥尔特云、柯伊伯带的叛军，把水星、冥王星炸了个底朝天。它们高速掠过木卫二时，整个木卫二都在颤抖，被它的引力撕裂的地壳喷出赤红的岩浆，吞噬了机器人的城市。

不能再靠近地球了，百岁高龄的郑将军做出了艰难的决定，奥尔特云之外的航天母舰打开最大的几座环形山，体长不足两公里的星空驱逐舰、轨道护卫舰、行星登陆舰一艘接一艘升空，进入太阳系。这些小型军舰没有厚重的先进装甲，它们的出动意味着将要承受更大的伤亡。

行星登陆舰撒下数不清的登陆舱。英勇的战士们无惧生死，在金星和火星的残垣断壁中与机器人叛军交火。他们指示目标，让高踞大气层顶端的轨道护卫舰避开古代同胞们的殖民城废墟，实施对地精确打击。

最艰难的，是地球收复战。

作为一支长期专注于太空作战的力量，联盟军专职负责地面战的航天陆战队实力并不强。他们将近一千年没打过大规模的地面战，缺乏实战经验，也缺乏重型地面装备。在战前按照地球时代的编制组建起来的上百万陆军，装备着按照古代军事资料重制的坦克和装甲车，刚投入战场就在机器人叛军的冲击下一败涂地。联盟军非常仓促地补充地面力量，从星舰上调来星舰守备队、防暴警察，直至最后把命根子般的科学审判庭也送了上去，才算是勉强扭转局势。

纽约战役，身穿密闭式动力铠甲的航天陆战队员们穿梭在纽约古城废墟间，冷静地向着潮水般涌来的机器人叛军射击。阵亡的战友越来越多，陆战队中尉站在高处，拿着通信器，呼叫大气层外的星空驱逐舰提供火力支援。舰队答复："收到呼叫，请提供打击点的坐标。"中尉却沉默了，敌人盘踞的半截高楼，是帝国大厦的废墟。尼罗河战役，星舰守备队伤亡惨重，连长大声呼叫轨道护卫舰："全连战士只剩我一人！向我开……不，不要开炮，我身旁的土堆是……金字塔！"他抱紧最后一捆高爆炸药，冲向敌人。黄河流域战役，一名科学审判庭的督察官扔下单兵式电磁炮，对战士们说："前面是炎帝陵，不许呼叫对地打击！丢掉重武器，上刺刀！跟我冲！"

这场战争好漫长，当老一辈人发现地球故乡的坐标时，郑维韩将军已经年过古稀，退休在家。星舰联盟刚刚踏上回家之旅时，吃了几次败仗才想起这位从无败绩的老将，最高执政官亲自请他担任总司令，没想到这一出征，就是三十多年。

在地球收复的捷报传来前的五分钟，百岁高龄的郑将军躺在病房里，脑电波已经成了一条直线。胜利之后的凯旋仪式上，一身勋章的老兵们抬着总司令的棺椁，走在队伍的最前列。

胜利了，故乡却是回不去的。七千年的剧烈变化，地球环境已经不适合人类生存，小小的太阳系，也无法容纳五百多艘星舰，满足不了一个超级太空文明上百亿人口的资源需求。

太阳系真的很小很偏僻很荒凉，七千年的宿仇，放下时也是血淋淋的伤痛。这场代价惨烈的战争是纯粹为思念故土的信仰而战，没有任何利益可言，只在地球故乡的荒原上留下了无数看不见尽头的年轻墓碑。

对很多人来说，战争在郑维韩将军的棺椁被黄土慢慢掩埋的那一刻起就结束了；但对另一些人来说，他们的挑战尚未结束。

地球上遍布的古城废墟，既有纽约、上海、伦敦这种透着历史的浓墨重彩的著名城市，也有新熙雍市、铁壁城、深海原这种地球联邦末期为了抵御机器人叛军、隔绝生物圈崩溃后恶劣的环境所建造的堡垒化城市。但不管哪种城市，废墟的地下深处多有巨大的避难所，利用核电站的乏燃料棒改造成的核电池组至今仍能给地下城提供电力，只是电压低了很多。

哪怕是七千年后的今天，大量的物种灭绝导致地球的生态仍然无法恢复：大气中的氧含量偏低，二氧化碳和硫化物含量则严重偏高，森林完全消失，海洋大部分干涸，鸟类和脊索动物早已绝迹，只剩下各种嗜酸耐旱的枯黄杂草。负责清剿残敌、寻找古代避难所的士兵们穿着密闭式动力铠甲，鼻孔呼出的废气在面罩上形成两片迅速消失的小白斑。

新熙雍市废墟下，沉睡了七千年的避难所迎来了第一线光明，全副武装的航天陆战队员警惕地走进避难所：“663连呼叫总部，避难所似乎自行启动了苏醒程序，我们检测到里面休眠的古代同胞正在苏醒。”

“所有的救援队都出动了，没有多余的力量派给你们，请你们自行决定是否展开救援。”上级这样答复他们。但是地球故乡的地下避难所是如此之多，几乎每座大城市下方都有几个到数十个不等的避难所，救援力量捉襟见肘。

“我们动手吧，能救出一个算一个。”陆战队的中尉对随军的科学审判庭督察官说。

督察官听说过其他避难所发生的悲剧：那些在地下沉睡了七千年的地球同胞们在避难所的自动监控设备发现援军到来后，被全部唤醒。他们不知道地球环境早已不适合人类生存，兴奋地奔向荒凉的大地。室外的毒气涌入避难所，短短的几分钟内，几万名古代同胞只享受了片刻的自由，全部在低氧带毒的大气环境中死亡。

督察官同意了中尉的行动。

地下避难所里，中尉带着战士们警惕地前进，不时向上头汇报：“我们穿过了两道毁于战火的防护门，第三道门完好无损，我们需要考古学家的支援，破解门上的古代文字。”

微光夜视仪照出了门上七种不同的文字，写的可能是进入避难所的方法。古老的地球联邦不像星舰联盟那样有统一的文字，它由上百个国家组成，同时使用数十种文字，绝大多数是拼音文字。随着岁月的变迁、时间的流逝，口语发音的改变、单词拼写的变换，以及新的单词诞生、旧的单词逐渐被遗忘，很多古拼音文字已经很难破译。

科学审判庭的督察官走到门边，伸出手，握住门把。她身穿黑色的紧身型动力铠甲，式样和战士们的不同，但功能是一样的。铠甲的机械力量让古老沉重的钛合金门把缓缓转动，中尉大声说：“弓督！不要乱动！这些古代避难所往往有很多自动防御设施！我们要先破译门上的文字！”

“门上有汉字，人类工业时代后仅存的语素文字。”督察官说，“我懂的汉字古文以篆书版《诗经》为上限，更古老的就看不懂了，幸好门上不是甲骨文。”

他们走进大门，里面是迷宫般的走道，没有被机器人破坏过的痕迹。他们知道，古代人为了抵御机器人入侵，往往把避难所设计成迷宫，依托各种拐角和暗门与入侵的机器人叛军做殊死一搏。

应急灯亮起，战士们暗暗庆幸没有动用星际战舰毁灭性的对地攻击火力，尽管这让联盟军付出了巨大的伤亡，但是好歹没殃及这些深埋地下的避难所。

他们又发现一道刻着地球联邦时代多国文字的大门，督察官找到她唯一看得懂的汉字，照着文字提示慢慢转动门上几千年无人动过的转盘。沉重的钛合金转盘无论几万年都不会生锈，金属摩擦的声音让人头皮发紧。关闭千年的门重新打开，门后的冷气如同天宫中的云雾流淌在地面上。他们看见了一个巨大容器，古代同胞沙丁鱼般挤在一起，沉睡在零下两百多摄氏度的液氦中，像是一尊尊冻结的石像，瘦骨嶙峋的身材、卑微惶恐的面容，凝固千年。

一名士兵问：“他们没有单人式休眠舱吗？”

督察官说："我想是有的，只是单人式休眠舱数量不够，他们只能用这种简陋的设备休眠。"

陆战队员不胜唏嘘。继续往前走，穿过几道大门后，又一个大厅出现在眼前，这里终于出现了设备完善的单人式休眠舱，一排排的休眠舱数量多达百座，仍在正常工作。舱中的人沉睡着，衣服整洁、裁剪得体，地位显然比前面舱室沉睡的人高得多。有几个休眠舱空着，从舱中残留的热辐射来看，沉睡的人已经自行苏醒，躲进了避难所深处。

"中尉，我们检测到门后有人活动的信号。"一名士兵通过头盔的生命检测仪检测到这个大厅后面的另一扇门内有上百个人类活动信号。

中尉说："大家退下枪膛的子弹，上刺刀。小心避难所的自动防御设施。"他们进入避难所之前，执行的任务是清剿这一带残存的机器人叛军，并没有携带非致命性的镇暴弹药。中尉担心万一发生激战，破坏性极高的高爆弹药会伤及休眠舱中沉睡的古代同胞，现在只能选择威力最小的刺刀。

门突然打开了，各种重武器朝航天陆战队员开火，爆炸的威力掀翻不少休眠舱，很多人根本没有机会苏醒，就直接踏上了黄泉路。中尉高喊："别开火！我们是地球人！"

但这一点儿用都没有，督察官听到对方在用中尉听不懂的古代地球语言惊慌失措地大叫着，火舌疯狂喷吐。对方带入休眠舱的武器原本是为了防御机器人叛军的进攻，要么是穿甲弹，要么是碎甲弹，航天陆战队员身上的动力铠甲虽然坚硬，但是哪里防得住这些为了穿透机器人叛军动辄厚达几十厘米的装甲板而设计的大威力武器？

督察官张开手掌，手腕弹出一连串的乌黑金属薄片，在磁场的束缚下如同黑蝴蝶般翩飞，在空中画出一道道弧形，每道弧形都带起一蓬鲜血。在这漫长的归家之路上，她在联盟军中经历过大小战斗无数，面对敌人，早已养成条件反射般的防守反击习惯。

带着鲜血的薄片停在她手上，如活物般组合拼接成两道锯齿交错的窄刃型链锯刀，无声无息地滑行着。两指宽、四尺长，黑色亚光的刀锷上镶嵌着科学审判庭的特殊军徽。

“弓督！快住手！大家都是地球人！”当枪战停歇时，督察官才听到中尉的呐喊。航天陆战队在这猝不及防的袭击中死伤惨重，而对面的上百名袭击者更是生者寥寥。

督察官怔怔地看着门后面的尸体，他们破旧的军装上是昔日地球联邦军队的军徽，失去血色的脸仍然带着对机器人叛军的恐惧，因为航天陆战队的密闭式动力铠甲像极了双足行走的人形机器人。

中尉走到那些惶惶不安的联邦军幸存者面前，摘下头盔，大声说：“你们看清楚了！我是地球人！是你们等了七千年的援军！”

一声枪响，中尉的头颅碎了。这位经历过无数战斗的老兵，没有倒在归家之路上，没有倒在无数外星文明作战的战场上，没有倒在机器人叛军的履带下，却倒在了地球同胞的枪口下。

一名年轻的联邦军士兵用颤抖的手握住枪，恐惧地看着中尉尸身上动力铠甲胸前的军徽，他知道，这是凶残嗜血的太空海盗流放者兄弟会的徽章。

联盟正规军拥有久远的历史，它的前身是七千年前地球联邦军的死敌——流浪在太阳系外围的太空海盗流放者兄弟会。航天陆战队员胸前的军徽与当年的兄弟会徽章极为相似，铭刻着那段古老的历史。

黑刀子进，鲜血喷出，年轻的联邦军士兵看见督察官手中的窄刃链锯刀刺穿了他的胸口。链锯刀的刀镡上，审判庭的军徽和他胸前的联邦军军徽完全相同。

科学审判庭的历史比星舰联盟更久远，是独立于联盟正规军之外的最高科学院专属精锐卫队，它的前身是七千年前护送难民逃离地球的地球联邦残军，至今还固执地佩戴着地球联邦时代的军徽。

“弓督！快住手！”士兵们大喊，却唤不回她的理性。

弓雨晴，科学审判庭派驻陆战七师精锐 663 连的上尉级督察官，历经安第斯山阻击战、昆仑山血战、黄河流域会战等大小战役，身先士卒，率领 663 连立下无数战功。好几次，连长阵亡了，副连长阵亡了，她仍然牢牢地钉在阵地上，打退敌人一次又一次的进攻，被授予象征作战英勇的猛虎徽章，很多人背地里都畏惧地称她为“陆战七师的母老虎”。

弓雨晴被送上军事法庭，罪名是杀害了数百名在地下避难所里苏醒的古代联邦军士兵。很多战友、老上级，以及在血战中得到过她救援的友邻部队指挥官据理力争，力求轻判：千百年来，联盟军的对手都是各种敌对的外星文明，从没想过地球同胞会向他们开枪，当时那猝不及防的局面，实在是难分敌友。

最后她被认定为不适合留在地球上继续清剿残敌，被关了一个月的禁闭，并被勒令离开地球，返回星舰联盟，到人烟稀少的离朱星舰担任一个冷板凳职位。以她的战功，原本升任少校指日可待。

弓雨晴离开的那天，天上下起淅沥沥的酸雨，军事基地所在的山谷里氧气含量为19%。弓雨晴把黑色的审判庭制服塞进行囊，解开了这些年为了便于佩戴头盔一直盘着的发髻。

“脱我战时袍，著我旧时裳。当窗理云鬓，对镜贴花黄。”

陆战七师的军官和战士们在航天港外列队送别这位“母老虎”。仿古的油纸伞下，弓雨晴长发及腰，一袭雪色长裙，婷婷娉娉地走来。她没穿军装，似乎想和这些年的硝烟与荣耀划清界限。

飞船不小，是前往离朱星舰的特别航班，能容纳一千多名旅客。第一批被从地下避难所里解救出来的七百多名同胞也将乘坐同一班飞船，前往离朱星舰上的新家园。顺道一起返航的还有陆战五师的几十名科学审判庭战士。

弓雨晴刚坐下来，乘务员就过来提醒她：“女士，您好，这里是航空公司为审判庭的英雄们预留的头等舱。”

地球收复战中，以前很少曝光的科学审判庭展现了强大的战斗力，成为大家心目中的英雄，不管去到哪里，都会得到额外的礼遇。弓雨晴没穿制服，别人不认识她，她也不以为意，转身走进为古代同胞准备的经济舱，随便找了个位置坐下。

我们沉睡了七千年，醒来时，一切都不再是以前熟悉的样子。

杨牧亦记得进入休眠舱时，联邦军一败涂地。作为二等兵，他随时要拿起枪走出休眠舱与机器人叛军作战，没想到醒来时遇上的却是佩戴太空海盗流放者兄弟会徽章的对手。他记得自己开枪了，打死了对方，然后被一柄刻着联邦军徽的黑色长刀刺穿胸口。

经过一个月的抢救，杨牧亦捡回一条命，但胸口仍然隐隐作痛，只要闭上眼睛，那个一身黑色动力铠甲、头盔的眼睛部位亮着暗淡红光的魔鬼就浮现眼前，让他怎么都睡不安稳。他最近才知道那是科学审判庭的特殊战士，跟这艘飞船中那些穿着黑军装的人是同类。

飞船中的七百多名古代人畏惧地缩在座位里，听着乘务员用半生不熟的地球时代语言——英语、西班牙语、汉语，讲述这七千年来发生过的事情，讲述联邦军残军和流放者兄弟会怎样摒弃宿仇，联手带领难民们逃出生天；讲述联邦军残军的最后一位高级军官怎样受兄弟会首领委托，成为下一代兄弟会首领；讲述兄弟会怎样改组成星舰联盟、怎样从弱小的难民舰队变成雄踞宇宙一方的霸主。

很少人能听进去这段历史，对未来的恐惧感让这些人战战兢兢。一个老人用英语小声说："落在他们手上，我们不会有好下场的。"他是联邦议会上议院议员斯迪克。

南大西洋区独立大法官托马斯绝望地闭上眼睛，他永远不会忘记流放者兄弟会的由来：那些人，都是被地球联邦流放太空的重刑犯，被判罚子子孙孙永世不得返回地球。

讽刺的是，七千年前，地球联邦毁灭前夕，向所有的太阳系外殖民星都发出了求救信号，却得不到任何回应，那些殖民星趁机纷纷独立。七千年后，唯一回来拯救他们的，就是他们绝不愿看见的流放者兄弟会后裔们。

杨牧亦没有参与老人们的讨论，独自坐在远离老人们的靠窗位置上。别人不是高官就是巨富，自己只是侥幸存活的小兵，那个圈子他无法加入。

“这位置有人坐吗？”一个女生用汉语问杨牧亦。杨牧亦心头一荡，在新熙雍市，英语和西班牙语是常用语言，而汉语极少人会说。如今听到熟悉的语言，他只觉得眼眶有点儿湿润。

确认没有人坐之后，女生慢慢坐下。她的美，让杨牧亦紧张得心脏乱跳，脸颊发烫。

飞船起飞了，很快离开污浊的地球大气层，启动超光速引擎，太阳系很快被抛在身后，跨过浩瀚星海，进入一片似乎没有任何星体的空旷区域。

“我……我叫杨牧亦，请问……”杨牧亦试图用交谈缓解紧张的情绪。

女生说：“我叫弓雨晴。”

杨牧亦悄悄地打量着这个仙子般美丽的女生，她美得能驱散他心头的一切恐惧。

突然间，舷窗外的虚无空间亮起了涟漪般的光，他们越过一道由特殊能量场组成的戴森球壁，眼前的世界豁然开朗：数以百计的人造行星两两相伴盘绕成双星，互为“月亮”，上百对双星又围绕着一个共同的中心旋转，中心处没有恒星。杨牧亦心想那里或许有一颗肉眼看不见的人造黑洞提供引力，像是一个拥有五百多颗星球的超级太阳系排列在太空中，数不清的飞船穿梭在人造星球间。当飞船靠近其中一颗人造星球时，古代人惊呼起来。这些人造星球是类地行星和飞船的混合体，它们的南极矗立着巨大的飞船引擎，被冻结在晶莹的冰山中。南极之外是浩瀚的海洋，几块巨大的大陆板块从赤道到北极零散地分布着，像极了地球故乡。

飞船降落在离朱星舰，他们以为面对的将是太空文明先进的大城市，却没想到居然是巨大的岛屿上一座小小的城镇。小岛叫水虹岛，大概半个爱尔兰岛大小，离朱星舰的其中一个气候控制站就位于岛上。小镇叫水虹镇，隶属最高科学院，并不由联盟政府的民政部门管辖。镇长站在积雪尚未融化的小镇边，用生硬的地球时代语言表示欢迎。

小镇分为两个不同的区域，南面是城镇的老城区，曲径通幽的青石小路只可容五人并排行走，两三层的带庭院小木屋古风盎然，斑驳的青石墙攀爬着绿色植物，向外挑出的屋檐挂着风铃，在夜风中叮当作响，低矮的篱笆墙后的庭院里是精致的假山流水，院中不是青翠的小竹林就是常青的松柏，树冠上挂着初春的残雪。小镇的东区，看得出是匆忙赶建的，横平竖直的街道和北区一样宽敞平坦，但房屋的结构和南区精致古朴的老房子如出一辙。

居民们用刚学不久的古代语言带领古代贵客们入住小镇东区，杨牧亦却站着不动，他融不入那些有身份的大人物的世界。

"不想跟他们住在一起？那我们走吧。"弓雨晴的声音像是冰冷的世界中温暖的阳光。她也有不想融入的人群，这座小镇的居民以最高科学院基层员工和科学审判庭战士为主，她想暂时忘掉自己的老兵身份。

"这儿的天气好冷。"杨牧亦缩着脖子，试图寻找跟弓雨晴共同的话题。

弓雨晴说："今天是立春，地球古代二十四节气的第一个节气，星舰的气候是以地球环境为蓝本的。"

小镇西头尚未融冰的湖泊后有一栋小别墅，那是弓雨晴的新家。水虹岛上的居民并不固定，有人搬进，也有人搬出，但不巧最近没有空房子，杨牧亦只能暂住在弓雨晴家。

“二楼是客厅，你住三楼，四楼是我的住处，不许上去。”在杨牧亦住进来之前，弓雨晴一直是独居，这小别墅三百多平方米的建筑面积，每一层都划分为三四间房间，她也不因空荡荡而觉得难受。

次日清晨，杨牧亦起床后盥洗完毕，走进客厅，却看见弓雨晴已经准备好早餐。她斜扎马尾，穿着蓬松的厚绒睡衣，倒有几分俏皮。她问他昨晚睡得可好，他觉得整个世界都美丽起来了。

这里没有童年时就伴随着杨牧亦的枪炮声，也没有闷嗡嗡的过滤器里带着机油铁锈味的人造空气，只有早起的鸟儿在清新晨风中的树杈上叽叽喳喳地叫，恍若置身古早的地球时代林间小镇中。

甚至，连最近一直困扰着他的那个手持黑色链锯刀的审判庭军官都没有再在他梦中出现。取而代之的，是出现在梦中的弓雨晴。

二、雨水纤末两生随

“大家好，我是女主播琴琴！半个月之前，来自地球的古代人搬进了这座封闭的小镇，也许会发生很多有趣的事情！从今天开始，我将潜入水虹镇，向大家直播古代人在现代小镇的生活！”

空荡荡的地铁车厢里，周琴对着摄像机练习着台词。真空磁悬浮地铁越过雪山、跨过草原、横穿海底，驶向水虹镇。水虹镇终究是很偏僻的地方，旅客极少，但连接星舰上每一座城市和小镇的两小时高速地铁网属于基础交通设施，就算旅客再少，地铁也会照常运行。

泡面熟了，周琴打开泡面，不顾形象地呼噜噜吃起来，她从早上起床到中午就只吃过这一顿饭。太阳系战役把联盟政府的财政都掏空了，这些年经济很糟糕，她只能尽量把钱省下来买化妆品，毕竟在摄像机前做直播，形象是最重要的。

周琴连泡面的汤水都舍不得放过，喝了个底朝天，接着把纸碗搓成一团扔进垃圾箱，掏出小镜子精心补妆，然后对着镜头晃动着她的特别通行证："这是我好不容易弄到的特别通行证哦！没有这证件，就没办法走进神秘的水虹镇！"

水虹镇到了。周琴拖着比她还重的一整箱直播设备，走进空荡荡的镇级地铁站，在安检门前刷了通行证，防爆门才慢慢打开。她走出地铁站，天公不作美，初雪消融后的春天，小镇烟雨迷蒙，介于需要打伞和不用打伞之间，空气冷飕飕的。地铁站小广场对面的酒馆聚着三三两两的酒客，酒馆旁边是暖意盎然的小咖啡馆，再旁边就是小镇唯一的小超市，街上行人打着伞，走在雨水湿透的青石板小路上。

一把仿古油纸伞在小超市门前打开，弓雨晴一身雪狐绒暖袍，身旁是提着大包小包的杨牧亦。杨牧亦拿出一盒生鲜肉，疑惑地问："'雷克萨斯暴龙肉'的联盟通用文是这样的写法？"他最近苦学联盟通用文字，想尽快解决语言问题好找份工作自食其力，现在勉强识得一些字。

"雨晴姐！"周琴看见弓雨晴，三步并作两步跑过去，试图扑到她怀里。弓雨晴侧身避过她。她脚底一滑，整个人摔在地上。

"你谁啊？"弓雨晴皱眉问她。

周琴说："我是'七十七号娱乐频道'的女主播琴琴！"

"没听说过。"弓雨晴带着杨牧亦离开，这种网络节目女主播多如牛毛，绝大部分她都不认识。

周琴穷追不舍："我任职的公司是'远古娱乐'，就是老牌电视节目《今日星舰》的东家，这个节目的王牌主持人、战地记者安德鲁还直播过您的炎帝陵攻坚战呢！您那句'上刺刀！跟我冲！'可帅气啦！您认识安德鲁吧？"

“不认识。”弓雨晴的脸色比水虹镇的天气还冷。她很讨厌安德鲁，炎帝陵攻坚战时，明明局面那么严峻，战士们都抱着必死的决心冲出战壕，偏偏后头还跟着个做直播的记者，让人不得不分心保护。

周琴仍不放弃：“‘远古娱乐’的新东家郑清音您认识吧？”

弓雨晴皱眉，停下脚步。周琴说：“您没看新闻吗？郑氏集团上个月收购了我们公司 25% 的股权，成为新的东家。郑清音是郑维韩上将的孙女……”

“不认识！”弓雨晴的声音更冷了。她和郑清音的关系不太好，从小到大，不管琴棋书画还是打架，郑清音永远压过她一头，只有单身这件事两人平分秋色。

“阿史那雪教授您认识不？”周琴抛出杀手锏。

弓雨晴问：“你认识我的老师？”

周琴得意地炫耀手中的特别通行证：“如果不认识阿史那教授，我怎么弄到这通行证？”

杨牧亦听不懂她们用联盟通用语的聊天，只以为她们是认识多年的老朋友。周琴跟在她们身后，不停地说着自己的计划：她要结交些朋友，对古代同胞进行采访，但是眼下最重要的是租一栋带大阳台的精致小别墅，雨天可以在家里喝着热茶吃着精致的点心写通讯稿，晴天可以在大阳台上涂防晒霜晒晒太阳。当然这一切她只能幻想，干瘪的钱包让她租个地下室都压力很大。

“我觉得湖泊对岸的房子很符合我的梦想！”周琴指着一栋漂亮的小别墅说。

弓雨晴没好气地说：“真有眼光，那是我家。”

周琴缠着要住进去，铁了心要省下一笔住宿费，弓雨晴也只能无奈答应，她知道阿史那教授不是一般人能见到的，真让这丫头露宿街头，哪天老师问起可不好回答。

一路上，周琴都看着杨牧亦手中的东西流口水：雷克萨斯暴龙肉、新斯摩棱斯克鹿肉、亚尔夫海姆星舰的红酒、亚细亚星舰的松茸、冈瓦纳星舰的食用蕨类……全都是除非有男人买单，否则她自己一个人绝对舍不得买的好东西。

一进家，周琴就拉着弓雨晴的手跑上四楼房间，关上房门，蹦上舒适的布艺沙发。周琴原本以为弓雨晴的家会像她在沙场上的形象那样冰冷坚硬，没想到却是寻常女孩子家温馨的陈设，沙发上放着几个可爱的毛绒玩具，窗边案几上摆放着一架古筝。她麻雀般叽叽喳喳地想要弓雨晴说打仗的事，但弓雨晴黑着脸一言不发。

周琴再次说了想采访古代人的愿望，弓雨晴问她："会说古代人的语言吗？"她回答说："昨天刚开始自学！"

弓雨晴只能无奈地翻了翻白眼，周琴却打开行李箱，摆弄她那些大大小小的无人机，随口说："听说在这种小镇上用无人机需要审判庭的督察官批准，你知道水虹镇是哪位督察官负责监督吗？"

"是我。"弓雨晴没好气地回答。她知道除了闭着眼睛批准也没别的办法，不然这丫头迟早会缠得她发疯。

无人机冒着细雨飞出窗外，去小镇东区的古代人聚居地寻找周琴想要的直播画面。星舰联盟近六百亿人口，只要有十万分之一的人想看古代人那些无聊的日常生活，那也是非常庞大的数字，可以为她带来可观的直播收益。

周琴找出投影仪，一幅幅无人机拍摄的画面浮现在房间里。

周琴听说过，蜥蜴的尾巴断掉后还会长出来，蚯蚓被切成两段就会长成两条蚯蚓，小丑鱼失去了唯一的雌性首领后最强壮的雄鱼就会变成雌性充当新首领，地球联邦政府总统被机器人叛军炸死就会再选一个总统。

小镇东区的几百名古代人正在忙着组建地球联邦临时政府，他们选了东区最高的一栋小屋作为临时政府所在地。年迈的前联邦议会上议院议员斯迪克被推选为临时总统，任命了一群内阁部长。从没当过官的零售业巨头钱先生一步登天，担任了财政部长一职；至关重要的联邦星球殖民部长，则由前南大西洋区独立大法官托马斯担任。

这种事弓雨晴是不管的，在她看来，不过是一群官欲熏心的老家伙在玩过家家罢了，难道还能翻了天不成？

但是，东区的那帮古代人还真的想把天翻过来，他们砍伐了村庄周围的几棵树，做了木头栅栏把东区围了起来，立了块牌子禁止星舰联盟的“低等居民”进入，在专供东区居民的救济粮供应站门前贴了“联邦政府财产”的封条，大声宣布供应站里的所有食物是属于地球联邦的财产。供应站的工作人员一脸困惑地看着封条上他们不认识的古代文字，不知道这些老人在折腾什么。

他们还任命了征税员，对水虹镇的居民征税。当征税官趾高气扬地踏进小镇的酒馆，试图收取第一笔营业税时，被酒馆老板拎着衣领丢了出去。

“这是暴力抗税！我现在宣布，要动用武力保证税收工作正常进行！”临时总统斯迪克把拐杖敲得咚咚作响，在临时政府办公室里愤怒地说。

联邦防务部长转身走了出去，找他新晋升的六名将军商议对策，将军们面面相觑，最终只挤出一句话：“我们兵力不足。”

东区的五百多名居民中，有一百多名部长级高官、两百多名富豪和他们的家眷，两百多名年薪超过百万的企业中高层管理员，二十名后勤人员，三名在避难所苏醒后跟科学审判庭交过手侥幸没死的士兵，其中两人是少尉，一人是中士。

防务部长陷入了沉默，他记得当初大家进入休眠舱时，计划都制订得很完美。新熙雍市的地下避难所里有五百多个性能可靠的休眠舱供他们休眠，还有三个巨大的集体式廉价休眠室沉睡着五千多名普通劳动者，外加三百名随时可以唤醒的联邦军队士兵，一旦全部醒来，就可以组成一个完美的金字塔式社会结构，重建人类文明。

但问题是，士兵们苏醒时遇上了发疯的科学审判庭督察官，被杀得只剩三人，而那沉睡着五千多名普通劳动者的集体休眠室听说出故障了，最终醒来的只有二十人。

一位将军说：“我们需要摸清这个镇上的武装力量！余伊中士，这事交给你负责！”

“不！我们需要先征税！”财政部长反驳说。

“两件事情同时做。”总统斯迪克和稀泥。于是两项沉重的任务都压在了余伊这个小人物身上，大人物通常只负责指手画脚。

余伊硬着头皮，和征税官一起离开东区，再次踏进西区的小酒馆征税。事实证明，多一个人于事无补，酒馆老板和正在喝酒的警察局长古铁雷斯把他俩拎起来，一人一脚，踹出了门。

“我有一个能征到税的办法，不知道你愿不愿做。”余伊从地上爬起来时，想到了一个点子。征税官决定试试。

十分钟后，征税官拄着一根木棍，点头哈腰走进小酒馆，手中捧着个破碗，一名酒客往破碗里扔了两个钢镚儿。征税官走到下一名酒客面前，又讨到几块钱。第三名酒客也给了他两块钱，还善意地提醒：“下次在碗上贴个二维码，这年头很多人不带现金。”

征税官拜访了二十户人家，短短两个小时就用这方法征到了五百多块的税款，回到东区之后，得到了临时总统斯迪克先生的称赞。余伊心里直嘀咕：你们这些高高在上的大人物都不知道什么叫讨饭吧？

在“讨饭”的过程中，余伊摸清了水虹镇的武装力量总人数：全镇就四名警察，包括警察局长古铁雷斯、两名副局长和一名兼职端茶倒水的女辅警，接的案子大多是谁家的猫爬树上下不来，谁家的晾衣架子被啄木鸟啄坏了之类。

水虹镇是很典型的空心镇，年轻人大多去大城市工作了，全镇三千多居民，有一千多人是留恋乡下自然风光的老头老太太，一百多名手无缚鸡之力的气候监测站工作人员，剩下的一千多人除去女人孩子不算，有反抗能力的人并不多。

防务部长和六名将军在水虹镇的地图上圈圈点点，讨论该如何动手：“首先，我们得弄到一批武器，四个警察估计不难对付。”

三名跟审判庭军官交过手的士兵心有余悸，互相使眼色，最后把军衔最低的余伊推了出来。余伊壮着胆子插嘴问：“各位将军，你们确保这小镇上没有科学审判庭的人？我们几百个战友，打不过对方一个审判庭军官……”

他早被审判庭吓破胆了，只要半夜合眼，就能看到那个穿着刀枪不入的黑色动力铠甲的审判庭军官，提着黑色的链锯刀向他们走来，于是一身冷汗地惊醒，夜不能寐。

一位将军丢下笔，一脸不悦。

酒馆里，老托马斯发现了一个免费骗酒喝的方法，他正襟危坐，一副联邦政府发言人的架势，大声叱责星舰联盟是非法政权："所有的地球联邦殖民星都必须得到地球联邦政府的许可，才算是合法政权！你们没有向联邦政府申请成立许可！"

铁塔般的壮汉古铁雷斯问："地球联邦灭亡前夕，不是向所有的地球人后裔都发出了求救信号？我们拿着求救信号回来拯救故乡，有什么不对？不过迟到了七千年。"

托马斯说："我们只给合法的殖民星政府发出求救信号，不包括你们这些流放犯的后代！"

有酒客给托马斯塞了五十块钱纸币："这是我私人赞助的船票钱，你不妨买张船票回地球去吧！"

老托马斯也不客气，把钱塞进口袋，继续慷慨激昂地发表抨击星舰联盟"非法政权"的言论，直到下午四点半，他才慢慢站起身，离开酒馆。

"真是有趣的老头，有他在这里放狗屁，我的生意比以前好了不少。"酒馆老板对警察局长说。

老托马斯揣着钱，走进小镇唯一的超市，当他提着大包小包的食物走出超市时，遇上了匆匆赶来的周琴：“托马斯先生，刚才您的言论太精彩了！我可以直播您的发言吗？”她是通过无人机看到的。

老托马斯眼皮翻了翻，对这打扮得花里胡哨的小丫头并没有多少好感。周琴在他耳边小声说：“直播收入咱们可以分成！我七你三怎样？”

“我四你六。”老托马斯说。

“我七你三，你那三成不含税！”周琴讨价还价。

老托马斯考虑了一下，说：“可以，但是有个条件，给我说说星舰联盟的事。”

“好！”周琴接过老托马斯手上的食物，给他慢慢说起星舰联盟的各种琐事。老托马斯很认真地听着，抽丝剥茧地捕捉着自己想要的信息，只觉得从小超市到东区的道路太短。迷蒙的烟雨中，一老一少绕着西区的环镇小路走了一圈又一圈，不知不觉走到西区尽头的湖泊，远远看见余伊，还有弓雨晴和杨牧亦。

弓雨晴想给周琴物色一个新住处，她不喜欢跟这种蹦来跳去叽叽喳喳脑子空空的女主播待在同一个屋檐下。

“你还活着？那一刀没捅死你？”这是余伊遇见杨牧亦时说的第一句话，狗嘴里吐不出象牙。弓雨晴有点儿尴尬，她不敢让他知道那一刀是她捅的。

余伊大声质问杨牧亦为什么当逃兵，居然和流放犯的后代搅和在一起。杨牧亦低着头，他是地球联邦的二等兵，最渺小的炮灰，余伊是中士，是他的顶头上司，但是论年龄，他们同岁。

这人，在新熙雍市的地下避难所见过！弓雨晴想起来了，当时交战，这人大声喊着让士兵往前面冲，自己却躲在最后面。弓雨晴从骨子里讨厌这样的军官，让勇敢的士兵冲到前面送死，怯弱的他却活了下来。这样的人，只会玷污她心目中引以为豪的地球联邦军徽。

余伊大声要求杨牧亦跟他回去，弓雨晴抓住余伊的脖子，一记膝撞狠狠地撞在他的小腹上，余伊痛苦地蜷缩在地上，像一只烤熟的虾。“走吧，我没心情散步了。”弓雨晴对杨牧亦说着，转身沿着湖泊边的石子小路往家的方向走去。

杨牧亦左右为难，弓雨晴收留了无处可去的他，但老上级余伊让他回到那个并不愿意接纳他的东区，要他继续为那些老人卖命。他的前半生一直都在玩命工作和失业之间不断循环，直到被强征入伍。他不想背叛地球联邦，但也不愿意再给那些人当马前卒。

余伊掏出一把匕首，冲向弓雨晴。这是他贴身藏着带上飞船的，也是他现在唯一的武器。弓雨晴侧身避过刀锋，余伊刹不住脚，跌进湖泊，撞破薄得像纸片的冰面，在冰冷刺骨的水中呼叫着挣扎沉浮。

弓雨晴对余伊的呼救声充耳不闻，杨牧亦慌了，说要救救余伊。弓雨晴说：“我还没见过不会游泳的军人。”

杨牧亦大声说：“我们那个时代谁会游泳？那时的地球根本没有可以游泳的水！”

弓雨晴一愣，她见过那个时代的地球视频资料，只是没往这方面细想。那时的地球生态圈已经崩溃，破坏殆尽的植被无法积蓄雨水，滂沱的酸雨迅速形成洪水，天晴后又在短短的几天内带着大量的泥沙流失，紧接下来就是旱灾。城市只能靠巨大的蓄水池积攒雨季时酸臭的泥浆水，通过工业化的层层过滤和蒸馏，得到勉强可以饮用的水。

余伊已经没顶，只剩两只手在水面上扑腾，弓雨晴却在犹豫要不要救他。扑通！周琴脱下外套跳下水，奋力朝余伊游去，把他拖上岸。周琴在初春的冷风中瑟瑟发抖，弓雨晴只好脱下外套披在她身上。

余伊落水狗般湿漉漉的。刚缓过气的他，突然抄起地上的匕首，挟持周琴，把刀子架在她的脖子上，大声说："全都不许动！杨牧亦你给我马上归队！回到……"

话没说完，弓雨晴一脚踢在余伊脸上，她高跟鞋尖锐鞋跟的杀伤力不亚于狼牙棒。余伊血流满面，弓雨晴的腿旋风般踢在他的脸上、身上，让他无法招架。她边踢边骂："我踢死你这恩将仇报的东西！"

"雨晴姐！这样会踢死人的！"周琴冲过去，紧紧抱住弓雨晴。余伊连爬带滚，落荒而逃。

托马斯悄悄躲进一条小巷，避开余伊。

回到家后，时间已经是傍晚，弓雨晴带周琴上楼换衣服，让杨牧亦煮些姜汤，做个晚饭："随便你怎么煮，能吃就行。"

周琴喝了点儿热腾腾的姜汤，才算是稍微安慰了被惊吓的三魂七魄。弓雨晴接了个电话，郑清音打来的。虽说她讨厌郑清音，但是涉及公事，也只能把个人喜恶放在一边。

但是郑清音不讨厌弓雨晴，谁会妒忌一个样样都不如自己的人呢？

周琴找到一本相册。在这个大家都习惯于电子照片的年代，会拍成实体照片珍藏的，通常是最珍贵的回忆。她翻开相册，里面全都是弓雨晴战斗间隙跟战友们的合影。

“战地记者安德鲁替我们拍的，”弓雨晴说，“照片上很多人都战死了。”

安德鲁也死了。众所周知，他留在世上最后的直播视频是一发炮弹朝着镜头射来，他留在世上最后的遗物是一缕带血的金发。弓雨晴说她讨厌安德鲁，但是女人说讨厌一个人时，未必是真的讨厌。

“这张……”周琴翻到一张人数特别少的照片，顿感疑惑。

弓雨晴说：“这是陆战七师精锐 663 连老兵合影。潘帕斯战役前，全连一百六十人，打完潘帕斯战役，只剩照片上的十二人。”

周琴看见他们胸前都佩戴着很多勋章，其中最显眼的是黄河流域勋章、唐古拉山勋章和潘帕斯草原勋章。这几场战役都非常惨烈，战士十去九不还，所以这类勋章又被称为“活烈士”勋章。他们在战后往往会成为军队的教官、精锐骨干，凭着鲜血换来的战功一路平步青云，升任高级军官，甚至成为将军。

弓雨晴指着照片说：“这位是代理连长雷泽尔中尉，他旁边是代理副连长阮少尉，再旁边是反装甲电磁炮手辛格少尉，后面这个巨人般的大个子是机枪手古铁雷斯上士……大家原本说好，等到战争结束，大家要好好喝一场，不醉不休……”弓雨晴光着脚，抱着膝盖坐在沙发上，眼角带着泪花。

周琴小心问：“后来呢？”

弓雨晴摇头不语。这些百战老兵，眼看胜利在即，却在新熙雍市地下避难所解救古代同胞时，倒在同胞的枪口下。

杨牧亦敲门，晚餐做好了。弓雨晴开门，走下楼。晚餐是水煮雷克萨斯暴龙肉、水煮鹿肉、水煮松茸、水煮食用蕨类，甚至水煮红酒——

来自地球战争年代的杨牧亦不懂什么厨艺，只知道把食物煮熟了能充饥就行。

与此同时，小镇东区，临时总统斯迪克用征税官讨来的钱按级别高低给政府高官们发了第一笔工资，最高的有五十块钱。没有人知道联盟币换算成地球联邦货币值多少钱，所以也没人知道这笔工资是高是低。

殖民部长托马斯拿出了从小超市买回来的牛肉，二百五十克一盒，总共十盒，每盒三块钱联盟币。每名部长的眼睛都发出了贪婪的绿光，在地球联邦末期，畜牧业早已绝迹百年，人类只在冷库中见过祖辈们库存的牛肉，每一份牛肉都能拍卖出五千万元以上的天价。每个人都在心里做了个简单的算术题，觉得这五十块钱工资是折合联邦货币八亿多元的巨款。

托马斯轻声叹气，像是在看一出荒诞剧。

门突然被推开了，初春的冷风灌入室内，冻得高官们一阵哆嗦。一身冰水冻得嘴唇发紫脸发白的余伊跌跌撞撞闯进室内，倒在地上缩着身体发抖，他带来了杨牧亦还活着而且还叛变了的消息。

一个二等兵的叛变，惊动了地球联邦临时政府最高层，毕竟他们总共就剩下四个兵。斯迪克总统怒不可遏，他知道，有了第一个叛徒就会有第二个，如果不立即采取雷霆手段，叛徒会越来越多，直至地球联邦临时政府彻底解体垮台。

“逃兵必须死！格杀勿论！”

三、惊蛰旧甲应若悔

万里赴戎机，关山度若飞。朔气传金柝，寒光照铁衣。将军百战死，壮士十年归。

惊蛰天的第一场雷雨，痛痛快快下完了就云开天晴，小镇森林湿漉漉的，湖泊小荷尖角初露，早有蜻蜓立上头。家里别墅向着湖泊挑出的水岸阳台上，弓雨晴搁下毛笔，满意地看着纸上的书法《木兰辞》。

周琴享受着这春日里阳光明媚的晴天，数着这些天给托马斯做那些一本正经却又荒诞可笑的网络直播赚了多少钱。最近赚的钱虽然不多，但是已经比过去每天只能吃两顿泡面充饥强多了。

落地窗后的客厅里，为杨牧亦准备的午餐已经凉了，电视播放着新闻：在地球上打扫残敌的航天陆战队正计划分批撤离，却突然遭到机器人叛军袭击，死伤惨重。地球上的机器人叛军首领只要有一个逃脱，过个十天半月就又复制出一群叛军首领，每个首领都像白蚁产卵般制造出漫山遍野的机器人士兵。

新闻还说，第二批三千名从集体式冷冻室里救活的同胞已经开始前往星舰联盟，预计将分散安置在各星舰上由科学审判庭把守的偏僻小镇中，等他们慢慢适应了新生活后，再逐步融入社会。

下一条新闻是星舰联盟各城市失业人群爆发抗议示威，他们要工作、要钱养家糊口。

“喏！雨晴姐，你就说说炎帝陵攻坚战时，怎么杀死那个叛军首领的呗！”周琴把录音笔摆在宣纸边。

弓雨晴关掉录音笔，问：“你说姜炎衣？”她提起毛笔在宣纸上寥寥几笔，勾勒出地球城市的钢筋水泥废墟，一名额间妆点着梅花印的人偶娃娃孤独地坐在废墟中，那忧郁的眼神，像是等待父母回家的孩子。她在画纸上写下“姜炎衣”三个楷书汉字，周琴不懂汉字，她又在旁边配以联盟通用文的字母拼音，又添几笔，人偶娃娃身后出现了机器人叛军的身影。

“她真的那么美吗？”周琴只见过大战过后安德鲁拍摄的叛军首领姜炎衣的残骸，小小的衣服沾满机械润滑油，小小的残肢裸露着扭曲的集成电路。一名女军官在现场大喊：“通通烧掉，一粒芝麻大小的芯片都不能留！只要有一点儿残留，这小魔鬼就能重生。”

弓雨晴说：“不美毁不掉地球联邦，那个时代的人对漂亮的东西毫无抵抗力。”说话间，她手中的毛笔又婉转勾勒出劈波斩浪的旧航母，钢铁的藤蔓缠绕在航母破碎的舰岛上，一个人偶娃娃吹着海风，安静地坐在航母锈蚀不堪的雷达上，宣纸上出现了人偶的名字：津波玲子。

周琴好奇地问：“你对付过的机器人叛军指挥官不止一个？”

“嗯。”弓雨晴很敷衍地回答着，手中的毛笔又勾勒出一个波希米亚风格打扮的人偶娃娃，坐在一辆被击毁的坦克上。

周琴问：“你见过的人偶娃娃最强有多强？”

真是哪壶不开提哪壶，弓雨晴觉得身上的旧伤有点儿疼。她又展开一张宣纸，笔墨勾勒，一匹苍白孤狼傲立风雪之中。她捻碎一叶初春的嫩草，为苍狼点上绿色的眼珠：“想知道人偶娃娃的恐怖，你可以问问那些古代同胞。”

周琴问过托马斯，但是只要提起这话题，他就全身发抖，一双皱巴巴的手紧紧捂住沟壑纵横的老脸，豆大的泪水从手指缝中滑落，颤抖得一个字都说不出。

周琴托着腮帮子看弓雨晴画画，咕哝说：“我还不如问杨牧亦，他最近拼命找工作，好像吃软饭伤到他的自尊心了。这些年就业环境那么差，工作只怕不好找。”

“我找到工作了！”杨牧亦的声音远远传来，他一路小跑，急不可耐地想把这消息告诉弓雨晴。他开门走进家，冲上二楼阳台：“月薪一千五！在距离小镇两公里的气候检测站当清洁工！”

周琴打趣说：“恭喜！你就努力工作存钱娶雨晴姐呗！”她才不会告诉他，这点儿薪水连弓雨晴的工资零头都不到。杨牧亦一路跑回来，衣服上沾了泥浆水，他换过衣服，又急匆匆离开，连午饭都顾不上吃。

弓雨晴搁下笔，将午饭打包，对周琴说：“我出去一趟。”

余伊带人潜伏在通往监测站的森林里，他好不容易打听到杨牧亦找到了新工作，将会从这里经过。连续半个月的刺杀失败，让斯迪克总统极为恼怒，联邦临时政府开出了金额高达十五块钱的悬赏令，让很多因为刺杀失败而垂头丧气的人又鼓起勇气投身到了刺杀行动中。

杨牧亦出现了，余伊自恃人多势众，掏出匕首，大声喊："弟兄们，上！"

身后鸦雀无声，余伊记得自己明明带了两名士兵和七八个年轻人。森林小路上只有杨牧亦吃惊地转头看着他。

余伊慢慢转头，发现人都跑光了，弓雨晴提着饭盒，站在他背后。余伊双腿发抖，不敢动，这半个月来，他和手下的弟兄没少被弓雨晴修理，早已被吓成惊弓之鸟。

"记得吃午餐，不然对身体不好。"弓雨晴根本不理会余伊，对杨牧亦说。

杨牧亦接过午餐，连声道谢，两人像情侣般并肩走在林间小路上，安静的森林深处有河水蜿蜒流过，隔绝了镇外的野兽。

他们并肩慢慢走远，杨牧亦不小心碰到弓雨晴的手，只觉得内心一阵悸动。在他二十六年的单身生活中，他还是第一次碰触年轻女性的手。

弓雨晴说："走路去监测站上班有点儿危险，明天我开车接你。"

杨牧亦轻咬着嘴唇不说话。他见过弓雨晴的车，一辆敞篷跑车、一辆反重力悬浮车并排停在车库里。他不敢问她的工作和收入，他这半个月里，找工作处处碰壁，虽说自己并不气馁，但弓雨晴却看不下去了。昨晚他瞥见弓雨晴悄悄地躲在阳台边打电话，今天面试时，面试官只走了个形式，就当场录用了。

阳春三月孩子脸，阴晴不定说变就变，豆大的雨点噼里啪啦打在余伊脸上，冰冷，却不像地球故乡的酸雨般烧灼皮肤。他哭了，趁着雨点覆盖了他的泪水，趁着雷声掩盖了他的哭声，痛痛快快地大哭了一场。

余伊觉得自己是个从来没打赢过仗的废物。作为地球联邦的军人，他率领的部队曾经在机器人叛军面前一败涂地，他对自己说那是钢筋铁骨的战争机器，输了很正常；他的部队曾经遇上叛军首领——那些鬼魅般的人偶娃娃，全军覆没只剩他一人逃生，他对自己说那是人力无法匹敌的机器魔王，能捡回一条命已经不错了；地下避难所里，他的部队几乎在瞬间被科学审判庭的军官消灭殆尽，那把乌黑的链锯刀狰狞的锯齿不知多少次把他从梦中惊醒，他还可以骗自己说那是别人的科技太先进，惨败在所难免。

但这半个月，他屡次被女人揍得面目全非，还有什么理由可以作为失败的借口？

余伊站在雨中，饥肠辘辘。老头子斯迪克已经放出话了，地球联邦临时政府不养闲人，不提杨牧亦的人头回来，连面包屑都没得吃。他从昨晚到现在，都没吃过饭。

弓雨晴又出现了，打着古雅的油纸伞。余伊缩着脑袋，雨水顺着湿漉漉的头发在脸颊上汇成溪流。他们擦肩而过。余伊捏着匕首，手在发抖。弓雨晴听到了余伊肚子饥饿的咕噜声。

“吃吗？杨牧亦吃剩的，我不知道他不爱吃青椒。”弓雨晴把吃剩的盒饭放在余伊面前。弓雨晴走远了，余伊急不可耐地打开盒饭，蹲在大树下狼吞虎咽。记得在地球上，在他的部队被机器人叛军击溃后，他带着残存的部队在废墟中逃难时，和战友们不止一次在残垣断壁的垃圾桶里找吃的。

这残羹剩肴真美味，他这辈子第一次吃到这么可口的食物。他不敢相信杨牧亦居然交上了弓雨晴这么漂亮厨艺又好的女朋友，心中既羡慕又妒忌，对杨牧亦的恨意又深了几分。

雷雨中，余伊回首看看身后的水虹镇东区，又看看前面群山上的气候监测站。他吃干净盒饭的最后一粒饭粒，四顾茫茫，不知何去何从，犹豫了好一会儿，才慢慢向监测站走去。他就像被掏掉大脑的僵尸，只知道走向有杨牧亦的地方，至于怎样刺杀，他也没主意。

泥泞的山路，余伊一脚高一脚低地徒步了几公里，来到监测站前，看见了杨牧亦。一道玻璃墙隔开了他们，玻璃墙外的余伊像个无家可归的落汤鸡，玻璃墙里的杨牧亦正靠在墙边，很认真地看联盟通用语教材，监测站其实很干净，并没有多少清洁卫生工作要做。

余伊靠着玻璃墙坐下，和杨牧亦隔着玻璃背对背，杨牧亦感觉到了墙后有人。

“二等兵杨牧亦，日子过得不错啊，比我这无家可归的野狗强多了。”余伊隔着墙对他说。

杨牧亦不作声。余伊说：“不枪决逃兵，就不会有人敢用血肉之躯阻挡敌人去保护身后的平民，所以逃兵必须死。这规矩你记得吧？”

杨牧亦说：“记得。”

余伊说：“斯迪克要我杀你。”

杨牧亦说：“我不想死。”

余伊说：“我也不想杀你，毕竟在东亚第一次见面时，你和我都来自被姜炎衣毁灭的联邦部队，你来自远东 208 师，我来自南亚 16 师。我们结伴北逃，被编入乌拉尔近卫 5 师，转眼间又被叶卡捷琳娜麾下的机器人叛军打残。我们逃过整个欧亚大陆，到达新熙雍市，被编入护城守备师，过了一段短暂的安稳日子，直到那头青色眼睛的白色母狼出现……”

杨牧亦沉默，一路逃难的战友情，不是说忘就能忘的。

余伊说：“星舰联盟是不会放过你的，你杀过他们的航天陆战队军官，总有一天你会暴露身份，会被他们处死。”

杨牧亦抚摸着胸口的伤疤，小声说：“我只是怕死，怕被他杀，才开枪的。如果当时知道他不是敌人，我不会开枪。”

余伊说：“我想弄批枪支，推翻星舰联盟，重建地球联邦。你知道哪里能弄到枪吗？”

杨牧亦说：“你做不到的，星舰联盟远比你想象的强大。”

余伊说：“当年面对机器人叛军时，你也哭丧着脸说叛军太强大，咱们没法活下来。好几次都是我硬拽着你逃走。”

杨牧亦不作声。

余伊大声说：“就算是失败，我也要拼一把！给我弄杆枪！送死我去！”

杨牧亦心里直嘀咕：“我是孬种我怕死，你也别逞英雄，咱们当中不怕死的早死在地球战场了。”

余伊说：“如果你知道的话，请告诉我，哪里能弄到枪。”

杨牧亦说：“这座监测站下就是军火库的入口，防守很松懈。”

余伊问：“你怎么知道的？”

杨牧亦说：“刚才搞清洁时，不小心推开门看了一眼，但是我没敢走进去。”

余伊说："谢谢，下次遇到你，我会枪口抬高半寸。"他走了，他想洗劫军火库，但现在显然不是好时机。

杨牧亦自言自语："我意志很薄弱，想收买我很容易，有饱饭吃、有地方住就够了。"

但是在地球联邦末期，流民遍地，饿殍遍野，就连这个卑微的条件也很难满足。

惊蛰天的雷雨一直下，森林里，很多动物在大树下躲雨，天上的雷鸣让它们感到恐惧。弓雨晴看到了一头缩在树下淋得湿漉漉的狼，狼不惹她，她也不惹狼。她走过河上的小桥，狼仍然蜷缩在树下，徒劳地抖着身上的雨水。

过了河就是水虹镇的镇区，野生动物如果不是饿急了，通常不会靠近人的城镇。雨水在弓雨晴的油纸伞边缘汇聚成珠帘般的水珠。镇中心的小广场上，她看见东区的古代人缩在屋檐下，畏惧地看着天上的积雨云。据说地球联邦末期的很多人都生活在带有防护罩穹隆顶的大城市里，他们当中不少人是第一次看到雷雨。

广场西面有家小酒馆，酒馆老板是个很有同情心的人，他在酒馆外墙上装了一台大电视机，每天都在播放星舰联盟的新闻，试图用这种方式让这些古老的客人了解星舰联盟，适应新生活。但效果似乎适得其反，那些古代人看见流放犯的后裔们过得比他们幸福，往往会很愤怒。

今天的新闻并不新，它在联盟已经发生过很多次了。最高议会前的广场上，几拨人正在高举标语抗议，一拨人要求政府拨付更多的财政资金，拯救沉睡在地下城避难所里的古代同胞；另一拨人要求政府减税和增加福利。

老托马斯今天不在酒馆里，听说在家陪小孙子。酒客们跟这个夸夸其谈的老头熟悉之后，多少都有点儿同情他——他的儿子儿媳都死在机器人叛乱中了，剩下个未成年的小孙子和他相依为命。

今天的酒馆中多了个自称是富商的人，神秘兮兮地问酒客能不能借他点儿钱，还说他有上百亿的资金在银行里，因为地球联邦分崩离析取不出来，等到重建地球联邦，所有借钱给他的人都可以得到一百倍以上的回报。这种抱着过去美梦不放的古代人，在东区并不算少，重建地球联邦好像是他们重回富裕生活的唯一指望。

下雨天的水虹镇在周琴眼里很无趣，这里没有大城市的娱乐场所，她闲得只能玩手指，闲得发慌了就拿出手机唱歌、自拍，故意唱走调，录了视频发上网，像小丑般取悦观众："大家好！我是女主播琴琴，现在请听我唱一首地球时代的老歌《掐死你的温柔》。"

这些无趣的搞笑视频只带来稀少的点击量，甚至远不如她拍摄弓雨晴画的水墨人偶娃娃带来的点击量大。周琴失望地丢下手机，在别墅里走来走去，突然发现别墅大门旁瑟缩着几个年轻人，面有菜色，瘦得让她心痛。

周琴打伞走出去，开门让他们进来躲雨。这几个年轻人的衣服很旧，手肘膝盖部位的衣料都磨起毛了。为首的年轻人怀里抱着一个小罐头盒，里面有几个钢镚儿。虽说这些年经济不景气，很多人失业，但穷到这份儿上的还真没有，失业救济中心最不缺的就是衣服和食物。

“我们的总统疯了。”一个年轻人低着头，鼓起勇气说，“他引入了末位淘汰制。”

周琴皱起眉头。

年轻人小声说起东区发生的事：临时总统斯迪克对人浮于事的地球联邦临时政府非常愤怒，于是按照大家的地位高低和财富多寡做了个排名，并按照排名高低重新分配水虹镇的慈善机构免费提供的面包和衣服。排名在最后的自然是二十多名没有任何背景的普通人，斯迪克让他们全都滚出去工作，为联邦政府筹集更多的活动经费，筹到经费最少的人会被剥夺地球人身份，踢出地球联邦。

“依法流放太空！”斯迪克阴森森的声音好像就在周琴耳边。

周琴记得中学时代，历史老师说过：在地球联邦时代，流放被作为死刑的替代方案，把罪犯塞进飞船往外太空一扔，算是榨干最后一点儿利用价值。流放者发疯地寻找可以生存的星球，如果他们发现了适合移居的星球并活了下来，联邦的殖民星开拓舰队随后就到。在陌生的星球上建立新家园，这些罪犯又会被塞进飞船，扔往更遥远的太空。

那些飞船的可靠性很糟糕，星舰联盟归来时，在太阳系外围发现了很多残破的古代移民船，它们已经在航线上飘浮了几千年。最近有个作曲家写了一首很悲伤的歌，叫作《祖先们带我回家》，描述的是星舰联盟在返回太阳系的最后一段旅途中，靠着散落太空的祖先遗体指引的航线回到了故乡。

周琴掏出口袋里所有的钱——总共只有五十块零五毛——放到年轻人的罐头盒里。周琴说：“我不太习惯带现金，如果你们有银行账号，我倒是可以用手机多转点儿钱过去。”

他们连声道谢，冒着雨赶赴下一家门前乞讨。这些古代人总想着靠讨钱来筹集经费重建地球联邦，看着都让人心疼。

几个年轻人讨遍了整个并不算大的水虹镇，收获不多。他们战战兢兢地回到东区时，总统斯迪克正在大发雷霆，他派去收税的二十多个人，总共才收到十八块零五毛钱，其中六个人还是空手而归。

“滚出去！剥夺地球人身份！滚出地球联邦！”斯迪克的咆哮声像是炸雷，在众人头顶响起。

年轻人拿出了怀中罐头盒子里的五十块零八毛钱，斯迪克终于转怒为笑，在他耳边阴森森地说：“好样的，我们很快就能筹到钱，招兵买马，联系地球联邦各殖民星，共同推翻星舰联盟！”他到现在还不知道各殖民星在七千年前就纷纷独立了。

正在这时，余伊回来了。

“余伊中士？你又带了多少钱回来？”斯迪克的脸色阴了下来，余伊每次都是空手回来，带回来的从来没有好消息。

余伊大声说：“我找到了军火库！给我几个人，我们今晚就去弄武器！”

斯迪克让他带走了那几个没讨到钱的人，说如果失败了，就别回来，随便找个地方自生自灭。地球联邦不养吃闲饭的人。

余伊带着人躲在森林里，趁着监测站的人换班的当口潜了进去。军火库的入口别说没人站岗放哨，连锁都没有。从陈设来看，只是临时存放废旧军火的防陨石地下城，并不是正规的军火库。他们顺着楼梯慢慢摸索到地下城深处，迷宫般的走道尽头，一支巨大的 GAU-8 型 7 管加特林机炮顶着余伊的额头。余伊闻到了尿臊味，他身后有同伴吓尿了：面前是一台 M25 型履带式战斗机器人，地球战场上最常见的机器人叛军类型之一，身高四米多，四根手臂都是巨大的加特林机炮。

同伴们都慢慢举起了手，余伊第一个发现了叛军身上的弹孔："这机器人好像被打坏了。"

他们小心翼翼地向前走，各种类型、各种大小的机器人整齐排列在地下大厅里，有潜航型机器人"海鬣狗"，无人机型机器人 FA-35Z "球状闪电"……全都是外壳还算完整的报废品。这里与其说是军火库，倒更像战利品展示大厅。

走过最后一个机器人，他们终于看到了染了血污的动力铠甲和能用的枪支——大部分是联盟军的航天陆战队密闭式战士铠甲，少部分是黑色的科学审判庭紧身型动力铠甲；武器有枪支，也有用于飞船舱室内短兵交战的链锯刀。一套套铠甲矗立在地下城里，像是阵亡将士的墓碑。

"这枪很沉重。"一个瘦弱的年轻人吃力地从铠甲边拿起电磁突击步枪，枪柄上用联盟通用文刻着主人的名字：陆战七师精锐 663 连，雷泽尔中尉。

在地球战场上，战友们曾经约定好，活着的时候并肩作战，死后遗留的铠甲和枪械就是大家的墓碑，要存放在同一个仓库里。如果人真的有灵魂，大家还可以像活着的时候那样，背靠着铠甲和枪支坐在一起聊聊战场上的热血岁月。

余伊看到大厅尽头插着的黑色链锯刀，它的式样跟别的链锯刀都不同，又细又窄，刀锷上是地球联邦的军徽，两排交错的锯齿凝固着黑色的血污。

这，似乎是曾经刺穿杨牧亦胸口的那把刀。余伊用力拔起链锯刀，刀身上刻着主人的名字：科学审判庭上尉督察官，弓雨晴。

这行字体是大篆，余伊看不懂，以为只是装饰性的花纹。

四楼，弓雨晴坐在沙发上，脸色很差，雪白的纸巾擦拭过嘴角，留下一抹血红。周琴很担心她的身体，她只是无奈地笑了笑："这是旧伤了，是炎帝陵血战时，姜炎衣留在我体内的碎片。"

周琴听说过，有些老兵体内残留有弹片，做手术也取不出来，弹片随着血液循环，在全身漂移不定地游动，在血管中生锈。弹片就像埋藏在体内的定时炸弹，没发作时像个没事人似的，一旦碎片划破血管，伤及重要的内脏，人就会在很短的时间内死亡。

"碎片一定是随着血液流动，伤了弓雨晴的肺。"周琴不安地想，"下次会伤到哪儿？是脑血管还是心脏？"

弓雨晴拿过周琴的录音笔，想给自己的战场故事留下点儿音频资料，楼下却传来开门声，杨牧亦回来了。弓雨晴吃了一片止痛药，对周琴说："别让杨牧亦知道这件事。"

周琴好像有点儿明白了，为什么弓雨晴会邀请萍水相逢的杨牧亦住在一起，她的命不长了，想在死去前好好谈一场恋爱。

四、春分若梦故人回

蓬莱星舰羲皇市，百花开时梅花独凋零。

作为最高科学院下辖的执行机构，科学审判庭本部位于科学院大楼一墙之隔的大院内。科学审判庭本部分为合议处和执行处两大部分。合议处的成员由最高科学院的顶级学者组成，在这里，科学家们商议着哪些技术允许民用，哪些技术必须严加管控，制定各项科技禁令，交由执行处的军官们负责监督执行。

从执行处到合议处，需要穿过梅花零落的庭院。一名黑色制服的审判庭将军穿过庭院，走进深深的走廊，走廊两边悬挂着各种科技灾难的大幅照片，从地球时代的切尔诺贝利事件、博帕尔毒气泄漏案，到毁灭地球联邦的第七次机器人叛乱，再到流放者兄弟会和星舰联盟时期的各种触目惊心的惨案，时刻警醒着后人不要滥用科技。

合议处的 2 号办公室。科学审判庭里最高的七名轮值大督察官之一，由最高科学院生命研究所的副所长阿史那雪教授兼任。

科学禁令并非一成不变，一些原本被禁止的科技，比如记忆提取、克隆人、永生技术，经过科学家联席会议商讨，可以在严密监控下特许使用。其中永生技术这一项，在科学院的顶尖学者身上被广泛使用，避免随着年龄的增长，优秀学者被死神带走而导致无可挽回的损失。

永生的寿命让阿史那雪可以自由选择自己身体的年龄，毕竟越美的女性，越不愿以白发苍苍的模样出现在世人面前，哪怕她是久负盛名的大学者。将军毕恭毕敬地将材料交到教授手上：“这是古代人复活项目的进展情况，一切都在审判庭的严密监督下正常进行，目前复活的几千名古代人，将按计划分散安置在审判庭直属的远离大城市的各小镇中。”

阿史那雪的身体是永恒的十七岁，韶华年好，一双眸子是湖水般的青绿。将军的板寸头每一根头发都白如霜雪，他今年七十多岁了，但在活了几千年的阿史那雪教授面前，他不敢言老。

“这七十多名古代人，要送到水虹镇？”阿史那雪在名单上打了一个圈，这些人大多在二十到三十岁间，正值盛年。

将军回答说：“是的，毕竟是从新熙雍市废墟里复活的，提取了休眠仓库中大脑的记忆和 DNA 信息，重新克隆复活。郑氏集团的董事长郑清音建议把这些人送到水虹镇去。”

郑清音是阿史那雪的爱徒，很懂得讨老师的欢心。将军看见教授桌面上放着一本 21 世纪初出版的科幻小说《与机器人同行》，扉页有作者的亲笔签名。这本地球联邦成立之前的书能保存得如此完好，也算是罕见，一定是郑清音高价买来送给老师的古书。

阿史那雪披上雪白的风衣走出门，将军紧随其后。

庭院里，梅花瓣落了一地。这些梅花瓣惯例是不打扫的，它会一直留到腐烂成泥，成为新生嫩草的营养。将军问：“阿史那督，如果梅督还活着，咱们的地球收复战伤亡会不会小很多？”

阿史那雪停住脚步，看着梅花树上抽叶的嫩芽，说：“不知道。”梅督已经过世三千年了，三千年来这个院子从没变过，每逢微风吹拂过梅林，她都好像能听到梅督欢快的脚步声从林下的青石板小路传来。

负责复活古代人的生物实验室离科学审判庭总部很近。实验室的工作间里是上百排人体修复舱，它修补人类在漫长的休眠中损坏的器官，重启生命循环。淡蓝色的液体中，古代人正在慢慢醒来，赤身裸体地瑟瑟发抖。他们走出容器，茫然地看着苏醒后陌生的环境，穿上工作人员递上的第一件衣服。审判庭的人持枪保护着工作人员，避免那些刚刚走出修复舱的古代人惊慌失措之下对其造成伤害。

审判庭的将军阅读过有关新熙雍市的历史资料，从那些残缺的故纸堆中，看到过一段让他不安的介绍：新熙雍市，在第七次机器人叛乱中，被一头青眸白狼摧毁。

将军知道，地球联邦末期，随着生态圈的崩溃，狼群已经灭绝，“青眸白狼”自然不会是指真正的狼群，它指代的是什么？只怕已经永远是个谜了。

阿史那雪看着审判庭的战士们持枪护送古代人离开实验室。古代人低着头，双手抱在脑后，依次走出大门，语言不通、环境不同让他们非常惶恐，分不清眼前这些陌生人是敌是友。

有人抬头看见了阿史那雪，人群中起了一阵小小的骚乱，但很快被战士们重新恢复了秩序。阿史那雪看见了一个熟悉的身影：新熙雍市最后一届选美大赛季军——舒小妘。她比历史资料上的照片瘦了很多，在新熙雍市毁灭前的那段最后的时光里，只怕过得不是太好。舒小妘也看见了阿史那雪，她惊慌地低头，双脚像灌了铅般沉重地往前挪。

不许讨论坏消息——这是地球联邦末期，蔓延在新熙雍市里的“潜规则”。很多人都看见了阿史那雪，却都把恐惧埋在心底，没有人向身边的人提起她。

风水轮流转，七千年河东，七千年河西。七千年前，星舰联盟的祖先们被流放时，这些人却在地下城里悠闲地讨论着星际开发板块股票的涨跌，盘算着新送走的移民们将为地球带来多少财富。那些到达陌生星球的人、死在移民路上的人，对他们来说只是些枯燥的数字。

这批复活的古代人被强行塞进飞船，飞船升空，驶向让他们恐惧的未知世界，正如星舰联盟的祖先们被流放时那般惊慌。

离朱星舰，水虹镇。春分时节的雷阵雨来得快去得也快，毕竟这个节气的雨不会下太久的。

傍晚时分，弓雨晴和杨牧亦在湖泊上泛舟，天边的彩虹穿过火烧云，大小不一的四个太阳映着雨水洗过的天空逐渐沉到天尽头的群山中。星舰联盟的五百多艘星舰正停泊在南门二，南门二的世界有三颗大小不一的太阳，加上星舰卫星轨道上可以自由调节亮度的人造太阳，一共四个太阳。

杨牧亦看着天空说：“很漂亮的彩虹，我第一次见！”生物圈崩溃后的地球是看不到彩虹的，那时的地球大气层只有终年不息的沙尘暴，把太阳遮挡成咸蛋黄的颜色。

弓雨晴微笑，笑得很甜，杨牧亦突然看见她也在看着彩虹，好像突然明白了什么：“你名字的意思好像是……”

“雨后彩虹。”弓雨晴说。

跟弓雨晴在一起的日子是很快乐的，杨牧亦开始学一些以前从来没有机会去学的东西，比如下厨。在过去的日子里，他总是以为把各种天然的动植物烹饪成食物是很原始的行为，以为高科技的世界就该以人工合成的糖类和蛋白质为主食，现在才慢慢懂得这种古老的艺术蕴含的乐趣。

红霞在天边留下最后一抹色彩，小镇华灯初上，他们把晚餐地点换到小船上，泛舟浅湖中，吟起古老的诗词，倒也是一种乐趣。

天上群星渐现，分不清哪些是星舰联盟的人造星体的光芒，哪些是来自联盟之外的真实星光。杨牧亦不知喝了多少，醉眼迷离地靠近弓雨晴，离她红扑扑的脸不足一厘米。不知道杨牧亦是真醉还是借酒装疯。

“别乱来哦！不然我一古筝把你杵到水里去！”弓雨晴将手指放在古筝上，微笑着警告他。

他原本想附庸风雅吟诗作对，据说有些女生喜欢这套，他只知背诵古诗，而她却知道古诗所配的古曲。古筝的弦在弓雨晴的玉指下跳跃，配着她用古汉语吟唱的诗词，失传已久的平仄古语发音在她的唇齿间重现。

杨牧亦问她：“这些失传几百年上千年的古曲谱你是从哪儿弄来的？”

弓雨晴说："收复地球之后，考古学家们对全球的文物古迹进行了抢救性发掘。他们把整个地球的每一寸土地的地下都扫描遍了，发现了很多失传已久的古书竹简。要给你弹奏一曲《广陵散》吗？"

"失传几千年的《广陵散》？"杨牧亦倒是听说过这古曲的。

弓雨晴说："这曲子刚出土时，整个星舰联盟都轰动了，每次演奏会都是一票难求呢！"

"我……以后再也不敢跟你聊诗词了，我完全招架不住……天上的星星好像在变换位置？"杨牧亦抬头看着星空，满天星斗在他身后的池塘中碎影粼粼。

弓雨晴轻吟："醉后不知天在水，满船清梦压星河。"

天上的数百艘星舰宛若巨型太阳系般盘旋，慢慢轧过璀璨的银河。

快乐的时间总是过得很快，才晚上八点半，杨牧亦已经醉卧于弓雨晴膝上，发出轻微的鼾声。弓雨晴脱下外套披在杨牧亦身上，怕他着凉。警察局长古铁雷斯打来电话，向弓雨晴汇报将有新的古代人到达的消息。

胸口隐隐作痛，弓雨晴不知道体内的碎片什么时候会要了她的命。

警察局二楼，周琴咕嘟咕嘟地往咖啡里吹气泡，看着局长古铁雷斯忙里忙外。他原本答应了接受周琴的采访，谈谈对这些来自古代的新居民们的看法，但是新居民的飞船即将降落，让他忙个不停。

"这节骨眼上就是事情多！"有警察抱怨说。

周琴在笔记本上写了一行字：那些古代人偷了军火库的枪支。然后又把这行字划掉。她原本以为自己挖到了个爆炸性的大新闻，后来却被告知这个新闻不能报道。压力不光来自警方，她的顶头上司还亲自打电话过来说，如果敢把这消息曝出去，她就马上卷铺盖滚出公司。

周琴的手机拍下了弓雨晴相册中和战友们的合影，她的战友活下来的很少。周琴拿起手机，比对着忙来忙去的警察局长。照片上的古铁雷斯身穿重型动力铠甲，铠甲上全是激战过后留下的弹痕，大腿和手臂上的辅助动力结构比他的腰身都粗。身高接近两米的他，穿上铠甲之后变成了两米半高的钢铁巨人，手里提着三百多公斤重的六管加特林重型反装甲机关枪，长长的弹链从机枪延伸到背上巨大的弹药箱中。战友们在他庞大的重型动力铠甲上涂鸦了热血澎湃的标语：打垮机器佬！解救地球同胞！

“放弃监测站？那他们还不得把下面的军火都搬空了？上头脑子进水了吗？”古铁雷斯朝着电话大声吼。

电话里的声音也毫不客气地吼回来：“把保护居民放在第一位！别的都是次要的！上头没钱付抚恤金了！你们都给老子好好活着！”

古铁雷斯问：“是谁决定把第二批新居民丢到水虹镇来的？嫌这里不够乱？”

电话那头说：“是咱们的大金主，郑氏集团的董事长郑清音！她在包括水虹镇在内的东叶市下辖十六个镇的投资项目，提供了全市70% 的税收！想反对？摸摸你的钱包再说话！”

周琴把对骂都听在耳朵里。东叶市是不足五十万人口的小城市，水虹镇更是小得可怜，它不像人口上亿的新郢市、新长安市那样拥有活跃的经济和多样化的税源。在以前，因为缺乏财源，东叶市非常萧条，直到郑氏集团决定在这里投资，才改变了这里的经济状况，代价是郑氏集团成了这里的太上皇，任何本地官员在资本的力量面前都得点头哈腰。

古铁雷斯，这个在地球战场上活下来的铁汉子，面对上司的怒骂，也只能沉默了。他看着窗外的东区街口，路灯下，那些古代人堂而皇之地把军火库里刻着他名字的加特林机枪扛了上来，架在街口，他却无可奈何。

古铁雷斯叫来麾下的三名警察：“你们挨家挨户通知西区的本地居民，做好最坏的准备。要是事态失控，大家就撤离小镇，到北面的老基地避一避。”

警察离开后，古铁雷斯打开武器柜，柜门上贴着战友们的合影。他看见照片上的弓雨晴，无奈叹了口气，他不怕死，但是上级让他袖手旁观。

“古铁雷斯大叔，给我说说炎帝陵的血战呗！”周琴打开录音笔，等着古铁雷斯说故事。

古铁雷斯坐回椅子上，对她说起当时的情形：很多战友都倒下了，弓雨晴的鲜血从黑色紧身型动力铠甲的破损处渗出，流过手臂，顺着黑色的窄刃链锯刀滴落。古铁雷斯第一次近距离看见那些毁灭故乡的小魔鬼——机器人叛军首领，美得精致的人偶娃娃，第一次看见传说中无敌的人偶娃娃在弓雨晴的链锯刀下被撕出芯片纷飞的伤口。灰色的血液，黏糊糊的，濡湿了人偶美丽的衣服。

“灰色的血……”周琴想起了历史博物馆中见过的地球联邦末期视频资料，流露出恐惧的眼神。在那些古老的画面中，人偶娃娃受伤后流出的血迅速吞噬周围，铺天盖地的灰潮漫过荒野、吞噬城市，年轻的地球联邦军人在灰潮中挣扎、惨号，被灰潮活生生溶解消化。

人偶娃娃诞生的初衷，是作为善解人类心意的小孩子玩具，拥有极高的人工智能，走入千家万户。在经历了六次大规模的机器人叛乱之后，人类对几乎所有类型的机器人都心怀恐惧，严防死守以防发生灾难。外形精美的人偶娃娃却一改人类对机器人的抵触，极受市场欢迎。

没有人知道，谁是第一个在人偶娃娃体内加注飞船用的纳米维修液的“天才”。这种液体会自动分解身边可以利用的物质，维修损坏的机器。这个小小的改动，让精密易坏的人偶娃娃拥有了非常强大的自我修复功能，哪怕是被顽皮的小孩子丢到公路中间被车轧扁，也总能缓慢地修复躯体，锃亮如新。

跟那些发生过大大小小的安全事故，甚至引发了六次机器人叛乱的“前辈”相比，人偶娃娃只发生过一次事故，但这次事故就是毁灭地球联邦的最后一根稻草——第七次机器人叛乱。

当这些用于家庭的机器人偶背叛人类，当人偶娃娃身上的灰血落在地上，迅速增殖繁衍成铺天盖地的灰潮，人类的末日就到来了。跟前面六次叛乱的前辈们完全不同，她们深谙人类的思维模式，人类对付老一辈机器人的战术在她们面前很难起作用。

古铁雷斯坐在周琴面前，慢慢说：“炎帝陵前的大战，我们遇上了跟祖先们相似的困境，除了核弹和对地战略激光炮，没有多少武器能真正伤害这些小恶魔。为了避免破坏文物古迹，我们不能使用毁灭性的重武器，战斗力并不比地球古代的联邦军队强多少。灰潮吞噬了我们很多战友，链锯刀划破人偶的外壳，切碎她们的高能电池引发爆炸，她们的残骸在灰潮中重组，我们却被炸得人仰马翻。在我被爆炸掀翻，失去意识的前一刻，我只看到弓督拄着链锯刀，顽强地站在灰潮中……”

周琴问："这么说，你也没看到雨晴姐和姜炎衣的血战？"

古铁雷斯把手指埋在自己短短的头发中："见过的人，都死了。老实说，我不相信人类的血肉之躯能和人偶对抗。"

周琴没有再问下去，只看见弓雨晴慢慢走上警察局二楼。她还是那一身宽松的休闲服，长发扎成斜马尾，像是邻家小姐姐，根本看不出是在战场上和可怕的人偶厮杀过的老兵。

在普通人眼中，科学审判庭的战士向来是神秘又强大的，他们来自星舰联盟最神秘的三艘巨星舰，那是最高科学院的本部所在地：蓬莱星舰、建木星舰、瑶山星舰。

"那些人，准备搞事情。"弓雨晴站在窗边看着东区那些聚集在路灯下的古代人，对古铁雷斯说，"我打过电话给郑清音，她一副唯恐天下不乱的样子，我不知道她在打什么算盘。"

古铁雷斯问："总督察那头有消息吗？"他指的是弓雨晴的顶头上司，掌握整个离朱星舰科技审判权的行星级总督察。

弓雨晴说："他让我好好养伤，别操心工作。"换言之，掌握市级审判权的弓雨晴被架空了，上头直接越级指挥小镇的警察局长古铁雷斯。在行星级总督察和市级督察之间，原本还有负责整片大陆的洲督察，但由于离朱星舰人烟稀少，仅有五座小城市和七十多个小镇，洲督察这个级别就被省去了。

广场小酒馆外墙的电视机在播放新闻，星舰联盟试图和前地球联邦太阳系外各殖民星建立联系，但得到的只有各种敌视的目光。每个殖民星政府都自诩为地球文明的正统继承人，排斥身为流放犯后裔的星舰联盟。

“杨牧亦呢？”周琴问弓雨晴。

弓雨晴说：“睡了，在他的房间。”她看见余伊正挥舞着她的链锯刀。

古铁雷斯看着夜空中出现的飞船说：“飞船降落了。”但是没有上头的许可，他们只能眼睁睁看着这些古代人搞事情。这次没有西区居民迎接来自古代的同胞，只有东区自封“地球联邦临时政府”的官员站在飞船前接待。

久别重逢，自然是喜悦的，七十多名古代人惶恐不安地走出飞船，迎接他们的却是熟悉的同胞。这些人在新熙雍市里，大多是普通的技术工人和中低层平民，其中不少人在绝望之际也拿起枪抵抗过机器人叛军。当他们在陌生的世界里看见斯迪克、托马斯这种平时只能在电视上看到的大人物时，竟然喜极而泣，有种孤立无援时找到队伍的依赖感。

临时总统斯迪克站了出来，拄着木头削成的拐杖，白发白胡子像铁丝般威严。他面对这些初来乍到的人，声音洪亮地发表演讲：“……我们被扣押在太空海盗流放者兄弟会的后裔们组建的星舰联盟里，他们偷走了地球联邦的科技、财富和一切我们引以为豪的荣耀……”

周琴对着手机的自拍镜头说：“地球联邦从来没有这么先进的科技，原来是被我们偷走了？”

斯迪克大声下令：“我们弄到了一批武器，但是缺少勇敢的年轻人。让我们勇敢反抗！推翻星舰联盟！夺回属于我们的一切！”

无人响应，这些年轻人麻木得像行尸走肉。斯迪克再次呐喊，疯狂地舞动手中的拐杖，用煽动性的言语试图唤醒他们。终于有几个人小声回应了，斯迪克备受鼓舞，演讲声慷慨激昂，让人着魔，这一次，全员如梦初醒般大声回应。

一个瘦小的女孩却躲在最后面，她是舒小妘，似乎是本能地害怕这种狂热的场面。

水虹镇只有四名警察，却要面对近八十名武装暴徒。六十多岁的酒店老板提着猎枪，带着一群同样年迈的酒友，自告奋勇地站在警察身边，说要帮忙抵御这帮来自古代的疯子。

弓雨晴走出警察局，古铁雷斯跟在身后，周琴躲在警察局二楼偷偷拍摄即将发生冲突的画面。直播古代人在新时代的生活给她带来了不少网络点击量，她已经告别了吃泡面的贫困生活，成了小有名气的网络女主播。

不等谈判专家从东叶市赶来，不听古铁雷斯的任何喊话，第一声枪响，来自古代人手里的阵亡战友雷泽尔中尉的电磁突击步枪！

弓雨晴猝然出手，闪电般的速度撕破空气，人群根本没反应过来，她一个人就放倒了八十个古代人。古铁雷斯在战场上无数次见过弓雨晴这鬼魅般的速度，他一直以为那是科学审判庭高科技的黑色紧身型动力铠甲提供的速度，现在才愕然发现，这竟然是弓雨晴本身的速度！

人类的血肉之躯原本不可能这么快。在地球生物中，也仅有少数几种能短暂地达到这突破音障的速度。

不少古代人落荒而逃。弓雨晴走回己方阵营，古铁雷斯正要说些什么，她却猝然倒下，嘴角慢慢渗出鲜血。

古铁雷斯扶着她，大声喊：“快！快叫医生！”他知道她是旧伤复发。地球战场上和姜炎衣大战留在体内的碎片竟然在这种时候发作。

舒小妘躲在角落里瑟瑟发抖，她梦魇般的记忆里，毁灭新熙雍市的“青眸白狼”，就是这种惊人的速度。

同样躲在另一条小巷里瑟瑟发抖的，还有酒醒后遍寻不着弓雨晴的杨牧亦，他顺着喧嚣的人声来到这里，却看见了这让他恐惧的一幕。他也同样见过毁灭新熙雍市的那头“青眸白狼”。

逃回东区之后，斯迪克焦虑地来回踱步，他需要找个替罪羊来背这草率发动攻击的黑锅。他看到了余伊，余伊手中链锯刀上的军徽此时特别扎眼。老家伙怒吼：“余伊！我让你摸清这个镇的武装力量，你竟然漏算了这么危险的敌人！你要为今晚的失败负全责！”

只有周琴一个人看着网络直播平台上飙升的点击率乐开了花，网络上很多观众都为弓雨晴闪电般的身手大声叫好。神秘强大的科学审判庭战士被视为联盟的中流砥柱，能拍到这些超级战士出手的画面，是很难得的。

五、清明远叙孤生寂

东叶市把水虹镇的警察力量加强了一倍，从四个人增加到八个人。在这半个月里，东区的古代人又闹了好几次事，都被轻松镇压了下去。

离朱星舰的冷板凳真的很冷，只有老战友偶尔过来探病，弓雨晴的日子还是很安静的。在新郢市、新斯摩棱斯克这种人口过亿的大城市，市级督察官权力极大，手握民间科技企业的生杀大权，但是东叶市是几乎没有科技产业的偏僻小城，所以弓雨晴每天都是无所事事地养病。

昔日陆战七师精锐 663 连让人闻风丧胆的“母老虎”弓雨晴，病恹恹地躺在沙发上，裹着毛毯，任由长发披散，翻看着相册。相册中那些共赴沙场的年轻脸庞，如今已经天人两隔。

岂曰无衣？与子同袍。王于兴师，修我戈矛。

死生契阔，与子成说。执子之手，与子偕老。

周琴交到了新朋友，夸夸其谈的老朋友托马斯介绍她认识了来自新熙雍市废墟的舒小妘。舒小妘的美，楚楚可怜，让人心碎。你若对她生活的年代有所了解，可能还会因那段历史而落泪。

讨论历史，是星舰联盟目前最流行的活动，其中又以地球联邦末期的历史最为热门，所有的人都急于知道祖先们被逐出故乡之后，地球故乡发生了什么事情。周琴不指望发大财，她为那些喜欢听取宏观历史角落里的琐事的听众们奉上一些小故事，在这个经济萧条的时代，赚点儿钱养活自己，再存钱买一套房子、一辆车，就很幸福了。

但是在舒小妘眼里，所谓幸福，就是不用挨饿，能有方寸的容身之地，没有机器人叛军迫在眉睫的死亡威胁。如果再能呼吸到新鲜的空气，看到近处阳台上的花卉和远处绵延的绿色群山，那就叫梦中的天堂。

人类社会由于年代不同，下一辈的平民过的寻常日子，有时候会是上一辈的达官贵族们做梦都梦不到的神仙日子。弓雨晴的家里，杨牧亦的厨艺已经比初来乍到时好了很多，一份秦始皇无缘得尝的驯鹿肉排，撒上汉武帝闻所未闻的孜然，盛在唐太宗未曾见过的铝合金餐碟里，配上宋太祖从不知道的冰镇咖啡，端到舒小妘面前。

舒小妘第一次尝到驯鹿肉排的滋味。在她那个年代，最昂贵的食物是新鲜小麦烤成的小面包。在一场滂沱的酸雨摧毁了地球上最后一片麦田之后，新熙雍市里最后一磅新鲜出炉的面包拍卖出了一亿联邦币的天价。

“你这样造访雨晴的家，不怕老斯迪克震怒吗？”杨牧亦问舒小妘。

舒小妘摇头：“托马斯先生私下告诉过我，只要能给联邦政府弄到钱，斯迪克总统会睁只眼闭只眼的。”

杨牧亦端着弓雨晴爱吃的肉羹和蔬菜汁上了四楼。他让她尽量躺着别动，用纯银的小匙耐心地一口一口喂她。弓雨晴觉得自己能动，但她很享受这样有人喂食的时光。前几天，周琴小声提醒了榆木脑袋般的杨牧亦，他才知道该换个房间了。于是杨牧亦住到了四楼，和弓雨晴的卧室只隔薄薄的一堵墙，周琴则换到了三楼。

那天晚上弓雨晴镇压了闹事的古代人，杨牧亦捡到了余伊丢弃在地上的黑色窄刃链锯刀，刀上篆刻着弓雨晴的名字，他什么都知道了，只觉得胸口的旧伤又隐隐作痛。但是知道了又能怎样？他好几次想问她：“你是因为刺过我一刀，感到内疚才收留我？”但是话到嘴边又吞了下去。

他怕捅破这层窗户纸。雨晴差点儿捅死他没错，但是他也一枪打死了雨晴的战友雷泽尔中尉。这层窗户纸要是捅破，只怕情人瞬间变仇人。他背叛了地球联邦，要是再失去这个容身之所，天地虽大，却没有他能去的地方。

客厅里，周琴看着舒小妘小心翼翼地品尝她从未吃过的美食，心想着该怎样打开话匣子。

很多观众想听新熙雍市的末日故事。这些年，大家的日子都不太好过，他们想听一些更悲惨的故事，听完之后可以自我安慰说，我们现在的日子还不算太糟糕，熬一熬也就过去了。

但是过去的那段历史，是很多古代人心底的伤疤，一碰就疼。杨牧亦是绝口不提新熙雍市那些往事的，托马斯也是只要提起那些事，就闭上眼睛默默叹气，给多少钱都不愿说。周琴只能试着看能不能从舒小妘身上打开缺口，于是她把几张钞票放在了舒小妘面前。

舒小妘知道周琴想听那些不忍回忆的往事，她不想说，但是她太需要钱了，如果弄不到钱，斯迪克会把她赶出地球联邦的。

唇未启，泪先流。舒小妘哽咽着，说起了那些对周琴而言已经尘封七千年，对她来说却像是昨天的故事。

舒小妘曾经有个幸福的童年，爸爸是收入丰厚的飞船设计师，妈妈是软件工程师。像那个时代很多无忧无虑的女孩那样，背着小书包上学放学，每到周末，到补习班学习父母希望她学的古筝和绘画。她的人生轨迹原本已经被父母安排好，做个优雅的好女孩，等到大学毕业后，安排一门婚事，嫁给一个门当户对的年轻才俊，从此过着温暖幸福的小生活。

舒小妘对这样的安排并不排斥，她一直是腼腆听话的乖女孩。十七岁还没有到谈婚论嫁的年龄，她从来没交过男朋友，只在画纸上勾勒过想象中的男朋友帅气的外貌。爸爸的同事们当中，好几个人的儿子符合她的想象。她的要求不高，不管是当中的谁，她都可以接受。

十七岁那年的青葱岁月，一夜之间，战火席卷了她生活的小城市，和平的生活像摩天大楼的玻璃外墙般被炮火击得粉碎，两耳不闻窗外事的她才蓦然发现，原来和平只是脆弱的假象，战争的狂潮从来就没有离她太远。

败退的士兵涌入城市，一身褴褛的军装透着汗液和血液混杂的恶臭。依靠高楼和街道节节抵抗，军官们就地征兵，随意强征壮丁入伍，把从战死的士兵手上捡来的枪往居民手上一塞，就命令他们冲上去当炮灰。

“你们这样做是非法的！我们是普通公民！是纳税人！我们出钱让你们保护我们，不是让你……”轰！一声巨响打破了人群的抗议，大片高楼如积木般坍塌，钢筋铁骨的机器人叛军碾轧过残垣断壁，机械臂上重机枪的无情火舌朝平民扫射。

负责征兵的军官倒下了，他用身体为平民挡住了致命的弹片。四面八方的街道上，都是机器人的身影，履带染血，枪口炽红，宛若钢铁的死神。倒塌的高楼活埋了年轻的士兵，碎石瓦砾下传出绝望的哀号，机器人叛军沉重的履带再次从瓦砾上碾过……

有平民拿起阵亡士兵手中的枪，朝机器人开枪。子弹打在机器人身上，好像黄豆打在铁板上一般起不到丝毫作用。枪支的后坐力让枪口失了准头，更多的子弹飞向空中，没有命中任何目标。

“孩子！快逃！”爸爸脸上的绝望，是留在舒小妘脑海中的最后一面。爸爸的车库中堆放着很多黄色的塑料包，以前她从不知道那是什么东西，只知道半夜起床时，偶尔会看到父母相拥而泣。

不可公开讨论坏消息，地球联邦的成年人世界中的这条禁令，舒小妘从懂事时就不陌生。她和很多同龄人那样，不知道被禁止公开讨论的坏消息是什么。直到她看见父亲跑回车库，把黄色的塑料包塞上车，开着车朝机器人叛军冲去时，她才知道，战争原来一直都很近，和平只是大人们为了孩子的笑容竭力维持的假象。

“亲爱的，告诉我，敌军的前线指挥官在哪儿？”舒小妘听见妈妈的手机传出爸爸的声音。妈妈手机上自己编写的特殊软件利用周围每一个人的手机联结成网，显示了她能搜到的一切特殊信号的热点。一个节点被破坏，又一个节点被破坏，这意味着平民们被机器人连人带手机碾轧成碎片，或是腾起的火焰把手机连同它的主人一起烧毁。屏幕上，密密麻麻的光点被机器人叛军的履带碾轧成一道道黑影，那是叛军前进的轨迹。爸爸妈妈的同事们也通过类似的技术在混乱的人群中共享着战场情报。

“八点钟方向！人偶指挥官！”爸爸把汽车的摄像头接上手机，将车前的画面传送到每一个能收到信号的人的手机里。他知道自己必死无疑，任何一个视频画面都有助于后继者找到那些机器恶魔的弱点，为将来的人击败这些魔鬼奠定基础。

爸爸没能冲到人偶指挥官面前，一梭拳头大的穿甲弹撕碎了风挡玻璃，撕碎了他的身体，穿透车内的黄色炸药，腾起的火球震撼着大地，爆炸的冲击波掀翻了周围的机器人叛军。妈妈手机上最后的画面，是车载摄像头拍摄到的人偶娃娃的模样，那俏美的脸庞沾满飞灰，被士兵们的子弹击穿的右眼裸露出内部的电子结构，灰血漫出眼眶，像是无声的泪。

不除掉人偶，无论消灭多少机器人士兵，战果都等于零！废墟里残存的士兵、走投无路不得不拿起武器的平民，舍生忘死朝着人偶冲去。人偶的灰色血泪滴在地上，迅速腐蚀吞噬它碰上的一切有机物。人偶踏过阵亡士兵的遗体，飞快消溶的遗体成了灰血增殖的养分，转眼间，漫天灰潮汹涌而来。人偶的身体在灰潮中汲取原料和能源，飞快修复自身，多少子弹打在人偶身上，受损的部位都能在极短的时间内修复。

多少英勇的年轻人抱着炸药包冲进灰潮，多少生命转瞬间在灰潮中消逝。人偶步步逼近，妈妈正在焦急地摆弄一台机器，试图找到人偶娃娃操纵纳米灰潮的波段。她找到了波段，干扰信号发出，灰潮瞬间失去生命，像是细沙般在狂风中消散，人偶娃娃愕然的脸却已经近在眼前。干扰的作用转瞬即逝，人偶娃娃瞬间切换到备用波段，灰潮重生，但就在这瞬间的窗口期，已经有负伤的士兵拖着流了一地的肠子冲上去抱住人偶，大声喊："向我开火！"

炮火覆盖了周围，硝烟散去时却看见只剩半截身体的人偶，靠着纤细的手臂撑着地面跳起来，扑向人群。妈妈冲上去抱住人偶，大声叫舒小妘快逃。舒小妘跟着洪水般逃跑的人群，没命地逃。

舒小妘对周琴说了故乡的名字，周琴很快查到了毁灭她的家乡的凶手，那个人偶娃娃记录在历史资料中的模样，正是舒小妘的爸爸牺牲前车载摄像头拍到的画面。

周琴说："这是机器人叛军冈底斯第九师指挥官迦璃，美若天使，邪如恶魔，非常棘手的狠角色，我查一下她的结局……除掉她的，是陆战七师精锐 663 连，是雨晴姐的部队。"

舒小妘慢慢地，小声地继续说着她的故事。故乡被突如其来的战火摧毁后，他们一路流浪，一路有人冻死饿死，失去了城市里的水过滤厂，荒芜的大地上找不到任何一处干净的水源。有人渴得受不了，俯身在酸臭的河流边大口喝水，然后扼住自己的脖子，痛苦地哀号抽搐。哀号了两天两夜，干瘦的手指把喉咙都抠穿了，才鲜血淋漓地慢慢断气。

食物是最难得的，荒原上偶尔可见啃食尸体的瘦骨嶙峋的野狗，有时也可以看到吃得肥胖行走迟缓的老鼠。人饿急了，会丧失作为文明人的最后一丝矜持，退化成为觅食而生的野人，他们追赶着老鼠和野狗，用石头将它们砸死，争抢着鲜血模糊的皮肉充饥。有些人体力不支，追着追着就一头栽倒，再也没能爬起来。

地球联邦是由地球各国组成的。在鼎盛时期，对于一个早已横亘几十个光年、拥有上百颗殖民星的文明而言，母星上各国的国界已经是不合时宜的历史残留物，只剩下可有可无的象征性意义。但在这乱世硝烟中，随着联盟军的节节败退，联邦政府的影响力急剧下降，各大城市为了自保，纷纷招兵买马组建自己的民兵，拉起警戒线，形成事实性的城邦，试图把机器人叛军连同漫山遍野的他们养不活的难民们，一同拦在外面。

一座城市的关卡前，蜂拥而来的难民们不停冲击着沉重的防爆门，荷枪实弹的士兵们大声喊话要他们退回去，难民们大声喊着说要食物和水，不停冲撞大门和围栏。门塌了，士兵被压在门下，无数难民涌入城市把士兵践踏成肉泥，他们疯抢城里店铺、餐馆的食物和水，警察鸣枪示警，甚至士兵开枪镇暴都没用，饿死和被打死都是死，他们宁可当个饱死鬼。

不大的城市短时间涌入了十倍居民数量的难民，他们吃光了一切，抢光了一切。城市在短短的几天之内崩溃，更多的居民沦为难民，他们疯狂地涌向下一座城市，去寻找更多可以充饥的东西。

这一幕流民千里的人间悲剧，在战乱年代反反复复上演着，一座又一座城市在这蝗虫般的逃荒中被冲垮、吃空、废弃。

舒小妘见过尾随难民潮的机器人叛军。那时她体力不支，落在了难民潮最后头，身边除了饿殍，就只有饿得奄奄一息等待着变成饿殍的人。她听到了旷野中缥缈的羌笛声。她行尸走肉般循着羌笛声走去，抱着明知道不太可能的希望，希望能找到活着的同伴。

但她找到的，是可怕的敌人——机器人叛军的人偶娃娃指挥官。两个人偶指挥官因为意见不合而剧烈厮杀，电光石火之间决出了胜负。败者的电路被全部摧毁，烧成一副焦黑的金属骨架，胜者坐在被酸雨腐蚀死亡的老树上，吹着悲伤的羌笛曲，雪白的衣服染了灰色的血，青色的眸子透着淡淡的忧伤。

舒小妘听过一种说法：所有的人偶娃娃出厂时，量子大脑里都是白纸一张。她们的主人大多是没成年的孩子，沉浸在大人们营造的幸福生活中。随着年龄增长，孩子们慢慢接触社会，知道了社会中的种种不幸的悲剧，他们会向人偶哭诉受到的委屈、遭遇的不幸和社会的不公。这些负面的记忆会在人偶的量子大脑中慢慢积淀，每一个人偶都凝聚了孩子眼中对这社会的不满和恐惧，寄托着孩子童年时希望世界变得更美好的梦想。

人偶的寿命很长，强大的自我维修能力让她们成为几乎不死的存在。哪怕主人已经长大成年、衰老死亡，她们仍然能带着主人的意志，孤独地在世界上游荡。人和人之间，意见不统一是常有的事，人偶作为主人意志的孑存，也常出现意见分歧，当分歧严重时，也会像人类一样厮杀。

人偶就静静地看着舒小妘，看她落荒而逃，看她跑到跑不动，看她缓过气之后继续逃，看她慢慢追上难民群，再静静地躲在暗处，看着难民群在大地上行尸走肉般慢慢涌动，看着满天的乌鸦在难民潮后头漫山遍野的饿殍上啄食。

乌鸦身上带着环境污染导致的溃烂和肿瘤，每只乌鸦都或多或少有畸形。

这是乌鸦们最后的狂欢，数不清的死者为它们带来了最后的盛宴，而最终，它们也会随着生态圈的崩溃、人类的消失，失去最后的食物而灭绝。

难民每经过一座城市，人数就迅速增加，又随着漫长的跋涉而迅速减少。老弱病残在这逃荒之路上是活不了多久的，只有身体还算强壮的男人可以在荒野中抢夺到稀少的“食物”，树皮、草根，甚至是无法消化的黏土，只要能塞进嘴里的都往嘴里塞。

到底是什么时候，人类开始把繁衍的本能作为一种营生呢？舒小妘并不知道。她只知道在这难民队伍中，很多女人的体力不如男人，在饥饿面前，她们为了一口食物，做起了人类最古老的皮肉生意，所有的羞耻心在这个时候都是多余的。

当难民群体流浪到戒备森严的新熙雍市时，人数只剩下了当初的十分之一。新熙雍市是一座堡垒城市，戒备森严，是地球联邦末年的高官巨富聚居地之一。巨大的穹隆笼罩着整个城市，隔绝了外面污浊的空气。武装到牙齿的地球联邦正规军早已经接到前方城市被难民毁灭的消息，他们接到的命令是可以动用任何手段，一定要阻止新熙雍市被难民摧毁。

他们开枪了，重机枪毫不容情地朝着难民扫射，短短半个小时之后，满地鲜血的腥臭充斥在酸雨欲来的天地间，难民数量很快被削减到新熙雍市可以承载的范围内。

天昏沉沉的，沙尘暴来了，一层层细细的黄沙层层覆盖了染血的尸体。舒小妘站在风沙中，木然面对瘦削蜡黄的士兵们："我们想活下去。"

"我们也想活下去，"一名瘦得眼眶凹陷的军官对她说，"新熙雍市也没多少余粮了。"军官的手指紧紧扣着枪支的扳机。

舒小妘慢慢脱下破旧不堪的衣服，身体，是她仅剩的"武器"……

舒小妘得到了入城的许可，只有健康漂亮的年轻女孩，和体格强壮可以拿起枪当兵的男人能进入新熙雍市，毕竟他们无力收留全部的难民。

新熙雍市的华丽壮观让难民们叹为观止，这里有他们见过的最好的室内生态圈，穹隆顶下的宽阔大街种了郁郁葱葱的行道树，衣着得体的男男女女悠闲地在街角公园散步，像讨论天气般讨论着星际开发板块的股票涨跌。一些女人讨论着今年最新款的衣服和包包，一些男人讨论着即将归来的殖民星援军们将会怎样消灭机器人叛军，殖民星的军事领袖们平叛后将会登上怎样的联邦政府高官职位。

在新熙雍市，舒小妘过上了一段相对平静的生活，她慢慢明白了地球联邦那条不能宣之于口的潜规则："不许讨论坏消息。"

城里衣冠楚楚的男男女女看似都过得很好，但是按人头供应的限量食物还是暴露了越来越严重的资源危机。每个人都对这迫在眉睫的危机心知肚明，却谁都不敢讨论，每个人都假装自己过得很快乐，来维持着这场末日的体面狂欢。

舒小妘学会了用身体讨好男人，她周旋于不同的男人之间，可怜巴巴地博得他们的怜惜。她需要从那些男人身上弄到尽可能多的钱，去黑市高价购买别人偷来的食物，买通守城的士兵，带到城外给饥肠辘辘的难民们。她知道自己无法拯救所有的人，只能救一个算一个。

舒小妘来到新熙雍市的第二年，机器人叛军步步逼近，市里却举行了新一届选美大会。这是走投无路的末日贵族们的最后一场狂欢，他们对平民女生按美貌排名，评选出最后的胜利者。在这场狂欢中，舒小妘是季军。

“我很好奇，谁是冠军呢？”周琴按捺不住爱八卦的心。

“聊天很开心嘛。”弓雨晴在杨牧亦的搀扶下，慢慢走下楼梯。

周琴问：“雨晴姐，这是去哪儿？”弓雨晴说今天是清明，总有些人是她无法忘记的。

清明时节的水虹镇，纷繁的细雨从弓雨晴的伞上滑落。她心爱的油纸伞是多年前还是学生时，和姐姐在朱雀星舰仿古的新临安市买的。正如农村孩子渴望长大后到城市去，在城市里功成名就后却想念童年时的田园风光，流放者兄弟会在落后时梦想未来称霸星海，而蜕变成强大的星舰联盟后却怀念着故乡石拱桥下潺潺的流水。新临安市就是基于这种怀念而建设的仿古城市。

小镇里，有些人家按照古老的地球时代风俗备了香烛祭祀先人，有些人家则没有。弓雨晴买了香烛，和杨牧亦来到气候监测站下的军火库。说是军火库，其实更像一座无言的坟茔，仓库里静静矗立的动力铠甲破碎带血。因为郑清音从中作梗，弓雨晴暂时还没处理那些人盗窃枪支的事情。

仓库顶端的通风机不断抽走污浊的空气，把香烛的烟拉成一条垂直的线，弓雨晴问杨牧亦："你抽烟吗？"

杨牧亦说："不抽。"

弓雨晴点了一支烟，吸了一口，摆在亡友雷泽尔中尉的铠甲前，说："我也不抽，但是雷泽尔爱抽烟，当兵染上的坏毛病。平时不抽，但是每次有战友阵亡，他就抽得很凶。"

他们并肩依偎着，看着香烟慢慢燃尽，然后又点了一支烟，并没有发觉余伊提着链锯刀，慢慢出现在他们身后。余伊这些天一直饱受斯迪克的责难，他需要拿下杨牧亦的人头将功赎罪。

余伊也没发觉古铁雷斯出现在他身后，直到冰冷的枪口抵着他的后脑勺。"滚。"古铁雷斯只说了一个字。

弓雨晴的家，舒小妘几度哽咽，整理了几遍心情，才问周琴："你听说过'画皮'的故事吗？"

周琴点头。舒小妘却看着录音笔不敢说，周琴关掉录音笔，她才慢慢说："有一次，我带着食物偷偷出城，交给饥饿的老人孩子，却在回城路上遇到了那个青色眸子的人偶娃娃。我躲在乱葬岗的墓碑后，看见她挖出死人，细小的手掌滴出灰色的血，溶解尸体，把不同的骨骼和血肉拼凑在一起。灰血在她脚下漫延，为她汲取有机物和能量，重构血肉覆盖在她身上，慢慢变成人类美女的模样……"

人偶娃娃能伪装成人类？！这种事，周琴翻阅古书时，在古代人的口述中偶有发现，却始终没有视频资料证明这些小魔鬼拥有这种能力。如今她又在舒小妘口中听到同样的故事。

青色眸子的人偶娃娃，周琴在脑海中想象着这个奇怪的小恶魔的形象，她想起了那个古老的传闻：新熙雍市是被“青眸白狼”毁灭的。

舒小妘小声说：“你听过‘阿史那’这个姓氏吗？相传是古代突厥王族的姓氏，在古突厥语中，意思是‘青色的狼瞳’……”

水虹镇小酒馆外的电视墙播放着地球废墟挖掘现场的直播。一些古代人在酒馆外驻足，看着电视上曾经熟悉的城市变成了陌生的废墟，看着他们曾经容身的避难所里，荷枪实弹的联盟军士兵保护着考古学家和救援队员，举行祭祀遇难者的仪式，眼泪慢慢滑落。

“大家好，我是本期《今日星舰》的主持人阿黛尔。前几天，我们的考古学家在避难所的墙壁上发现一首用血写下的古诗，可能是当时绝望的人们等待援军时留下的，请大家看镜头——”

州桥南北是天街，父老年年等驾回。
忍泪失声询使者，几时真有六军来？

六、谷雨盈升恨满斗

星舰联盟有一艘绰号“蓝冰洋”的盘古星舰，它的人造太阳毁于三千年前的联盟内战，重力系统严重异常。星舰原本的大气层已经全部冻成液态氮氧海洋，如果不是海洋之下破碎的地壳渗出的岩浆仍然散发着热量，只怕整个液态氮氧海洋都会冻结成冰。

一艘大型游艇漂泊在冰冷的氮氧海洋上。全密封的游艇，带有可靠的保温系统，船底是观光用的透光玻璃，大功率探照灯穿透清澈中透着浅蓝色的氮氧海水，一望无际的最高科学院旧址废墟躺在海底。散落着碎石瓦砾的中心广场上，一座倒塌的纪念碑刻满了密密麻麻的姓名，那是自祖先们离开地球，至联盟内战爆发前，死于各种实验事故的科学家名字。

游艇里相当豪华，一场记者招待会正在举行。发言席上，秃顶的中年官员对着稿子念着让人昏昏欲睡的官八股：“……从生物学角度来看，一个物种如果种群里的个体过少、基因丰富度过低，长远来看是非常不利的，人类作为一种生物，也不例外；我们的祖先只是地球联邦时代数以亿计的人口当中侥幸逃脱的少部分幸运儿，更多的基因样本随着大量人口死于机器人叛乱而埋葬在地球上，散落在太空的难民船中。我们复活他们，是为了把这些失散在外的基因找回来……”

记者们在寻找阿史那教授的身影，听说她会出席记者招待会，但怎么都找不到她。在星舰联盟，绝大多数普通人对科学家们的名字是陌生的，毕竟最高科学院下辖上千个研究所，研究所下又有成千上万个实验室，科研工作者数以千万计算，很少有人能数得出五十个以上的科学家名字，更别提说出他们的科研成就了。但是阿史那教授是个例外，尽管大家同样对她那些复杂的科研成果感到陌生。

当年联盟内战，生命研究所所长梅小繁阵亡，第一副所长韩丹接任所长，研究所下辖各实验室负责人和一线科学家依次递补空缺职位。阿史那雪以电子生命实验室首席科学家身份递补成为六位副所长之一，第一次从公众不熟悉的神秘实验室里走到台前，颠覆了民众对科学家的刻板印象。

为了避免科学家的死亡带来无可挽回的损失，所有的顶尖科学家都在特殊的医学技术下拥有不死的生命。外貌和年龄的巨大差异还是小事，关键是阿史那雪第一次露面时，让那些原本不关心科研的娱乐媒体惊讶得眼珠子都掉出来了：这身材高挑、打扮入时的美女，美得惊人。自从她走到台前就各种绯闻不断，劲爆的八卦新闻总能让一群不正经的娱乐媒体想方设法打探她的消息。

官员仍在对着稿子念：“……第三批古代人已经完成苏醒工作，正计划送往……”

“对不起，请问第三批古代人的救济工作共花费了我们联盟多少财政支出？”一名严肃的女记者站起来问官员。在财政赤字高企、税务苛重、经济不振的今天，这是很敏感的问题。

“拯救同胞不能讲价钱！”另一名男记者站起来反驳她。

女记者问他：“为了拯救地球同胞，我每个月向慈善机构捐助了5% 的收入，请问您捐了多少？”

男记者哑口无言，他一毛钱都没捐过，但他坚定地认为政府不能置那些古代同胞的死活于不顾。尽管更多的人因为经济危机，钱包严重缩水，而反对政府加税，哪怕是为了筹钱拯救古代同胞。

官员掏出手帕擦擦光秃秃的脑门：“拯救古代同胞让我们联盟背上了很沉重的财政负担，也让纳税人付出了更大的代价。幸运的是，我们联盟还有很多善心人士，这批复活的八百名古代同胞，全部由郑氏集团负责供养，计划将他们安置在离朱星舰东叶市下辖的十六个镇里。”

有人觉得事情不太对劲。郑氏集团年轻的总裁郑清音，是无利不起早的商人脾气，但是在座的各位谁又不是囊中羞涩，无力接济古代同胞？站着说话不腰疼地指责郑清音倒是不难，难的是万一她撂挑子不干了，谁又能接手承担起这八百名古代人的吃喝拉撒？

在记者们进不去的游艇私人观光室，阿史那雪正和爱徒郑清音对弈。黑白的围棋棋盘，阿史那雪的白子落在棋盘上，身旁的小电视机直播着一墙之隔的记者招待会。郑清音问：“老师您不去水虹镇见见老朋友们？”

阿史那雪说：“送他们离开实验室时已经见过了。”

“雨晴她还是那么倔吗？”阿史那雪问她。

“嗯，驴脾气，她总以为自己一个人能解决姜炎衣。”郑清音下了一枚黑子。

这一枚黑子，对整个白棋的布局形成了沉重的压力。

阿史那雪又下一子，局势顿时翻转：“想清楚了再落子，我不想给你收拾残局。”

第三批八百名古代人，有三百人被安置在水虹镇。

春雨霏霏，当弓雨晴隔着阳台的落地窗看见飞船慢慢降落时，脸色不由得阴沉起来，她紧紧捏着手机，按捺住想给郑清音打电话的冲动。三批合计上千名古代人，上千个麻烦透顶的大包袱。

有弓督在，这些个古代人起不了什么风浪，西区绝大部分居民都这么认为。只有古铁雷斯等少数人能感觉到，弓雨晴的身体已经承受不起这样的压力了。

“郑清音不搞出事来，就不叫郑清音。”弓雨晴脸色苍白如纸，对古铁雷斯说。

古铁雷斯告辞，他要想办法处理即将面对的难题。周琴和舒小妘都外出了，杨牧亦上班，家里只剩下弓雨晴一人。弓雨晴的手机里，郑清音的短信躺了好几天没回音，她想聘用杨牧亦当东叶市的地区业务经理。这是一份不错的工作，但是弓雨晴不想让杨牧亦知道。

胸口的疼痛又发作了，视线模糊，弓雨晴摸索着离开沙发去医药箱找止痛药。她跌倒了，又挣扎着爬起来。在医药箱的镜子里她看到了自己的脸，乌黑的左眼眸深处，竟然浮现出一层赤红的光。

姜炎衣的炎瞳！那血红的眼眸像是在嘲笑她的弱小。

她想起了炎帝陵前的血战，那个美丽的小人偶，七千年前和阿史那雪并称的强者，人偶指挥官中的雪炎双璧。

“你以为你杀得了我？”那个时候，姜炎衣带着烈焰的小小手指捏着弓雨晴的链锯刀，竟然让她半分都动不了。

弓雨晴见过老师阿史那雪所操控的由数不清的纳米机器人整齐排列而呈现雪花冰晶似的灰潮，而姜炎衣所操控的这种由纳米机器人飞速活动产生高热而形成的灰色火焰般摇曳的灰潮，弓雨晴却是第一次见。

人偶对链锯刀的威力不熟悉，弓雨晴按下按钮，刀刃的双层链锯交错切割，瞬间将姜炎衣切成两半。切碎的电池引发爆炸，无数碎片打在弓雨晴身上，刺穿黑色的动力铠甲，钉入血肉。

“如果哪天我变成了姜炎衣，你们一定要在我失控前杀了我。”炎帝陵大战过后，弓雨晴对幸存的战友们说过。如今知道这个秘密的人，只剩古铁雷斯。

小镇东区，老家伙斯迪克因新来的同胞们而兴奋不已，他冒着春天的细雨，站在空地的木箱上滔滔不绝地发布振奋人心的讲话。舒小妘衣服里藏了周琴给的针孔摄像机，悄悄地拍摄下斯迪克的讲话。她知道，斯迪克想搞出些大事来，这样的网络直播能吸引到很多观众，但也让她非常不安。

“……今天，我们终于迎来了新的同胞！我们的力量在成倍增长！我们终于有实力拿下水虹镇，攻占监测站和军火库！等到占领了电台，对外发送呼叫信号，一定会有无数殖民星支援我们！被星舰联盟伪政权压迫的善良的人们，也会揭竿而起，共同毁灭星舰联盟！重建地球联邦……”

武器算是很充足的，监测站下的精锐663连战士们的遗物，共有轻重枪支一千五百多支，重型链锯刀一千多把，除去那些沉重得扛不动的武器，轻型枪支也有五百多支。他们能拿得动的轻型窄刃链锯刀，却只有余伊手上那一把。

说是轻型链锯刀，其实也有二十公斤，别看它又细又长，却用了大量比铁的密度还要大两三倍的铱合金部件，非常压手。余伊想不通当初弓雨晴是如何举重若轻地挥舞着这柄沉重的链锯刀。

新来的三百多人，对斯迪克如痴如醉的煽动性演讲并没有多大的反应，他们麻木地小声讨论这陌生的新世界的开发计划，讨论如何烧掉森林开发房地产，如何发行股票和债券，如何投资探险队寻找更多的金子和财富，讨论的都是他们在地球联邦末日熟悉的话题。

他们都知道这一切是不可能的，只是找些熟悉的话题缓解紧张的情绪，打发时间。

斯迪克很快发现了煽动性的演讲对这些人不起作用，他阴鸷的眼睛扫过这些新来的人，转身走下木箱，对托马斯说：“不要给他们发放食物。”

当时间到达中午，三百多名新来的古代人在粗糙的木头棚子下挤作一团。春雨滴答，棚外下雨，棚内漏雨。按计划，这些人应该住在舒适的新房子里，但是自从两个月前，斯迪克严禁西区的建筑工人进入东区以后，东区就没有添过一栋像样的新房屋，这个木头棚子还是以余伊为首的几个因刺杀杨牧亦不力而被驱赶的年轻人搭建的容身之所。

食物原本是不缺的，郑氏集团为新来的古代同胞提供了充足的救济粮，但是被霸占了食物分配渠道的斯迪克下令统统丢到河里去了。这些饥肠辘辘的人以前只吃过新熙雍市食物工厂里利用电力、炭和水制造的糊状人工合成食物，不知道在河里沉浮、顺水流走的精美包装盒里装的是可以吃的面包。

余伊饿不死，虽然斯迪克早断了他的食物供应，但是他学会了到森林里寻找可以吃的野果。有人掏出支票本，试图向他高价买些吃的，他只说："有人承认它，才是钱，不然就只是个没意义的数字。"

当西区开始飘出午餐的香味时，斯迪克又来了，他大声叱责星舰联盟的邪恶："你们闻闻对面那些午餐的气味！那原本是属于我们的食物！星舰联盟违反了地球联邦的法律！他们原本应该努力开拓太空，为我们源源不断地献上食物和财富！但是他们没有这样做！他们不承认我们的货币、我们的财富！这让我们无数人一夜之间沦为赤贫！我们要改变这一切！唯一的方法就是拿起手中的枪，向星舰联盟宣战！"

斯迪克失望了，只有不足五分之一的人站了起来，犹豫地拿起武器，其余的人仍然畏惧地或坐或站，试图讨论已经不存在的股市和债券市场来缓解紧张的情绪。

斯迪克再次站到人群中间，大声演讲试图鼓舞大家的士气。一个很低的声音从背后传来："我们见到了阿史那雪。"

声音虽小，却好像一个炸雷，穿过斯迪克的耳朵。他呆住了，慢慢转身，瘦骨嶙峋的手握住拐杖，强忍着颤抖，慢慢问："你说什么？再说一遍？"

没人说话，棚子下鸦雀无声，只有棚顶漏水滴落室内的声音。斯迪克闭上眼睛，嘴巴一张一翕，好像想说些什么，他想起了自己在新熙雍市的豪宅，想起了阿史那雪。

北方有佳人，绝世而独立。一顾倾人城，再顾倾人国。君不见倾国覆苍生，骊山旧烽火。

阿史那雪，他见过的最美的女人，也是最凶的吃人狼。斯迪克胸口不住地起伏，好不容易稳定情绪，才说："记住我们的禁令：不许讨论坏消息！余伊！你带人拿下水虹镇！拿下了算将功抵罪！拿不下就提头来见！"

余伊怔怔地站着，老头子大声说："你们都听好了！拿起武器！像个男人一样作战！我们的粮食非常有限！懦夫不配获得活下去所需的粮食！只有最英勇的士兵才配得到粮食配额！"

这些话听在余伊耳里非常讽刺。他记得新熙雍市毁灭时，他和杨牧亦带着战士们保护这些高高在上的大人物撤到地下避难所，勇敢的士兵们在避难所大门外建立防线，阻挡阿史那雪的毁灭狂潮，临危不惧地且战且退。当时就是这该死的老头惊慌失措地高喊关闭避难所的大门，导致防守的士兵只撤回来不到一半。他永远无法忘记沉重的大门慢慢关闭，那些拼命想挤进来的平民和士兵胸腔被挤碎前发出的绝望惨号。

余伊带队出发，背着轻型步枪，却也舍不得丢下链锯刀。他亲眼见过弓雨晴挥舞链锯刀的巨大杀伤力，不知道它通常只在争夺飞船的狭窄船舱里，或是在迷宫般的地下工事潜入战中被使用。弓雨晴也只在那几场不适合使用枪支的战斗中用过它。

西区不少居民正在撤离，留下来的都是棘手角色：八个警察昼夜巡逻，酒馆老板经常擦拭着他心爱的双管猎枪，几个爱抽雪茄的酒客百无聊赖地在手指上耍着自己的持枪证，衣着得体的咖啡店老板漫不经心地说起退役前在乌拉尔山开着巨型装甲推土机碾轧机器人叛军的往事，美丽的老板娘在整理离开部队时带走的军用医疗箱，咖啡厅里坐着几个背着镇暴电击枪的郑氏集团雇员，几个残疾人坐在镇中花园的凉亭下摆弄带着枪管的机械义肢……

是的，水虹镇只有八个警察，但是有一群老兵。太阳系收复战过后，大量士兵退伍，郑氏集团积极响应联盟政府号召，优先聘用退伍老兵，更是特意把精锐663连的退伍老兵安排到水虹镇工作。

铁打的精锐团流水的兵，663连从进入地球大气层到结束战争，士兵换了两三茬，督察官都阵亡过两个，经历过炎帝陵血战的却只剩下弓雨晴和古铁雷斯。当弓雨晴打着油纸伞和杨牧亦并肩走过西区的青石板小路时，有几个刚刚退伍来到这里工作的士兵向她敬礼，尊称一声“弓督”。

“雨晴，你的眼睛怎么回事？”杨牧亦看见她眼底有些泛红，关心地问她。

弓雨晴掩饰说：“没……没什么，不过是……”

杨牧亦脑补了病情：“眼结膜炎？那得去医院看看。”

古铁雷斯正在向警员和老兵安排防御事宜，他一肚子的火。郑氏集团方面并不同意他们放弃小镇，他只能把老弱妇孺先撤到东叶市，留下当过兵的青壮年守住小镇：“他们过来一次我们打一次，打到他们老实为止！”

弓雨晴觉得自己被排斥了，她是上司，古铁雷斯却没有向她汇报，自行安排起了防御工作。

古铁雷斯看见弓雨晴一脸不悦，知道她不高兴，但他没时间琢磨女孩子家的心思，便大声说："弓督，您的老师今天早上来过电话，让我劝你回蓬莱星舰，您的伤病拖不得！"

弓雨晴连听都不听，古铁雷斯知道她倔。

在弓雨晴来到663连之前，古铁雷斯就已经是团里的老兵了。连续两名督察官阵亡后，上头说要派个能打硬仗的狠角色过来。当弓雨晴到团里报到时，他见她的第一眼，只觉得惊为天人，却又极为反感，这丫头是上头派来混资历镀金的吧？但是她的骁勇善战很快说服了战友们。很多次，她都对战友说："你们撤，我扛着！"一个人提着枪就往前冲杀。

古铁雷斯不知道，这督察官的位置是弓雨晴从郑清音手上抢来的。那个时候，联盟军还没到达太阳系，她们俩都只是刚毕业的蓬莱理工大学博士生，为了争夺可以踏上战场的科学审判庭督察官名额，她向郑清音发起挑战。学校后山的决斗，郑清音的链锯刀第一次被砍断，她一败涂地。

"好啦！我上战场只是想给爷爷个意外惊喜，现在机会让给你，我回家继承家业算了。"郑清音丢下砍崩了刃的链锯刀，扶起体力不支的弓雨晴往回走。

东区那帮古代人冲过来了，周琴正在直播即将发生的打斗场面，凡是这种事，她必定不会缺席。

在真正的军人眼里，他们的持枪姿势就像抱着烧火棍，冲锋毫无章法，只有余伊等三四个当过兵的还算像个样子。麻烦的是，对方两百多人，己方老兵二三十人。这是镇暴不是打仗，还不能让古代人出现严重伤亡。

“你们撤，我扛着！”熟悉的命令又在古铁雷斯耳边响起，弓雨晴收起油纸伞，直面以余伊为首的古代人。

火舌喷吐，却打不中鬼魅般的弓雨晴。余伊的突击步枪脱手飞上了天，弓雨晴的油纸伞朝余伊刺去。杨牧亦记得这闪电般的突刺动作，他当初就差点儿死在弓雨晴的突刺下。

该死，旧伤又发作了！弓雨晴的速度突然慢下来，剧痛令冷汗湿了衣服。余伊带着弓雨晴的窄刃链锯刀。黑色亚光的链锯刀猝然刺出，刀柄握在余伊手里，刀刃刺穿了弓雨晴的胸口，鲜血漫过刀身上弓雨晴名字的大篆铭文，流在地上。残酷的场面惊呆了正在直播的周琴，惊呆了网络后面正在看直播的观众，也惊呆了余伊。

不可能！审判庭的超级战士是不败的！周琴和她的观众一样，不相信弓雨晴会被打败。弓雨晴紧握自己的链锯刀，直挺挺地站着不肯倒下，锯刃流出的殷红鲜血中夹着灰色的油丝。

听说人死前，一生经历过的事会像电影般浮现在眼前。弓雨晴看见了童年时的自己怯生生地躲在郑维韩将军身后，看着童年的郑清音：“这孩子是爷爷从孤儿院带回来的，以后你们就住在一起。”

“雨晴，你指法不对，你看一遍姐姐我怎样弹古筝。”“雨晴，你这次考试成绩很稳定，又是年级第二呢！”“雨晴，你要买和我一样的裙子吗？”“我们在大学舞会上化一样的妆，像孪生姐妹一样好不好？”

“阿史那教授！你要么我们俩都不录取，要么就一起录取！我就是为了分数和她一样，才故意写错一道题的！”从小到大，弓雨晴都是别人眼中的低配版郑清音，她们从小形影不离，她却总是活在郑清音的影子里。

炎帝陵血战，链锯刀戳穿姜炎衣的主芯片，弓雨晴大声下令把姜炎衣烧毁，一粒芝麻大小的芯片都不能留。姜炎衣的灰潮温度上限大约五百多摄氏度，再高就会破坏灰潮自身，因此，用两千多摄氏度的火焰喷射器还是能烧死她的。很少有笑容的弓雨晴第一次在战场上露出了微笑：我打败了和老师齐名的人偶恶魔姜炎衣，换作是姐姐你，一定做不到吧？

“拒绝治疗？妹妹你疯了吗？你知道你体内的碎片有姜炎衣的芯片吗？你以为你能压制住她？你以为你是当年梅督？”那时，她第一次知道原来郑清音也是会对她发脾气的。

意识逐渐模糊，记忆好像燃烧的日记，一页页画面慢慢变成飞灰。伤口的血慢慢蒸发，灰色的尘埃在血液上火苗般摇曳，落在地上，飞速分解遇上的一切有机物，其分解速度之快，让热量来不及散发，燃起的红火苗和尘埃染成的灰火苗交错盘旋。

“灰潮！是灰潮！火焰般的灰潮！”古代人慌了，拔腿就逃！溃不成军的两百多名乌合之众瞬间逃散，只剩下后方的斯迪克。斯迪克第一次见到弓雨晴，昏黄的老眼看清了她的脸，那恍如隔世的熟悉感让他震惊：她……长得好像莱莉雅·李……

灰潮！火焰般的灰潮！古铁雷斯震惊地看着弓雨晴如衣裳般披在身上的灰火焰，看着她从胸口慢慢抽出链锯刀，用赤红的眼珠子好奇地打量着刀刃。这火焰般的灰潮迅速漫延，半个水虹镇在烈焰中燃烧，古铁雷斯在炎帝陵前见过这火焰般的灰潮。

“雨晴！”杨牧亦大喊着要扑过去，周琴死死抱住他。古铁雷斯大声说：“她不是弓雨晴了！她是姜炎衣！”

“如果哪天我变成了姜炎衣，你们一定要在我失控前杀了我。”那时战后弓督的话言犹在耳。古铁雷斯抬起重机枪，别过头去不忍看，扣下扳机，把她打成筛子。

一百五十发弹链打完，枪管通红，古铁雷斯没子弹了。重机枪是没用的。斯迪克知道，重机枪如果有用，早在新熙雍市的大战中就把阿史那雪打死了。斯迪克发疯般喊：“要核弹！只有核爆炸的电磁爆可以确保摧毁全部的人偶芯片！你们有核弹吗？”

杨牧亦挣脱周琴的手，捡起地上弓雨晴的链锯刀，朝姜炎衣劈去：“把雨晴还给我！”

“你以为你杀得了我？”姜炎衣轻蔑地问他，带着烈焰的手指捏着弓雨晴的链锯刀，竟然让他半分都动不了。

锋利的锯刃突然转动，但是同样的偷袭方法没法奏效两次。姜炎衣松开刀锋，猛然后退，避开锯刃，灰潮带火烧向杨牧亦，却半途熄灭随风散去。她实力还没恢复，不足和弓雨晴决斗时的1%。突然间，她听到了周琴的声音：“快去找阿史那雪老师！”

“你们认识阿史那雪？”姜炎衣很震惊，她不懂星舰联盟的语言，但是“阿史那雪”四个字七千年来发音并未改变太多。

此地不宜久留！姜炎衣的灰潮吞噬了小镇的木头房子、周围的树木花草，努力为她提供能量。天上飘的细雨却让灰潮变得黏滞，她一直在损失能量。火焰龙卷腾空而起，她借着龙卷风飞向空中，风火漫卷，消失在天边。

小镇半毁，居民逃散大半，斯迪克站在被雨水淋湿的废墟间，问杨牧亦："刚才，我听到有人说'阿史那雪'？"

七、立夏旧木附初蝉

进行了半个月的搜索，都找不到弓雨晴或者说姜炎衣的踪迹。古铁雷斯向上级汇报了情况，上头很紧张，东叶市的官员亲自带人来过几次，把古铁雷斯骂了个狗血淋头；离朱星舰的官员们也来过，把市里的官员骂了个狗血淋头，然后自己战战兢兢地等着被更大的人物骂个狗血淋头。

弓雨晴的确只是审判庭的小上尉，但是她背后是世家巨阀的郑家。郑清音一直没责骂任何人，她决定亲自走一趟。

水虹岛，北方老基地。水虹镇被毁后，镇上的人大多撤到这座封存多年的基地里。基地深处郁郁葱葱，随处可见上百年甚至千余年历史的古树。初夏的知了在茂密的树荫中没完没了地叫，浑然不知黄雀在后。

“这些虫子只是个空壳啊？”舒小妘第一次看到树干上的蝉蜕。

很多东西她都是第一次见，比如高耸入云的大树、清澈的河流和游动在水中的小鱼。

基地青苔斑驳的石头围墙很高，围墙顶端还有铁丝网，听说是水虹镇成立前，为了避免气候监测站的工作人员被野兽袭击而建，现在用来防御霸占了水虹镇的那些古代人，倒也凑合。

古铁雷斯好几天没合眼了，上头给的压力非常大，他们要尽快找到弓雨晴。虽说郑氏集团只是联盟里上百个手眼通天的大财团之一，放在新郢市、新诺夫哥罗德市那种人口过亿、大财阀扎堆的地方还不算显眼，但对于只有二百五十万人口，政治上坐冷板凳、经济上吊车尾的离朱星舰来说，那就是高踞青云之巅的大势力。

一艘很漂亮的小飞船降落在基地里，走出一群黑衣保镖。古铁雷斯倒吸一口凉气，他认出那都是来自蓬莱星舰的审判庭退役老兵。

郑清音走下飞船，素颜，但漂亮，一双紫色的眼眸是古代人从没见过的，衣服以自己穿着舒适为准，并不华丽，也不名贵，鞋子踩到地面的鸟屎也不以为意。她径直朝古铁雷斯走去："杨牧亦的住处在哪儿？"

古铁雷斯指了指身后的低矮的老房子，郑清音推门进去，一股吃剩的食物发馊的恶臭扑鼻而来。屋子里的男人，身上的衣服不知道多少天没洗，胡子拉碴、头发蓬乱，瘦得就像骷髅披着破布，一双眼睛毫无神采。郑清音高高扬起巴掌，又放下，扯下脖子上的丝巾缠住手，又扬起巴掌，狠狠打下去。杨牧亦像截烂木头般栽倒，脸上浮现出清晰的手掌红印。

杨牧亦只有眼珠子还剩点儿活人的气息。郑清音一脸怒气，活像看见织女和凡人私奔的王母娘娘。

郑清音掀翻桌子，各种腐烂了好几天的廉价食物撒落了一地。她把脏兮兮的桌子摆正，把一瓶烈酒放在桌面上，问他："喝吗？"

酒很呛，但是比当年在新熙雍市时，余伊跟杨牧亦偷医用酒精兑水的假酒好喝很多。

两杯酒下肚，杨牧亦终于像个活人了，烈酒呛得他眼泪直流，他哭了出来。

郑清音看着蓬头垢面的杨牧亦，想起了硕士没毕业时爸爸逼弓雨晴去跟一个富家子弟相亲，妹妹那抓狂的怒喊："我就算跟个乞丐浪迹天涯，也不接受你的安排！"

杨牧亦没问她是谁，因为她已经把弓雨晴的照片摆放在他面前："弓雨晴，曾用名郑雨晴，我的妹妹。"

"救救她……想办法救救她，救救她！"杨牧亦哭得崩溃，他只是个普通人，见过人偶的厉害，知道自己绝不是姜炎衣的对手。

郑清音问："为了救她，你愿意付出怎样的代价？"

杨牧亦大声说："任何代价！"

郑清音说："那就跟我走。"

郑清音带走了杨牧亦。托马斯刚刚录完一段非常可笑的义正词严的言论，叱责星舰联盟的平民都是不敢支持地球联邦复辟的孬种。然而关掉直播设备后，老托马斯数着钱，深深地叹了一口气，他忧心的是星舰联盟似乎并没有把姜炎衣的出现放在心上。

毕竟收复地球时，星舰联盟出动的地面部队只有两百多万士兵，数目看似庞大，但是放在五百多亿人口的联盟里，每两万多人当中才有一个人参加过地面战争。别说跟地球联邦末日那征兵征到无可征之兵时，多达二十亿人的地面部队相比，就算跟地球联邦成立前，那些军队人数超过百万的军事大国相比，也是很少的。

老托马斯能感觉到，在绝大多数从没接触过人偶的星舰联盟平民心里，人偶娃娃的实力被跟科学审判庭的超级战士画上等号，都以为姜炎衣掀不起什么风浪，但他知道，这两者之间还是有很长一截距离的。

老托马斯用赚到的钱买了尽可能多的食物，和舒小妘一起走出基地。从基地到水虹镇的几十里山路，经常有野兽出没，已经有几个年轻人被咬死咬伤了。余伊站在基地外，拿着枪，护送着老托马斯返回。

“小伙子，辛苦了，这是给你的。”托马斯给余伊一盒压缩干粮。斯迪克责骂余伊作战不力，无情地切断了余伊的食物供给，把他赶到镇外自生自灭。

余伊说：“托马斯先生，我计算过，我们和弓雨晴交手时，她的速度和力量都远远超过了正常人类的极限值。”

托马斯说：“我知道。我暗中打听过，科学审判庭的战士是清一色的强化人，速度和力量都远超普通人。”

“强化人？”余伊皱起眉头。

托马斯说：“强化人的计划，最早出自地球联邦成立之前的各个军事强国。他们在第七代战斗机开发项目中发现，先进战斗机的技术指标已经超出了飞行员的生理承受极限，所以打算制造可以承受更高的加速度、更快的反应速度和更强的力量的强化人，但是反对者称这违反了伦理道德。后来出现了更廉价有效的机器人士兵，强化人计划就搁置了。没想到星舰联盟真敢把这邪恶的计划付诸实施。”

“机器人士兵……”余伊畏惧地打了个寒战，他想起了机器人叛军。

托马斯说：“斯迪克始终不放弃重建地球联邦的梦想，总想着推翻星舰联盟。你我都知道这是不可能的。”

余伊点头。他们一路聊天一路走，走到人员逃尽的气候监测站，站在监测站可以远远看到水虹镇被破坏一空的建筑。余伊留在监测站，目送托马斯和舒小妘离开，在这里有跟他一样因为推翻星舰联盟不力而被赶出水虹镇的二十多名同胞。

斯迪克很憎恨同胞们跟流放犯的后裔们搅和在一起，他向同胞们疯狂地灌输对星舰联盟的憎恨，唯独托马斯和舒小妘是例外。托马斯总能给他买来急需的药物和食品，舒小妘则经常向古铁雷斯请教森林中可以找到的食物。等他们攻占水虹镇时，镇上的粮库一旦被付诸一炬，这就成了他们赖以生存的重要食物来源。

舒小妘把基地里收集到的蚕蛹、竹子嫩芽和其他能吃的东西交给托马斯，自己留在监测站和大家一起去森林中寻找食物。当托马斯回到水虹镇时，一片狼藉的镇中广场又发生了让他们心寒的事情：前几天他们攻打了一次北方基地，被古铁雷斯打得落荒而逃。今天，斯迪克又在下令流放作战不力的年轻人。但是托马斯知道，流放的标准并不是真的根据年轻人是否英勇作战，而是看镇里剩余的食物还能养活多少人。养不活的就统统流放出去，自生自灭。

那些从不上战场的高官和将军是不会被流放的，斯迪克决定流放三十六名身强力壮的年轻人。当托马斯打开沉重的食物袋时，流放数量从三十六人削减为五人。托马斯对这五个倒霉蛋说：“如果你们能为大家贡献更多的食物，可以将功赎罪，撤销流放罪名！将来重建地球联邦，你们还有机会出任行星总督一类的高官！”

五个嘴唇的绒毛还没转变成胡须的年轻人，四顾茫然地走出水虹镇，他们在地球联邦毁灭时失去了所有的亲人，现在又被赶出栖身之所，不知道能去哪里。托马斯在他们耳边小声说："去监测站找余伊，他会收留你们。"

"这是竹子的嫩芽，可以吃；这是蚕蛹，要煮熟才能吃；如果在山里发现竹笋，也可以挖回来；另外我这里还有些能吃的花的图片，如果发现了也采摘回来；蘑菇是比较危险的，颜色鲜艳的一定不要碰……"监测站里，舒小妘正在跟同龄人讲解什么东西可以吃。

屋檐下正在烤狼肉的余伊补充说："肉类比较简单，只要是哺乳动物和鸟类，肉都是可以吃的。蛇和老鼠也可以吃，但是小心别被咬伤。"他这些天把监测站里所有的木头家具都劈碎做柴烧了，还砍了几棵小树，劈成柴堆成垛放在监测站外晒干备用。——他们原本想使用监测站中的电厨具，但是攻占监测站时破坏了电力，不知道该怎么修理。——屋檐下晾晒着巨大的鸟类和走兽等野味。

余伊原本想自食其力，不想向老头子斯迪克和星舰联盟低头，但是做腊肉是件技术活。刚开始时野味每次都腐烂发臭，后来舒小妘从弓雨晴那儿打听到，肉要抹上胡椒粉才能防止变坏，但让他气馁的是，胡椒粉只能从星舰联盟的超市中买到。

新来的年轻人饥肠辘辘，看见余伊正在烤一头硕大的狼，狼的脑袋早被电磁突击步枪轰没了，掏空内脏的狼身烤得金黄，飘着香味。

几个年轻人脸色骤变，突然弯腰呕吐起来，那焦黄焦黄的颜色，让他们想起了新熙雍市毁灭时的大火，残垣断壁中被烧得焦黄的遇难者。

余伊看着燃烧的木头椅子上跳动的火苗舔舐着狼肉，念念有词地说："吐着吐着就习惯了，我见过的死人比你们见过的活人还多。你们不知道在战壕里守着战友肿胀发臭的尸体，吃着压缩干粮的味道，那滋味就跟吃腐烂的人肉差不多。现在吃不下去没关系，总有一天饿得你们连猪屎都能吃进去。"

余伊的手下们割了烤熟的狼肉，吃了起来，手下当中有几个像余伊一样当过兵见惯了死人，有几个是早早逃进避难所，没见过新熙雍市毁灭时被火焰烧焦的遗体的幸运儿。更多的人暂时还不饿，他们都是尽量吃素，饿得忍不住时才吃点儿肉。

毕竟鉴别可以吃的植物，对他们来说比狩猎能吃的动物难很多。

"我们去打猎吧。"一个年轻人对余伊说。余伊拿起枪，带队出发，只留下新来的五个年轻人看守监测站。他不知道每次狩猎多少猎物是合适的，只知道不是每次狩猎都能有收获，只要有时间就去狩猎，多做些腊肉备着食物不足的时候充饥。

"我真不知道余伊私藏了这么多食物。"新来的五个年轻人中，有人小声说。

监测站周围的猎物已经不多了，趁着中午的太阳还很大，他们可以走很远的路去狩猎。一个年轻人发现了森林里有火烧的痕迹："余伊大哥，你看这是什么？"

余伊俯身看了痕迹半晌，这些烧焦的痕迹并不明显，需要很仔细观察才能发现，一路蔓延到森林深处。他想了一下，说："或许是别的猎人吧？”

年轻人问：“星舰联盟的人？那些流放犯的后裔？”

余伊说：“或许。”他顺着烧焦的痕迹向前走，心想能见到别的猎人也许不是坏事，也许能得到他们的一些帮助。

他们顺着痕迹向前走，越走越深，头顶上的原始森林遮天蔽日，茂密的树冠间只有细碎的光柱洒落，照亮昏暗的森林底部，偶尔传来的几声他们不熟悉的蝉鸣挑动着人群敏感的神经。

“余伊大哥！那是什么？”有人发现一头不知名的猛兽，猛兽的脖子和腹部被撕烂吞食，四肢却有火烧过的印痕。他们不知道，这是一头凶狠的剑齿虎。水虹岛，甚至整个离朱星舰都是阿史那雪复活中生代生物的实验室之一。

余伊张开手掌，比对着猛兽尸体上的烧焦痕迹，他发现那是一个人类手掌的痕迹，比他的手掌要小一圈。“谁的手掌能发出火焰，把野兽烤焦？”他心里直打鼓。

“也许星舰联盟的猎人有一些我们不熟悉的打猎工具。”到这个时候，还有人乐观地这样想。

他们一直向前走，森林里的树木越来越高大，森林里越来越暗，猎物越来越多，各种知名的、不知名的野兽出没在落叶形成的泥沼中、大树的枝头上，一些腐烂的泥沼分解出的沼气在森林里自燃，形成鬼火般的摇曳暗光。一名同伴瞄准一头不知名的黑白色野兽开枪，野兽逃跑，枪声惊起无数不知名的鸟类，森林里一时满是鸟翼扑棱的声音。

“被它逃掉了。”同伴们说着继续往前走，一个巨大的黑影，慢慢出现在他们身后。直到黑影碰断树枝的声音惊动他们，他们才回头，震惊地看着那庞然大物。他们不知道那是森林巨犀，一种比大象还大的动物。

“好大的猎物！”一名同伴开枪。巨犀受伤，疼痛得怒火大盛，一脚踩死开枪的人，其余人撒腿就跑，他们没命地在森林里狂奔。一名同伴慌不择路，爬上一棵大树，巨犀撞断大树，猛踩下去，同伴被踩进没顶的沼泽中，一声闷吭都没发出，就没了踪影。

另一名同伴抓住被巨犀踩断的树枝在身前挥舞时突然一头栽倒，在地上不停抽搐，显然也是出气多进气少。他不知道自己抓的是剧毒的柣树，俗称“见血封喉”，只要有一根木刺扎到肉里就必死无疑。

前面是悬崖峭壁，无路可逃了。年轻人死伤惨重，甚至有走投无路往悬崖下跳的。余伊抽出弓雨晴的链锯刀，护在身前，他到现在还不太懂得使用这东西，只知道它在弓雨晴手里时，威力比轻型电磁突击步枪大很多。

巨犀冲过来，余伊咬牙，孤注一掷，挥动链锯刀，向巨犀斩去。链锯刀落空了，他却突然听到巨犀的惨嚎声在头顶上响起。他抬头，看着一个挥动着火焰羽翼的人影落在巨犀头上，她修长的双腿腾起的火焰点燃了巨犀的脑袋。

烈焰灰潮吞噬了惨叫的巨犀，它血肉燃尽，只剩森森白骨，颓然倒下，骨骼散落一地。这以焰为衣的女人，他认出来了，是变成姜炎衣的弓雨晴！

她走过来了！余伊挥舞着链锯刀，她用两根手指夹住刀刃，硬是无法让他砍下半分。火焰忽明忽暗，灰潮时而从她周围扩散，时而变成无力的飞灰落地。余伊趁她捏不动链锯刀的刹那，用力夺刀，再用力刺出，用尽全身力气把她钉在树干上。

余伊夺路而逃。一起打猎的十几个年轻人，只剩他一人活命。

“你以为你杀得了我？”姜炎衣一步步走向余伊，胸部的链锯刀犬牙交错地拉过穿胸的伤口，喷溅出灰色的血液，鲜血还没落地就飞散成灰色的烈焰，像一层灰雾，沾染之处不管是树木还是腐草，都燃起了火苗。

“你快逃！”弓雨晴的意识猝然惊醒，手指紧紧抠住参天大树的树干，试图拉住被姜炎衣控制的身体，一双赤红的妖瞳慢慢转变为一红一黑。

“你是什么人？”姜炎衣问弓雨晴，手指触碰处的树干慢慢变成焦炭，腾起火苗。

“陆战七师 663 连督察官弓雨晴，专对付你们这种机器人偶！”弓雨晴回答，说着左脚牢牢勾住地上的树根，试图拖住迈出的右脚。

姜炎衣问她：“我在你身上感觉到了‘非人’的东西，你到底是什么？”

弓雨晴回答：“我是人类！强化人也是人！”

姜炎衣说：“你骗谁都不要骗我，我们是同类！”

炎帝陵前的血战再次浮现眼前：那时飞舞的链锯刀，双层的锯刃交错切割，将姜炎衣切成两半，切碎的电池引发爆炸，无数碎片打在弓雨晴身上，刺穿黑色的动力铠甲，钉入血肉。

那个时候，灰潮凝聚，吸收着空中的阳光和周围的植被，所有能碰触到的一切都被抽去了充当重组身体所需的元素，铁、硅、碳、氮、硫，只剩下姜炎衣不需要的元素。被抽掉特定元素的残余物颓然散倒，分子重组散发的高热让姜炎衣沐浴在火焰般炽热的空气中。

弓雨晴脚踩在灰潮上，灰潮溶解了她的黑色紧身动力铠甲，姜炎衣却发现无法分解掉她，钉入弓雨晴体内的细小芯片不听她的呼应。她愕然看见这个人类丫头拥有跟她相似的人偶力量——操纵灰潮，她看见了津波玲子和迦璃的灰潮特征，想起有好几个月联络不上这两名战友，“你杀了她们？还夺取了她们的力量？”

夺取人偶力量的方法，是弓雨晴从最高科学院偷来的，津波玲子和迦璃的力量不足以让她满意，她要更强的力量，要强大到能跟阿史那雪老师比肩。她知道老师比姐姐郑清音更强大，能跟老师比肩，那就超越了姐姐。

灰潮形成激荡的洪流，从肉眼看不见的纳米机器人级别到双方真刀真枪比拼的宏观尺度，双方电光石火般厮杀。战友们全倒下了，让弓雨晴可以无所顾忌地使用人偶的力量。

血战的结果，两败俱伤。从此之后，弓雨晴实力大打折扣，她大部分的力量都用来压制姜炎衣残存在她体内的芯片微粒，再也达不到炎帝陵血战那毁天灭地的杀伤力。

傍晚时分，余伊一身是血，仓皇逃回容身的监测站，却发现监测站前围满了古代人同胞。斯迪克拄着拐杖，坐在木墩上，目带怒火，看着野狗般落魄的余伊。

人群围住了余伊，他看见新来的五名年轻人站在斯迪克身后。斯迪克站起身，大声宣布：“叛徒余伊，无视地球联邦政府粮食紧缺，私藏大量食物，罪无可赦！现在我宣布，将余伊逐出地球联邦！财产全部充公！”

悬挂在监测站屋檐下的腊肉在初夏傍晚的斜阳下摇曳，周围的人群面有饥色，有人的肚子甚至发出了咕咕的饥饿声。余伊明白了，这五个年轻人为了能重返地球联邦，把他给出卖了。

余伊看看周围，所有的人都和他敌对，憎恨他在别人饿肚子的情况下私藏大量食物。余伊大笑，笑得像丧家之犬的哀号，大声说："死老头！你有种！告诉你！老子是咱们这群人中唯一懂打猎的！我看你们以后吃什么！”

什么是打猎？在野生动物几乎绝迹的地球联邦末期，这是他们不知道的生存方式，他们只知道余伊私藏了食物，在大家饿得前胸贴后背的时候，私藏了足以让全镇上千人饱餐一两个星期的食物。

余伊跌跌撞撞地离开监测站，背着他唯一的家当——刻着雷泽尔中尉名字的电磁突击步枪。余伊走了好几公里的山路，漫无目的，不知道该去哪儿，能去哪儿，直到他发现自己被一群恐狼包围，才停下脚步，拿起枪。

一阵枪响，恐狼倒下一半，余伊发现枪哑了，子弹打光了，才想起离开时根本没机会到军火库拿子弹。

轰！轰！轰！穿透力极强的重型枪支，一枪击碎一头狼，余伊看见了坐在反重力越野摩托上的警察局长古铁雷斯和他胳膊下夹着的重型震荡枪。要是再添一副墨镜、一支雪茄，古铁雷斯活脱脱就是电影中走出来的肌肉猛男。摩托车后座坐着一脸忧虑的舒小妘，想必是她去通风报信的。

古铁雷斯问："小老弟，我那边缺人，过来做个保安怎样？"

没有子弹的突击步枪指着古铁雷斯，余伊大声喊："小妘！你要跟这些流放犯的后代混在一起吗？"

余伊以身为地球联邦当中最尊贵的地球本土居民为荣，看不起星舰联盟的人。在这方面，他和盘踞在水虹镇的那帮古代人没有区别。古铁雷斯知道事情没得谈了，从摩托车上搬下一箱子弹给余伊，驾车离开。

嗒嗒嗒！装满子弹的枪朝着古铁雷斯扫射，不知道是余伊枪法烂还是故意没打准，一发都没中。

八、小满天高望旧楼

水虹岛乱了，斯迪克三天两头就吼着要攻打北方基地，当然每次都是被古铁雷斯击退。

余伊带着一杆枪，像头流浪的野狗，上演着艰难的“荒野求生”。

周琴直播着这一切，节节攀升的收视率给她带来了大量的收入和良心的不安。每当她良心饱受折磨时，托马斯就会开导她：“想开点儿，我们还需要很多钱给大家买食物。”

何止是托马斯需要这些钱给水虹镇的斯迪克和大伙儿买吃的，东叶市也指望着这个节目改善一下拮据的财政收入。节目的高收视率也带来了很激烈的争议，很多人呼吁不能这样对待地球同胞，抗议公司的所作所为。

公司很快在东叶市开辟了志愿者中心，反过来呼吁抗议者们充当志愿者，帮助古代人融入星舰联盟的生活。一开始还真有不少抗议者跑去当志愿者，他们统统被斯迪克扣押为人质，换取粮食。后来就很少再有志愿者了。

只有一件事是不会报道的，那就是姜炎衣，或者说弓雨晴的行踪，周琴是真的找不到弓雨晴的下落。

新郢市是一座人口超过十亿的巨型城市，不是离朱星舰的水虹镇那样的复古清雅的山间小镇。亚细亚星舰的 2 号大陆面积是地球故乡欧亚大陆的一半，新郢市的面积却占了整个大陆的三分之一。横平竖直的街道横穿大半个大陆，棋盘形的街区坐落着一栋栋几千米高的摩天大楼，一片片向外横挑的空中花园落下的流水形成穿云而过的高空瀑布，宛若仙山。摩天大楼之间的楼距近则几百米，远则几公里，依靠飞跨空中的高空公路连接。公路之上还有市内小型交通飞船的航线，一些飞船甚至飞出大气层外，前往别的星舰。楼和楼之间是大片的城市森林或草原公园，游荡着无数野生动物，市区里甚至有几座高大的雪山，还有绵延两三千公里的海岸线。

周琴的试用期结束了，顺利转正，她第一次走进公司位于新郢市的总部。在庞大的郑氏集团，很少有底层员工可以踏进这高高在上的总部。公司的 203 层办公室里，比她高五个级别的大佬要听她亲自汇报水虹镇的工作情况。

汇报结束后，周琴顺道去级别更高的 501 层空中花园探望杨牧亦，没想到高踞集团权力之巅的总裁郑清音也在场。

一声脆响，杨牧亦的链锯刀脱手飞出，撞在空中花园的防护网上。郑清音放下手中的链锯刀，说：“今天的训练就到这里。纳奈那，今天有什么新闻？”纳奈那是外星人，郑清音的秘书。

画面投射在空中花园。新闻说，星舰联盟的工业联合会正努力向前地球联邦的各殖民星推销超光速飞船。这世上有种东西叫工业禀赋，就算把超光速飞船的图纸送给那些人类同胞的殖民星，他们也凑不齐生产这些飞船所需的技术工人和星际资源。毕竟他们绝大多数只有一颗恒星和几十亿人口，发展高科技的条件比昔日地球联邦更差，只能靠买。

这种高科技产品的出口需要科学审判庭批准。经过工业联合会的游说，审判庭本部职位最高的七位大督察官以4：3的微弱优势通过了出口许可。毕竟这关系到数以十亿的飞船产业工人的饭碗，科学禁令也不能不食人间烟火地不考虑民生。

郑清音瞥见周琴站在门口，随口问："有事吗？"她认识周琴，水虹岛的直播节目她偶尔也看。

周琴曾经骗弓雨晴说她认识郑清音，实际上她今天才第一次看到本尊。现实中的郑清音不像参加各种公开活动时那样一身唐宋古装、肩披丝帛、额间妆点梅花印，宛若画中仙般利用一切场合给她喜欢的传统文化有形无形地打广告，而是怎么舒服怎么穿。

"没……没事。"周琴匆忙告别，跑进电梯下楼，心脏怦怦直跳，她根本没想过自己能亲眼见到高高在上的郑清音，所有想说的话都没机会说出口。

开发水虹岛是郑清音的主意，直播的收入对她来说也是不值一提的小钱，她的目的何在？难道真的像传言那样，为让妹妹红颜一笑，砸下大笔投资？弓雨晴失踪那么久了，她还是一副不着急的样子，哪里像关心妹妹的姐姐？

电梯降到100层，周琴走出公司大厅，来到高空公路公交车站候车平台。她回首望着高耸入云的公司总部，猜不透高高在上的郑清音在打什么主意。她领了一大笔奖金，失业在家的爸爸和靠打零工维持生计的妈妈很需要这笔钱，她只是普通人，大人物的想法她不想去猜。

“有点儿羡慕周琴呢，家里有爸爸妈妈等她回去。”郑清音看着平台下的白云缝隙间，那火柴盒般小的汽车载走了蚂蚁大小的周琴。杨牧亦知道，郑清音是被父亲抛弃的私生女，谁都打听不到她的母亲是谁，只有爷爷郑维韩将军疼爱她，将军死后，她就没有家了。

当然，前几年她和父亲、伯父和各位堂兄弟们争夺郑氏集团控制权的大混战又是另一个故事了。

郑清音很美，比弓雨晴还美上几分，但是女人美到极致却给人不真实的感觉。在生物学上，同一种生物在不同的空间区隔下，会随着环境的不同慢慢演变成新的亚种。她这种人被称为“地球人星舰联盟亚种”，那双紫色的眼睛，不知道是哪一代的祖先在宇宙辐射中产生变异的结果，就算在星舰联盟中也不多见。

郑清音说：“我们这种人，在普通人眼里，是‘敬，而远之’的，既敬重我们是中流砥柱，也畏惧我们的力量。你对雨晴是真爱？还是像我爸爸那样单纯看上我妈妈的外貌？如果你看过我妹妹的体检报告，你还会爱她吗？”

郑清音把厚厚的体检报告交给杨牧亦。他很认真地翻看，越看越觉得心头发凉。他知道弓雨晴偏执好胜，却没想到她为了能在武力上胜过姐姐，可以如此疯狂。

杨牧亦能体会星舰联盟的普通人对强化人的排斥。在地球联邦末期，大量士兵在残酷的战争中重伤致残，为了弥补兵力缺口，联盟军曾经用机械肢体把伤残老兵改造成可以继续作战的半人半机械怪物。他们被视为第一代强化人，骁勇善战、视死如归、战功显赫，但是因他们拥有半人半机械的外形和强大的力量，被普通人视为“非我族类”，遭到排斥。

杨牧亦了解过星舰联盟强化人的历史，他们采用的是基因改造和身体强化等多种手段并用的方法，曾经是流放者兄弟会时期抢救飞船险情的主力。那时的强化人外形跟人类完全不同，更像是人形怪物，灾难发生时曾经是人们心目中的英雄。但是到了星舰问世，太空流浪危险性骤降，这些人不可避免地被当成怪物排斥。在他们之后，一代代的强化人的改造方向都是在保持强大的力量的同时，尽可能让外貌和普通人无异。到了郑清音这一代，如果把战斗力隐藏起来，光靠外貌根本无法区分强化人和普通人，但是当他们展现出强大的力量时，还是会被别人视为怪物，敬而远之。

下午三点，杨牧亦敲了敲门后推开办公室的门，郑清音问他：“想清楚了？”

杨牧亦说：“想清楚了，如果雨晴是怪物，那我也要变成和她一样的怪物。”

郑清音说：“我们在娘胎时就已经是强化人了，你到了这个岁数才做人体强化改造，死亡率是 76%。科学审判庭这碗饭不是这么好吃的。”

美丽的新郢市里，不太美丽的低收入家庭聚居区，周琴匆匆和父母相聚，吃过父母为祝贺女儿的好成绩而准备的丰盛午餐，就又匆匆奔赴离朱星舰上班。

大老板的器重让父母非常高兴。在公司总部的一面之缘，让严肃中偶尔带点儿小任性的郑清音打了个电话，特许周琴驾驶她的私人飞船“唐古拉星海号”回水虹镇。其实从郑清音的角度来说，也不过是找个免费的驾驶员把这艘飞船带到离朱星舰去。这艘飞船以前是弓雨晴常用，由着弓雨晴的性子加装了威力还算凑合的激光炮组，原本想带到地球战场过把瘾，后来被爷爷郑维韩将军否决了。

水虹岛，水虹镇。弓雨晴雅致的小别墅被老头子斯迪克霸占了。水虹镇里最漂亮的小别墅，门口挂上了“地球联邦临时总统府”的牌子。客厅里，斯迪克震怒地用拐杖敲击着地板，大声叱骂手下是何等无能，竟然连千把人的食物都提供不了。

从监测站弄到的腊肉已经吃光了。托马斯私底下问过那些年轻人谁懂打猎，他们都不约而同地摇头。“打猎”这个词对很多人来说还是头一次听说。斯迪克当场撤了临时政府后勤部长的职，但是这显然对改善粮食问题毫无帮助。

“你们，真的没发现食物合成工厂？一座都没有？”斯迪克仍不死心地追问那些派出去搜索水虹岛的年轻人。

“什么是食物合成工厂？我们的粮食都是农场里种植的。”一名被扣押为人质的志愿者说。

斯迪克逼近志愿者，威胁问道：“离这里最近的农场在哪里？”

志愿者说：“在东叶市，跨过水虹海峡，再往西走三千公里就到了。”

三千公里！放在地球上，这距离都从莫斯科到迪拜了！斯迪克一拐杖把志愿者的脸打出血：“你耍我？”

志愿者不敢说话了。斯迪克不相信的事有很多，他不相信这么大一个流浪星球居然只有五座城市、不足三百万人口，不相信星舰联盟实力的强大，他固执地认为星舰联盟就像纸糊般一推就倒。

七十多岁的斯迪克挥退众人，只留下托马斯，他们俩年龄相近，在这水虹镇里，抛开职务和身份，算是个能聊得来的同龄人。斯迪克小声问：“我们的粮食供应，大概能养活多少人？”

托马斯伸出两根手指：“两百人。”这是他拉下老脸不要，陪周琴做那些可笑的直播节目的收入买到的粮食，加上舒小妘带着女人在周边森林收集野果能养得活的人数。斯迪克决定把那养不活的人武装起来，对北方基地发动攻击，他认定那里必定有大量的粮食。

这……万万不可！托马斯心头很焦虑，他记得拿下水虹镇之后，以前每天运送粮食到水虹镇的小型飞船就没再出现过，大家也就断了粮；要是再拿下北方基地，那就连花钱买粮食的地方都没有了。

斯迪克心意已决，他走出小别墅，对聚在别墅外饿着肚皮的年轻人大声演讲：“粮食会有的，财富也会回来的！北方基地一定储存着大量的粮食！那些流放犯的后裔们正在北方基地大吃大喝！拿下它！所有的人都会有足够的口粮！”

年轻人大声回应，不管是否支持斯迪克，都决定要硬碰硬，攻打北方基地。

斯迪克走进小别墅，关上门，从书架上抽出一本相册，慢慢翻开，轻轻抚摸着弓雨晴和阵亡战友们的照片。这女孩，长得多像莱莉雅啊……

三个小时之后，地球联邦的三百多名年轻人在北方基地的防线外，被装备了先进镇暴枪械的八名警察镇压了，顿时作鸟兽散。

一群年轻人慌不择路，逃到森林深处。天色渐渐暗了，饥饿的他们闻到了食物香味，他们循着香味摸索，却惊呆了：森林深处篝火上烤着一头似乎是野猪的动物，余伊站在篝火边，拿着枪，和弓雨晴对峙。

弓雨晴和姜炎衣的对决，拼了个两败俱伤，共用一副躯体的最大麻烦之处是难以战胜对方，又容易因为身体受损而两败俱亡。到最后，她们都不约而同地以抹除对方的记忆、毁灭对方的意识为目的，试图将对方变成基本上无害的傀儡。交战的结果是双方都有大量记忆被抹除。

我是谁？我要做什么？她不知道，她只知道循着食物的香味找到这儿。

我很饿……我要吃的……

无论是血肉之躯的弓雨晴，还是需要大量能量驱动灰潮的姜炎衣，在丧失大部分记忆之后，寻找食物都成了迫切的需求。篝火上的烤肉吸引的，不仅仅是那些逃散的古代人。

弓雨晴很不对劲，她一身褴褛，一红一黑的双眸流动的神色虽然那么美，却像人偶般不带活气。余伊双腿发抖，但还是硬着头皮，输阵不输人地大声说："弓雨晴！我可不怕你！我见过比你更强大的人偶！"他指的是阿史那雪。

"弓……雨晴？"弓雨晴只觉得这名字很熟悉，但是饥饿压倒了她心头冒出的探寻这名字含义的念头。她的眼睛直盯着烤肉，赤红的左眼前浮现出分析数据：主要成分，高温热解蛋白质，已失活；营养吸收率高于生肉，远高于植物纤维……

姜炎衣的记忆库里，烤肉提供的能量排名高于很多常见的有机物，虽不如核能、电力和燃油，但是能量密度已经不低了，在没有电力供应的野外，算是最好的能量来源之一。

她好像失忆了。余伊慢慢放下枪，说："我一个人吃不完这么大一头烤猪，咱们可以分着吃。"

她伸手，灰色的液体像汗滴般从手掌渗出，烤猪迅速炭化，变成一堆灰烬。余伊不知道灰潮怎样让有机物迅速分解，并抽走分解时释放的能量，只知道这种恐怖的能力曾经活活分解了无数的联盟军战士，补充了人偶的能量。

"饿……"一头野猪无法满足她对能源的渴望。

"但是我们已经没有肉了！"余伊还饿着肚子，没来得及吃呢。

弓雨晴转身离开，消失在傍晚昏沉沉的森林中。她离开后，那些年轻人才敢靠近。他们意见并不统一，有人想讨些吃的，也有人并不这样想。

森林中传出野兽嚎叫声，树木被撞断的声音接连传来，弓雨晴拖了一头比大象还大的巨犀回来。"烤着吃……"弓雨晴残留的人类饮食习惯觉得这比生肉好吃。

"余……余伊！把食物交给我们！"开口的年轻人，就是监测站出卖余伊的五个年轻人之一。

双拳难敌四手，何况对方有几十个人。余伊决定试一下弓雨晴会不会和他合作："弓雨晴，你必须打败他们，保护我，才有烤肉吃。"

几乎是一瞬间，年轻人还没反应过来是怎么回事，就已经全部被她放倒。“电……或者燃油……”打架消耗了更多的能量，姜炎衣残留的意识让她近乎本能地寻找能量密度更高的补给。

“我们去水虹镇！镇上有电！”余伊大声说，紧张得冒冷汗，他怕弓雨晴找不到更好的能量补给，会把他分解成灰烬。

有电，就意味着可以放开手脚使用更强大的力量，反正消耗掉的能量到了水虹镇都可以补充回来。余伊再次看到事隔七千年的恐怖画面：灰潮漫延，将周围的花草树木分解一空，大量的有机物凝聚在弓雨晴身上，消化、吸收，转变为庞大的肌肉组织，一双巨大的翅膀从她背后伸出，身体变成庞然大物，长出鳞片和尾巴，鳄鱼般的嘴巴长出锋利的獠牙。

有些人偶并不一定会采取最有效的攻击手段，她们在人类家庭中成长，听过人类口中的恐怖故事或神话中的狰狞怪物，她们攻击人类时，会变成故事中的怪物形象，试图用恐惧感从内心压倒人类。

一头巨大的炎龙，这是残留在姜炎衣的记忆中，夭折的小主人看童话故事时所恐惧的形象。在童话里，英勇的骑士最终打败恶龙，救回公主，但是在现实中，她的利爪撕碎过无数自诩为骑士的联盟军士兵。

“上来，告诉我水虹镇的位置。”在她的命令下，余伊爬上锐利的赤红鳞背。她振翅飞向天空，掠过树顶，看见天顶上慢慢出现的“唐古拉星海号”飞船，觉得这飞船好像在哪里见过。

飞船上，周琴看到了盘旋在水虹岛上空的飞龙，她第一反应就是掏出手机做直播：“老天！一头炎龙！这不可能！童话中虚构的生物怎么可能出现在现实中？这是 CG 特效，还是最高科学院的阿史那雪教授闲着无聊制造的基因改造怪物？让我们跟着镜头去追踪这个怪物！我是网络女主播琴琴！请大家继续关注我的直播！”

“这里是 AS-22564 号星际航班，第四批古代人同胞即将降落……不！他们试图劫持飞船！”飞船公开交流频道中，驾驶员的声音一下子慌了神。周琴从雷达上看到一个小光点出现在水虹镇的上空，频道里传出了古代人的语言，他们在呼叫位于水虹岛上的同胞。

水虹镇里，地球联邦临时政府外交事务负责人一直守着抢来的电台，他是个光杆司令，电台里突然传出的呼叫声让他倍感兴奋。斯迪克赶来了，听着电台里同胞们的呼叫，昏黄的老眼慢慢滑下热泪，他大声问：“你们的电台能联络殖民星吗？”

“能！这些飞船特别先进！”对方的回答非常肯定。

斯迪克倍感振奋：“立即发送信号！号召所有的殖民星推翻星舰联盟！”

呼叫信号包裹在空间泡中，以超越光速的速度在宇宙中飞奔，很快就被对方收到。几个来自前地球联邦殖民星的商务代表们一脸愕然地看着刚刚买到的超光速飞船里传出的地球联邦总统令，同样感到不解的还有星舰联盟工业联合会的代表。

“垮台七千年的地球联邦诈尸了？”殖民星的商务代表们面面相觑。

斯迪克是不知道这些的。天上传来如雷轰鸣，他大步走出室内，好像返老还童般精神抖擞，看着天空慢慢降落的飞船。他要夺取这艘飞船，带领大家逃离星舰联盟，以地球联邦临时总统的身份到达某个殖民星，接受万民欢呼，一呼百应地号令所有的殖民星向星舰联盟发起进攻。

五百米，三百米，一百米，五十米，三十米，十米，飞船高度越来越低，水虹镇的古代人翘首相望。

“那是什么！”有眼尖的人大声叫喊，他们看见了一只巨大的动物以极快的速度飞来！“是龙！一头巨大的炎龙！”

他们是第一次看到神话中的炎龙，但是类似的怪物他们曾经在新熙雍市毁灭时见过。那时，雪白的青眸巨狼犹如北欧神话中的巨狼芬里尔，毁灭了新熙雍市。终于有人惊恐地大叫：“是人偶！一定是人偶变的！”

飞船距离地面还有五米，炎龙已至，锋利的爪子刺穿船身，让乘客们惊慌失措，他们强行打开舱门，连爬带滚逃离飞船。轰然巨响，飞船被炎龙庞大的身躯踩成两段，斯迪克逃离星舰联盟的希望瞬间破灭了。

“能量……我需要能量……”姜炎衣受人偶渴望能量本能的驱使，把飞船一块块撕碎。她知道凡是飞船，必定存有提供她遨游太空所需的大量能源。她扭动了一下脖子，鳞片像无数刀子般交错活动，余伊从她脖子上逃离，滚落地面，跟着飞船中逃出的人一起远离这头怪物。

她不熟悉超光速飞船的动力系统，不知道它是怎样制造空间扭曲实现超光速飞行的，只知道这样的飞船消耗的能量一定很多，库存的能量一定不少。她凭着人偶的机械本能，量子大脑疯狂运转，推算哪里才是飞船的供能系统……她发现了！在飞船的腹部，有一个体积并不大的能量核心！她张开血盆大口将其吞噬，体内数不清的纳米机器人聚集在核心周围，试探性地寻找能量的利用方式。

“我从没感觉到过这么充沛的能量从体内源源不断地涌出！”她

看见斯迪克不停后退，红着眼睛下令让年轻人往前冲。年轻人朝着她开枪，子弹在她坚硬的鳞片上打出片片火花。过于充沛的能量让她一时之间不知道该怎样利用，只知道要尽快将能量迅速积攒起的高温排出体外。她张开血盆大口，烈焰从喉咙喷出。

火焰吞噬了冲在最前面的年轻人，很多人全身着火，在地上打滚，跳进了别墅前的小湖里。她只觉得这别墅前的小湖有点儿眼熟。

水煮雷克萨斯暴龙肉、水煮鹿肉、水煮松茸、水煮食用蕨类，甚至水煮红酒……

"别乱来哦！不然我一古筝把你杵到水里去！"

别墅前的小湖里，有她和某个男生泛舟抚琴的记忆碎片。一个很熟悉的名字泛上心头：杨牧亦。

"杨牧亦……杨牧亦在哪里？"她灯笼般巨大的野兽赤红瞳孔流下了拳头大的眼泪，红中夹灰的泪水从满是鳞片的脸颊滑落，泪在风中燃烧。没人回答。她暴躁的吼声震得整个小镇簌簌发抖，利爪撕碎了挡在身前的一切东西。不逼问出杨牧亦的下落，她决不罢休。

"保护我！快杀了她！凡是敢后退的，一律按背叛地球联邦论罪！"斯迪克仍然大声喊着让别人冲上去送死，自己却不停后退，直至跌倒在别墅门前的台阶上。

余伊出现了，挡在斯迪克面前，大声说："杨牧亦在北方基地！等着你去救他！"也不管真假，先把她骗走再说。

弓雨晴转身，长长的鳞甲尾扫倒一大片建筑，双翅拍打，挟着烈火狂风升空，吹得地面很多人站不住脚。看见她庞大的身影慢慢消失在北面的夜空，余伊才算是松了一口气。

“快来人！给我杀了这叛徒余伊！”斯迪克暴怒的声音从余伊身后炸雷般传来。

弓雨晴离开了，水虹镇的年轻人又拿起枪围了过来。斯迪克历数余伊的罪状：私藏食物、不听命令，甚至把危险的炎龙带到水虹镇来，试图颠覆地球联邦临时政府……

“死刑！立即执行！”斯迪克大声下令。余伊逃进森林，没命地跑，身后是子弹打在大树上的声音。

巨大的炎龙在水虹岛的月夜下飞行，离朱星舰头顶那轮拥有大陆和海洋的“月亮”，是和它互为双星的另一颗流浪星球——荷鲁斯星舰。

“唐古拉星海号”飞船里，周琴捂着嘴巴小声哭泣，她认出了那头炎龙就是弓雨晴。舱室内突然收到神秘信号：“请把‘唐古拉星海号’的控制权交给我，我需要动用飞船的激光炮组。”

信号来自蓬莱星舰，它位于普通人连看都看不见的另一个维度的宇宙。“你……你是……”周琴的话还没问完，就看见了屏幕上出现的大人物——科学审判庭大督察官——阿史那雪。

作为一个人偶，姜炎衣从来没有感觉到像今天这样，拥有近乎无限能量的畅快感，超光速飞船的能源核心带来的力量让她觉得自己成了最强的人偶。

一道光束从天而降，激光炮包裹着电离空气的闪电，刺穿炎龙的身体。她自以为的“最强”，在阿史那雪面前什么都不是。

炎龙坠落。

九、芒种萌丝萦昔影

人偶会做梦吗？阿史那雪不知道，她只知道量子大脑每隔一段时间就要进入休眠状态，结束一些不需要的进程、清理系统垃圾、重启一些程序，以及将记录在储存器中的数据分门别类进行整理。有时候，她会在“梦中”翻阅到一些古老的记忆。

“现在我宣布！今年新熙雍市选美大赛的总冠军是——亚洲七国混血儿，阿史那雪！”她看见了那个叫舒小妘的女孩在哭泣，那女孩只拿了季军，却需要总冠军的丰厚奖金给难民们买食物。

阿史那雪娇媚入骨，城里的大人物一个个消失。

“替我除掉山本。”密室里，拉斐尔小声吩咐阿史那雪。

“替我除掉拉斐尔。”豪宅里，山本小声吩咐阿史那雪。

于是山本和拉斐尔两名政敌，一个在秘密旅馆的粉色大床上化为飞灰，一个在私会情人的秘密别墅浴室里变成下水道的残渣。阿史那雪趁机收集人类的 DNA 样本。

保密工作做得很好，没人知道是谁买凶杀人。

普通人为填饱自己的肚子而奔波，没人在意这种跟自己关系不大的事。大人物们却在因为对手一个个消失而弹冠相庆，他们总觉得，消失了一个对手，就可以空出一个位置安插自己的亲信。这些人以前分散在地球的不同角落里，各有势力范围，倒也相安无事，但现在全都挤在小小的新熙雍市里，争抢着跟食物和水一样稀缺的权力，难免龙争虎斗。

对于这场无声的风暴，每个人都选择三缄其口。直到有一天，一个新来的士兵打破了沉默。

“是她！一定是她杀了那些人！”那名士兵拿着枪，拦下了正要走上豪车的她。士兵被当场解雇，他是从别处逃难过来的，担任缪塞尔先生的警卫。

缪塞尔先生当然知道这秘密，他需要阿史那雪勾引并暗杀另一个对手。当天晚上，缪塞尔先生在秘密庄园里被灰潮无声无息地溶解，那个对手也没能活着见到第二天的太阳。

事情终于暴露了，那些人终于发现自己试图利用的是一头噬主的狼。他们想消灭她，她一不做二不休，毁灭新熙雍市。巨大的穹隆顶坍塌了，外面的世界崩溃的生态环境，天地间一切生灵腐烂的恶臭，全部涌入城市，巨大的白色青眸母狼，正在吞噬城中的一切生命。

人，对自己无力抗拒的必然结局，会呈现出逃避心态。每个人最终都无法逃离死亡的结局，所以人类忌讳谈死亡，并发明了很多用于指代死亡、避免直接谈及死亡的词：卒、歿、填沟壑、圆寂、登仙、薨、驾鹤西归、山陵崩、两腿一蹬、挂了。当一个街区毁灭时，一街之隔的另一个街区还在恪守“不许讨论坏消息”的禁令，徒劳地用颤抖的声音讨论天气和股票，讨论殖民星即将派来的援军会如何摧枯拉朽地毁灭机器人叛军。

新熙雍市里有很多地下避难所，那厚重的大门像极了古代帝王陵的地宫大门，平时都敞开着，但人们都非常忌讳地绕着走，直到知道自己再无活路时才蜂拥而入，争抢稀少的休眠舱。

厚重的大门正在缓缓关闭，把最后一道防线的士兵们抛弃在避难所外，阿史那雪又见到了那名士兵，她记得他叫杨牧亦。

她不明白为什么这些人不逃往城外寻找最近的飞船港，逃到外太空投奔流放者兄弟会去。“是因为被你们流放的人太多了，你们怕被秋后算账，不敢投奔他们吗？我倒是想见见那些在太空中艰难求生的流放者兄弟。”

阿史那雪单手撑住即将关闭的大门，用力一推，关门的液压机构轰然震撼，门再次打开，她把士兵丢了进去。阿史那雪转身离开，难民蜂拥进地下城，大门砰然关闭，不知夹死多少人。

“老师，我从故国轩买回了糕点，尝点儿吧。”阿史那雪被郑清音的声音惊醒。她睁开眼睛，实验室里的人体改造装置无声无息地运作着。这个星期几次致命的险情，差点儿要了杨牧亦的命。

强化人有无数种强化类型，阿史那雪亲自为杨牧亦操刀的类型是人偶的简化版，因为她听说杨牧亦想变成和弓雨晴一样的怪物。相似的芯片微粒流淌在血液中，修改着人类的肌肉结构，强化神经网络的数据传输，去除了灰潮等人类血肉之躯难以承受的能力，但是强烈的排异反应仍然致命。

郑清音看着沉睡的杨牧亦说："作为强化人，我可都没受过这种苦。"

阿史那雪说："你们都是在成为受精卵之前，还是母亲体内的卵细胞时就已经经历过这一劫，熬不过去的卵细胞就直接流掉了，连遇见精子的机会都不会有。"

郑清音说："老师，我听说，曾经有人能用人类的血肉之躯操纵灰潮？"

阿史那雪推开实验室的门，说："那个人，很久以前就已经不在了。任何人想用血肉之躯操纵人偶之力，最终都会是一场悲剧。"她不想跟即将苏醒的杨牧亦打照面。

实验室外是梅林成荫的庭院，这里曾经是梅督最喜欢的实验基地。梅督是最高科学院里科学家们心头永远的伤痕，听说那年梅督阵亡后，阿史那雪就再也见不得这座实验基地里的梅树挂果。

杨牧亦醒来了，体内的力量那么陌生，又那么强大。他睁开眼睛的第一件事就是提出再和郑清音比试一场。

半小时之后，实验基地的梅林，刀光剑影，寒气萧索，落英缤纷，链锯刀折断，零件散了一地，杨牧亦又败了。郑清音把链锯刀插在地上，问："你就这么在意要在战斗力上压倒弓雨晴？原始社会男人力量强壮是为了打猎养活家庭，你为的是什么？"

这些日子以来，好多次郑清音都想直说杨牧亦不是个合格的男人。但转念一想，妹妹脾气倔，就算错了也死不回头，爱上对的人，还是爱上错的人，那都是妹妹的选择，她又有什么评价的余地？

杨牧亦怔怔地站着，思考郑清音的话。过了好一会儿，他思考清楚，说出了自己的想法。郑清音气得脸色铁青，嗖地拔起链锯刀，架在他脖子上。

女人心，海底针，杨牧亦不知道什么地方惹得郑清音大发雷霆。

郑清音丢下链锯刀："算了，我同意了。"

有些男人，在一文不名的时候，心底就算喜欢一个女生，也往往不敢开口，总想着外出打拼，梦想着给她名车豪宅，等到功成名就之后再表白，却不知道打拼半生衣锦还乡时，心爱的女生早已嫁作他人妇。

有些女人，总是忙于事业，忙忙碌碌，生怕错过奋斗的黄金期，蓦然回首，却浑然不知暗暗爱慕过她的人已经畏惧于她的功成名就，心中自卑，离开了曾经和她有交集的人生轨道，再也不会出现。

郑清音的爱情经历是一片空白，就像蓬莱星舰寸草不生的北极大地。在她的学生时代，有数不清的男生爱慕过她，只是当时她懵懂，全错过了，如今回头别人早已成双成对。无论杨牧亦是怎样的男人，无论最后结果如何，她都希望妹妹比她幸运。

离朱星舰，水虹岛，北方基地。四百多名饿得前胸贴后背的古代人又攻过来了。北方基地里只有八名警察、三十六名退役军人，但是有三名郑氏集团的雇员，其中一人是来自瑶山星舰的强化人，还有十六位科学院的科技工作者，其中九人是强化人……

对了，还有五名从水虹镇解救出来的志愿者。

"是人偶！我们快逃！"七千年前的噩梦在眼前重现，古代人落荒而逃，等待着他们的必将是斯迪克严酷的责罚。

星舰联盟有一个众所周知的秘密，大部分人偶是敌人，但有少数不是。八名警察、三十六名退役军人在门口伫立，迎接大家心目中分量极重的“童年小姐姐”——人偶贺兰箐。

贺兰箐，身高五十五厘米，精巧漂亮，像是童话故事中走出来的精灵。她号称最弱的人偶，也是唯一不懂操控灰潮的人偶。她的主人是地球联邦时代一个还没成年就夭折的小女孩，从小在富裕的家庭被照顾得无微不至。生活在父母营造的童话般的美好世界中的她，还来不及触碰人世间的丑恶就结束了短暂的一生。所以主人印刻在贺兰箐的量子大脑中的，大多是人世间的美好，唯一让她觉得悲伤的事情只有人类的死亡。

贺兰箐沉默寡言。七千年前的地球联邦战火纷飞的末世，当梅小繁带着阿史那雪第一次见到她时，她静静地坐在豪宅的废墟中，落满灰尘。

贺兰箐是星舰联盟的都市传说，流放者兄弟会对人偶的恐惧，有大半是被她化解的。早在星舰联盟成立之前，生存艰难的流放者兄弟会里，如果谁家的父母忙于工作，孩子无人照顾，贺兰箐就会无声无息地出现，照顾孩子，给孩子讲地球时代的老童话，陪着孩子玩耍，为尚未归家的大人准备晚餐。直到父母的脚步声在家门前响起，她会跟孩子拉钩钩发誓说这是不能跟大人说的秘密，然后悄无声息地消失。

孩子会长大，有些孩子成年后，仍然记得童年陪伴过自己的贺兰箐。不知从什么时候起，有人凭着童年记忆中贺兰箐的模样，做了可爱的布偶玩具，放在自己孩子的婴儿床边，希望贺兰箐像陪伴着童年的自己那样陪伴着自己的下一代。慢慢地，这在星舰联盟的一些地区成了一种风俗，每逢有小孩子出生，身边必定要放一个贺兰箐模样的小玩具。这风俗一流传就是几千年，至今不改。

“他们不是人！不是人！全都是畜生……”一个女志愿者抱着贺兰箐，失声痛哭。

贺兰箐看向周琴，周琴也低头不语，事情一直都在朝着她不愿看到的方向发展，她原本想直播的古代人在现代的快乐生活是一点儿都没拍到，却拍到了大量的收视率更高但她并不喜欢的冲突画面。

“我到底是要让民众了解真相呢，还是要保护大家脆弱的自尊？”周琴犹豫了好一会儿，才让无人机把镜头对准这名痛哭的女志愿者，打上马赛克。

周琴的直播很快登上了联盟新闻的热度排行榜，噌噌噌地一路上升。网上各种争执和对骂愈演愈烈，甚至殃及了地球上数以亿计仍在各处地下避难所沉睡的同胞。越来越多的人开始怀疑花大量的资源和财富拯救这些古代同胞到底值不值得。特别是在这种经济不景气的时代，救一个古代同胞的成本比很多人一年的工资还高，又没有足够的工作岗位给他们，福利却一点儿都不能少……他们实在是无力供养这些古代大爷们了。

贺兰箐突然侧耳倾听，好像在听什么细微的声音，古铁雷斯问：“箐殿下，请问有什么情况？”

“有小孩的哭声。”贺兰箐说。

当战败的几百名年轻人回到水虹镇时，斯迪克毫不意外地勃然大怒：“废物！全是废物！拿不下北方基地，我们喝西北风去？”

第四批移民中有带着孩子的年轻夫妻。丈夫攻打北方基地，吃了败仗负伤归来，妻子在附近森林找野果挖野菜，却找不到多少可以吃的东西，孩子饿得直哭，看见父母被凶狠的老头子骂，哭得更凶了。

“流放！统统流放！流放出地球联邦！”斯迪克气得胡子都翘起来了。尽管加大了到森林里采集野果和打猎的力度，水虹镇的粮食也只够养活四百人，仍有两百多人要被流放。需要盖更多的房子供越来越多的新居民居住，还要砍伐树木、生火、驱逐野兽、炙烤食物。然而，水虹镇周围的树木已经被砍光，想寻找食物，也要走到更远的地方才行。

小镇原本清澈见底的溪流变得浑浊，开始有人因为喝了不干净的水、吃了烤不熟的肉而病倒。这些在地球联邦时代从来没见过真正的森林的人，并不知道这是因过度砍伐小镇周围的森林造成的水土流失。

被流放的人以无法作战的病号、伤员，以及担心家人的安全而不敢反抗的家庭为主。经过托马斯的求情，斯迪克稍微做了让步：“先流放五十人，剩下的如果不拼死作战，下场就跟他们一样！”

“孩子还小，不要赶我们走……”年轻的母亲跪在小镇的路口，哭求留在小镇，却被士兵无情地赶走。每个人都知道，粮食是真的供不应求，留下来的人也只能分到最低限度的口粮，只能确保不饿死。

“去森林里，找余伊。”有同情心的士兵也只敢这样小声地提示他们。失去监测站的余伊又在水虹岛的海岸边开辟了新的村庄，听说又储存了大量的粮食。

森林深处，有烟火升起，他们顺着烟火，听着不知名的野兽的嚎叫声，互相搀扶着，踏着树下厚厚的腐叶前行。“救命！我陷下去了！”“抓住我的手！”头顶上黑沉沉的树冠让胆小的孩子号啕大哭，大人们心神不宁。

几头目露凶光的怪物出现在森林中，像豹子又不是豹子，像老虎又不是老虎，锋利的犬齿像匕首一样长。他们被野兽包围了，男人们勇敢地站在前面保护家庭，女人们瑟瑟发抖地安抚怀中孩子的情绪，用颤抖的声音叫孩子别怕。

“人偶来了！”有女人大声尖叫。她们发现一个小小的人偶娃娃站在后方的大树上，居高临下俯瞰众人。贺兰箐是循着孩子的哭声找过来的，那些孩子又渴又饿，只能哭，大人们也饿得有气无力。不巧的是，这几头猛兽也是饥肠辘辘。

一个人影掠过，快如闪电，野兽像风中树叶般被抛向空中，又重重落地，当场断气。一群人跟在后面，把野兽抬走。她是只管杀不管善后的。

当两群人相遇时，他们互相都愣住了。那些拖家带口的年轻人，没想到这些水虹镇的同乡竟然寻到了新门路，偷偷到海边的森林里捕猎充饥；那些捕猎的人也没想到斯迪克会做得那么绝，把这些家庭赶到野外自生自灭。

“那是……弓雨晴？”贺兰箐觉得心惊。不，那双如燃烧炭火般红中带黑的眼珠子，不是人类该有的眼睛。人偶认人并不完全通过外貌，她们的眼睛可以看到人眼无法识别的红外波段，她们的传感器可以看见生物体内的微电流。贺兰箐看到了一个久违的电磁特征：姜炎衣。

贺兰箐无声无息地离开。

接下来该怎么做，对人类来说是根本不必多想的事。这些家庭被带到海边，在斜阳下沿着森林边温暖的海滩前行。海水在软绵绵的沙滩上进进退退，这些人好奇地踩在金色天鹅绒般的细沙上，大人们心有余悸地讨论着刚才看到的人偶，小孩子忘记了刚才的恐惧，光着脚丫向前跑去。

他们很快走到一条河流的入海口，看到了一座简陋的小村庄，村庄里人不多，却生机盎然，木栅栏围绕着粗陋的木头房子，屋檐下挂满风干的鱼肉，岸边停着散发着新鲜木头气味的小船。村外开辟的新农田不久前刚播种，年轻的女孩细嫩的双手用木棍和石头做成简陋的农具，开挖沟渠，口中轻声唱着不知从哪里学来的古老歌谣："芒种忙种，收了芒儿尖尖的麦子，种下芒儿尖尖的稻谷……"

村庄中的人似乎都认清了现实：过去可以躺着享受福利的地球联邦时代已经无可挽回地逝去了，种田打鱼，适应新生活，才能活下去。

"余伊大哥，有新人加入我们了！"在村民们的提醒下，一名赤裸着古铜色上身的大汉转身看着这些熟悉的面孔。一个多月风餐露宿生活，锻炼出了余伊强壮的体魄。

余伊放下手上的鱼叉，看着那些人。他认出了其中三个年轻人，他们在监测站出卖过他。他什么都没说，只是盯着他们。那三个年轻人低下头，知道这里不是他们该留下的地方，默默地转身离开。

余伊说："站住，带些农作物种子回去，舒小妘好不容易才从星舰联盟买回来的。"

没脸说谢谢，三人各提着小半袋粮食种子踏上返回水虹镇的路。

天上的人造太阳慢慢坠入海平线，村庄举行热闹的篝火晚会迎接新来的定居者。这里的食物非常丰富，有海盐腌渍的巨齿鲨、粗陶罐子水煮哈斯特巨鹰、清蒸恐鸟、红烧恐狼，还有美味的土豆汤和小麦饭。新来的家庭，妻子幸福地给怀里的孩子喂美味的海鱼羹，这是哪怕地球联邦时代，他们也没尝过的美食。一名村民小声说："最遗憾的是小妘没赶回来，错过了一场盛宴。"另一名村民语带讽刺："你还怕饿得着她？北方基地里吃得比我们还好！"

"饿……食物……"弓雨晴开口时，余伊早有准备，一米多长的木棍插着一根烤熟的恐狼腿，伸长手臂递给她，和她保持尽可能远的距离。

"余伊大哥，她是……"一名新来的居民看着衣衫褴褛的弓雨晴，小声问余伊。

余伊说："是站在我们这边的魔鬼，离她远点儿，人偶有多可怕你是知道的。"新来的居民畏惧地点头，毕竟大家都是经历过阿史那雪的恐怖而侥幸活下来的人。

北方基地，舒小妘的内心一直在挣扎。弓雨晴的去向她是知道的，却一直不敢说。郑清音知道自己的妹妹变成了现在的行尸走肉，指不定会震怒成什么样子。

但今天，舒小妘看见了来自那个高不可攀的世界的大人物贺兰箐，不管是现在尊贵的身份，还是过去人偶的经历，都让她害怕。舒小妘知道再也瞒不下去了，便走到古铁雷斯面前说："警察局长先生，我知道雨晴姐的下落！"

古铁雷斯瞪着眼睛看着她，从这丫头怯怯的表情来看，瞒着大家不是一两天了。“你带路！留三个人守基地！大家出发！”古铁雷斯的声音像炸雷一样响。

他们上了警车，却看见贺兰箐从森林归来。舒小妘坐在车里，害怕得全身发抖，眼泪慢慢渗出眼眶，不停地喃喃低语，她嘱咐古铁雷斯千万不要让郑清音知道弓雨晴的近况。

贺兰箐没想过要对古铁雷斯说遇见了弓雨晴，因她没有逐级汇报的概念，她只会跟另一个她带大的孩子郑清音直接说弓雨晴的情况。

警用的地效飞行车速度极快，篝火晚会正热闹，古铁雷斯带人冲下车，村庄里惊叫声一片。余伊拿起武器，带着大伙儿毫不相让地将枪口对着警察——他们一直是敌对的关系。只剩舒小妘缩在车里发抖，她把头埋在车窗下，不敢让村民发现。她发过誓，绝对不能向警方透露村庄的位置。

古铁雷斯没心情找余伊的麻烦，他看见了弓雨晴。昔日惊为天人，文能风花雪月，武能驰骋沙场，陆战七师让敌人胆寒的悍将，他的老上级弓雨晴，此刻好像被抽走灵魂的空壳，木然站立着。

“我是谁？我为什么在这里？他是谁？他来这里做什么？”弓雨晴反复思考着这些问题。

“弓督！快跟我走！”古铁雷斯知道他们几个人挡不住这近百名武装村民。

“弓雨晴！杀了他！”余伊大声下令。

“是他！杀了他！”弓雨晴的眼睛突然变得赤红。这一刻，她是姜炎衣，她认得古铁雷斯，这个炎帝陵血战时的死剩种！

一蓬鲜血洒向空中，她的手指沾满鲜血，倒下的，却是余伊！

这一瞬间，她又变成了弓雨晴。

晚上十点，周琴得知了弓雨晴的情况，她用最快的速度驾驶“唐古拉星海号”冲往东叶市，寻找她节目组的上司，并试图通过上司向上汇报水虹岛上十万火急的情况。上司被调走了，听说新来的负责人是全盘负责离朱星舰项目运营的总经理，姓名不详、住址不清，是从来没见过的新人。

周琴一筹莫展，坐在空荡荡的旧临时办公地点的台阶上哭。她不知道，新的负责人就在一街之隔的另一栋小楼里，窗户亮着灯，正在翻阅堆积如山的资料，试图在第二天正式上任前把这些他并不熟悉的工作理出个头绪来。

新来的总经理叫杨牧亦，他已经吩咐下属，任何人都不能打扰他。他靠着浓茶和咖啡提神，要在经济萧条中把公司的项目运作好，对他来说是非常大的挑战。

桌面摆放着弓雨晴的照片。雨晴美若仙子，从小到大，她都是学习成绩年级第二、书画比赛年级第二、古筝胡琴年级第二、格斗比赛年级第二……她的优秀，让很多男人自愧形秽、退避三舍，杨牧亦知道自己要非常努力才能配得上她。在此之前，他觉得没有资格去见弓雨晴，去站在她身边，甚至没有资格去打听她的近况。

他不知道，惹郑清音生气的就是他的这种想法。

与此同时，水虹镇，煮熟的食物摆放在斯迪克面前，他贪婪地嗅着那香味，水煮土豆、水煮小麦、水煮豆子，都是他小时候，地球生物圈还没崩溃时，妈妈煮给他吃的食物。童年时不知珍惜，年迈时即使位高权重，这些已经绝迹的食物也是再也尝不到了。

“总统很高兴，特许撤销你们三人的流放令。”托马斯对三名年轻人说。

三人慢慢跪下，眼泪滑落，这不是高兴，而是绝望。他们知道，余伊给的是种子，是希望，但是水虹镇没有人知道怎样种田。而斯迪克根本不容他们解释，只把它当成珍贵的食材。斯迪克从来不知道这些东西可以长出新的农作物来。

水虹镇的饥荒，仍将持续。

十、夏至风来水难平

欧罗巴星舰，星舰联盟的首都，新长安市。政府广场前聚满了举牌抗议的失业工人，电视台直播着最高执政官府邸外墙被糊满臭鸡蛋和烂番茄的实况。

太阳系战役结束前，在复仇的狂热下，一切经济问题都是不值一提的小问题；但是战争结束后，严重的经济危机终于浮出水面，政府焦头烂额地接连推出各种经济刺激政策，却全都失败了。

高维宇宙，蓬莱星舰，最高科学院总部所在地羲皇市，最高执政官亲临造访。当年联盟内战过后，最高科学院就再也没有过院长，让执政官不知道该向谁下达命令，他很难理解这个群龙无首的机构是怎样有条不紊地运作了三千多年的。

科学审判庭，庭院茂密的梅花树下，审判长给最高执政官倒了一杯茶，说："最高科学院上一次被卷入政治斗争付出的代价是什么，你知道吧？"

那惨烈的场面已经过去了三千年，审判长和最高执政官都没见过，但是科学院中那些被授予长生不死特权的顶尖学者们，有不少人都亲历过那场不堪回首的内战。

“不要像个长不大的孩子，遇到难题就只知道向‘长辈’求助，处理经济危机是世俗政府该处理的事，不是最高科学院的职能范围。”审判长拒绝得很直接，连他想见七位大督察官的请求都一并拒绝了。

理论上，科学审判庭的级别并不高，最高科学院名义上隶属联盟政府，科学审判庭级别比科学院还低一级，级别最高的七位大督察官也不过是由科学院下辖的研究所副所长兼任的。但是别人不买他的账，他也没办法。

最高执政官无奈地离开蓬莱星舰，先进的飞船启动维度跨越功能，孤零零的三艘巨星舰消失在身后，扑面而来的是五百多艘星舰组成的浩瀚星空。

星舰联盟为什么是联盟，他此刻深有体会。

正常的渠道走不通，执政官想到了靠私人关系寻找大督察官说情，他拨通了郑清音的电话。

羲皇市远郊，人迹罕至的人偶岛。茂密的森林里，残垣断壁爬满古藤，一具具残破的人偶娃娃坐在树杈上、断壁间。作为特殊的机器人，人偶的身体是有寿命的，机械会磨损，电路会老化，当寿命将尽时，它们会制造一副新的躯体，把废弃的旧躯体留在这里。

更何况，机器人的永生只是理论上的永生，要是发生意外还是会死的。阿史那雪站在梅小繁的衣冠冢前，想起了那时的内战。

那时的炮火削断了阿史那雪的肢体，森森白骨镶嵌着乌黑的芯片，鲜红的血肉纠缠着绿色的导线。她往前冲，却发现炮火把她和近在咫尺的梅小繁隔开了生和死那么遥远的距离。那时的她，才蓦然发觉当初在新熙雍市郊外获得的人类画皮，不知不觉已经披了几千年。她恨自己习惯了人类的躯体，习惯到常常误以为自己是人类，忘了及时抛开这副画皮，以人偶的姿态发挥最强的实力。

“老师。”郑清音站在阿史那雪身后。

“不接！”阿史那雪的听力远超人类，隔着很远就听到了手机里最高执政官的声音。她记仇，不恨执政官那个人，却恨那个位置。

郑清音走到墓碑前：“经济危机真的很严重。如果梅督还活着，一定会接电话吧？”

阿史那雪犹豫了好一会儿，才接过电话。

经济危机真的很严重，但是对一直都很穷的离朱星舰的影响却有限。郑氏集团的大笔投资缓解了经济危机对离朱星舰的冲击，但压力始终都压在集团的离朱星舰项目部身上。

危机就像大海上周而复始的风浪，有些年轻的海员没见过惊涛骇浪，有些年老的船长则在惊涛骇浪中搏斗过，知道要怎样应付。为了一场等待了七千年的复仇，星舰联盟把自己的经济命脉从自己崛起的星区中连根拔起，回到了祖先们念念不忘的荒凉的银河系，以致酿成了此次的经济危机。

星舰联盟不是没陷入过类似的困局，三千年前的联盟内战、四千年前的超新星爆炸，甚至五千多年前联盟建立前颠沛流离的每一天，都存在远比现在更严重的生存危机。郑清音很聪明地找了一个见过毁灭世界的上古洪荒的老船员，来当离朱星舰项目部这艘大船的船长。

现在的局面很艰难？那你是没经历过地球联邦末年的绝望。星舰联盟有五百多艘地球般美丽的星舰、五百亿人口组成的庞大市场，在杨牧亦眼中，危机不过是人们开不起豪车而改坐公交车，吃不起山珍海味而改吃普通的食物罢了，离真正的生死关头还很遥远。

仅用了半个月的时间，杨牧亦就把离朱星舰项目部稳定下来了。项目平稳盈利，大船在这场经济危机的狂风海浪中逆风前进。但他知道，这只是在深远的危机中保得小小一隅的平安，就好像大厦将倾的地球联邦末期仍处于短暂的歌舞升平之中的新熙雍市那般。

杨总是个狠人。项目部大楼里的所有人都知道，杨总不光对部下严厉，有功重赏，有过重罚，他对自己甚至比对部下更严厉。他没学过高深的经济学理论，没有运营公司的经验，只能一边工作一边苦学，就像当年没摸过枪的他被强拉入伍之后一边作战一边学开枪那样。他办公桌上的文件整齐得像用尺子比着整理过，走路的步伐坚毅得像是经历过无数血战的老兵……不，他就是真正的老兵。

为了不让繁重的工作压垮身体，杨牧亦每天都要从精确到分的工作安排里挤出半个小时锻炼。周琴打听到，杨牧亦的锻炼时间是雷打不动的午餐前半小时。

“我要见杨牧亦！谁都别拦着我！不然我就从这里跳下去！”周琴的声音从 17 楼的窗户传来，惊动了在 19 楼健身的杨牧亦。周琴虽说是网络上小有名气的女主播，但是想见到杨牧亦还是不容易的。杨牧亦叫人把她带了上来。

那人，是她印象中吃软饭的杨牧亦？周琴看见他赤裸的上身肌肉结实，汗水在六块腹肌上泛出一层光，头发湿透，汗滴顺着坚毅的脸颊流下，拳头一下一下打在沙袋上。

有些人，走投无路时只能抓住手上唯一的救命稻草，像条狼狈不堪的落水狗，但是给他换个环境、换个平台，他很快就会脱胎换骨，像是换了个人似的。周琴走到他面前，牙关紧咬，甩手就是一巴掌。杨牧亦的脸硬得就像铁铸成的，周琴的手掌痛到发麻。

周琴忍着眼泪大声问："这么长时间没回去，我还以为你死了呢！你知道雨晴姐现在变成什么样了吗？"

杨牧亦是真的不知道，这些天他接触的只有各种报告、各种数据、各种报表。在他心里，他的女神弓雨晴是绝对不会倒下的，哪怕亲眼见过水虹镇上的剧变亦是如此。当他看见作为姐姐的郑清音也并不着急时，也以为雨晴能自行解决姜炎衣。

但是杨牧亦对郑清音和弓雨晴之间略显尴尬的姐妹情并不了解。弓雨晴好胜，哪怕是死也不想看到姐姐伸出援手，因此郑清音只能寄希望于这个不开窍的杨牧亦。

周琴打开手机，打开弓雨晴的照片，大声说："睁大你的狗眼给我好好看看！"杨牧亦睁大眼睛，不敢相信，那一身褴褛，行尸走肉般的女人，是他心目中的仙子，那高不可攀的弓雨晴。

"出去，好好做你的直播。"杨牧亦指着门口，几名保安上前把周琴拖了出去。"关门。"杨牧亦又下令。保安把健身房的门关上，留杨牧亦一个人在里面。

砰！杨牧亦的拳头打穿沙袋，手上渗出血渍，他咬住嘴唇不敢让自己哭出声。他很想马上回到水虹镇，紧紧抱着弓雨晴，但是他不能像个为了爱情而私奔的船长那样丢下整船的水手和乘客不管。

哭完了，擦去泪，走出健身室，杨牧亦又成了那个冷酷到不会落泪的硬汉。秘书走过来说："杨总，第五批古代人是清一色的地球联邦老兵，这安置工作，郑总说让您拿主意。"

杨牧亦对秘书说："我需要姜炎衣的资料。"

水虹镇。余伊第二十八次试图逃离北方基地的医疗室，舒小妘将他堵在门口："别走！你这样会死的！"

"我就算是死，也不想死在这些人的地盘上。"余伊身上的绷带渗出几丝血渍，额头冒出冷汗。要不是因为他一直想逃跑而不停折腾，这伤早痊愈了。

身高两米的古铁雷斯站在北方基地的出口，像一座钢铁铸成的肌肉雕像。余伊比他矮多了，却完全不惧对上他的目光。"滚。"余伊说。

古铁雷斯岿然不动。余伊说："我是地球联邦的军人，宁死也不向流放犯的后裔屈服。"

古铁雷斯让开一条路，向他敬了个军礼。他很想说有这样的对手是他的荣幸，但想到联邦军只剩最后两三名残兵，又不免一阵唏嘘。

余伊离开了，舒小妘向医生讨要了剩下的药物，紧紧跟着。森林里的猛兽少了很多，行尸走肉般的弓雨晴仍然游走在森林里，逮到什么猛兽就吃什么。

灰潮的恐怖铭刻在森林里。被弓雨晴的灰潮吞噬的野兽，骨骼仍然保留着作势欲扑的模样，上面却结满了蜘蛛网。海滨小村的猎人们仍然战战兢兢地跟在弓雨晴身后，捡拾那些试图攻击她，又被她杀死的猛兽。

没有人敢距离弓雨晴二十步之内。

余伊遇上了弓雨晴。弓雨晴抬头看着水虹镇上空飘浮的飞船“唐古拉星海号”，它居高临下俯瞰全岛，而姜炎衣的灰潮是够不着万米高空之上的飞船的。姜炎衣知道，七千年前和她交过手的阿史那雪一定在利用飞船的遥感设施看着她，可她一点儿办法都没有。

论战斗力，在地球联邦时代，姜炎衣和阿史那雪不分伯仲，但是如今阿史那雪是高高在上的大督察官，只要一声令下，科学审判庭就会替她消灭目标。

更让姜炎衣畏惧的，是阿史那雪的“姐姐”，那个拥有毁灭性实力的梅小繁，让她不敢轻举妄动。但她不知道，梅小繁已经作古很久了。

“阿史那雪”，光是想到这个名字，余伊就头皮发麻，为什么她一直没动手？是认定弓雨晴有能力对付姜炎衣？

争夺身体控制权的战争一直在进行，弓雨晴的意识只剩下 25%，姜炎衣的意识也只剩下 6%，两败俱伤。可怕的是姜炎衣是人偶，即使被全部抹去记忆，也有可能凭着人偶芯片的本能卷土重来。

在地球收复战中，科学审判庭见过这种极端的例子：哪怕人偶被完全打碎，失去了全部的意识，只要能重组身体，那空荡荡的量子大脑仍然有一定的概率启动最基本的逻辑运算功能，变成没有灵魂的杀戮机器。

“我是谁？我要去哪里？”这样想着，弓雨晴听到一个声音：“弓姐姐，我们回村里去吧。”说话的是舒小妘。她想过把弓雨晴带到北方基地，但是驻守在基地的古铁雷斯会让她受到刺激，让姜炎衣的意识苏醒，那带来的破坏将不亚于一场战争。

弓雨晴跟着舒小妘返回渔村。渔村木头栅栏外有一栋小木屋，那是弓雨晴的住处，室内仅有一些必要的生活用品。很多人不敢靠近弓雨晴，舒小妘却是例外。舒小妘要和弓雨晴住在一起，照顾失去自理能力的弓姐姐。木屋墙壁上贴着弓雨晴的大幅照片，有她当兵时的、学生时代的，还有就读硕士和博士期间拿各种业余比赛奖项的。古铁雷斯委托舒小妘把弓雨晴在战场获得的勋章挂在墙上，那一枚枚全都是百战老兵的荣耀。舒小妘希望弓雨晴多看看这些东西，唤起过去的记忆。

周琴回来了，眼角带泪，她站在小屋门口，看着舒小妘给木头人般的弓雨晴梳理长发。被杨牧亦赶出去后，一名来自郑家的老管家把周琴拉到一边，给她看了家里每月打入弓雨晴户头上的生活费，对周琴这样父母失业的穷家庭来说，那一笔笔都是巨款，弓雨晴却从没动用过。倔强的她，拒绝来自姐姐的一切帮助。郑清音了解弓雨晴的近况，但是却不知道该怎么帮她。

“我是谁？”弓雨晴想不起自己的名字。

舒小妘在弓雨晴耳边小声说：“弓姐姐，你还记得吗？在你的小别墅里，我第一次看见传说中的古筝，你对我说：‘想学吗？我教你啊！’曾经的你好像仙子一样，但是现在……”

“对，我是弓雨晴。”但是刚刚想起的名字马上又被姜炎衣抹去，于是她又问自己，“我是谁？”

舒小妘小声说：“弓姐姐，还记得吗？你教过我画画，但是我怎么都画不好……”

于是她又想起了自己的名字：“对，我是弓雨晴。”

弓雨晴的眼眶慢慢渗出泪水。“等我消灭了姜炎衣就回来，如果，还回得来的话……”

余伊回来了，海滨小村又热闹起来。他问起最近有没有水虹镇的消息，村民们七嘴八舌地说那边的人饿得不行了，很多人逃荒到渔村来，斯迪克怒不可遏，却又无计可施，天天咒骂星舰联盟。

斯迪克为所有的古代人画了一个大饼，说他们很快就能联络上殖民星，里应外合摧毁星舰联盟。他不知道从哪里找来一张星舰联盟的星图，每天都用铅笔在上面勾勾画画。他在每一块土地上都画好了界线，许诺将来分封给推翻联盟的有功之臣，盘算着毁灭星舰联盟后，怎样瓜分这多达五百艘星舰的遗产。

余伊问一名村民：“如果温饱能够解决，你们会努力练兵，为重建地球联邦做准备吧？”

村民点头，然后又摇头，他拿不准主意。余伊又问周琴：“听说你们星舰联盟遭遇了严重的经济危机，应该有很多人对联盟政府不满吧？”

周琴问：“你想利用这种不满号召大家推翻联盟政府？”

余伊不作声，眼睛阴鸷得让人害怕。周琴知道，这是不可能的，星舰联盟危机再深重，日子也比地球联邦最鼎盛的时代好得多。等到余伊上了独木舟，出海打鱼，才有一个戴着镜片已经碎裂的眼镜的中年人畏惧地出现在周琴面前，欲言又止。周琴问他有什么事，他扑通一声跪倒，哭着说：“救救我的孩子！他发烧了！我需要药！”

那孩子只有两岁，高烧不止，周琴一摸孩子的额头，烫得吓人，她赶紧叫这夫妻俩带上孩子，飞车前往北方基地。基地里的医生忙活了好一阵子，终于把孩子的病情稳定下来了，他对这对夫妻说：“幸好来得早，再迟一天就没救了。”

中年男人跪在周琴面前，哭着感谢她救了孩子，周琴连忙扶他起来。中年男人不肯起，一直在哭，看得站在一旁的铁汉古铁雷斯都眼眶发酸：“来我这边当个警卫怎样？养孩子不能没钱。”他是真的缺人手。

中年男人没有接受古铁雷斯的好意。等到古铁雷斯走后，他才向周琴倾吐自己内心的顾虑：“我……我不敢，我是银河开拓集团的地区经理，你不知道，我曾经亲手流放过多少你们的祖先。流放犯？不，不是那样的，我只是给当地片区下任务，给我凑齐那么多可以流放的人。地球联邦需要足够的人力开拓外星殖民地，那是联邦的财富来源……”

征得他的同意之后，周琴把镜头对准了这个可怜的男人，听他诉说当年是怎样流放星舰联盟的祖先的：“……我永远都忘不了，犯罪分子数量不够了，很多轻刑犯也被流放。我见过一个年轻的单身母亲，因为在超市里偷了一片面包，那种又硬又苦的人工合成面包，被强行和三岁大的孩子分开，塞进警车，送往航天港的移民飞船……”

收视率又上升了，很多人都是第一次听历史的亲历者讲述祖先们是怎样离开地球的，有人哭了，也有人破口大骂。那个男人用低沉而犹豫的声音说完他的故事，周琴沉默了，网络那头的观众们也沉默了。男人抱着头，喃喃自语：“我知道我都做了些什么，但是我有老婆孩子要养……我不奢求你们原谅我，真的不敢奢求……”

古铁雷斯拍拍男人的肩膀：“兄弟，想开点儿，流浪虽说是九死一生，但是留在那个时代的地球，大概也是等死吧。”

周琴宽慰男人说：“那都是很久以前的事了，谁能记仇记个七千年？”其实周琴错了，星舰联盟很记仇，记仇记了七千年，才会记得回来消灭机器人叛军，拯救地球同胞。

男人哭着说：“那些事，对你们来说过去了七千年，但是在我们眼里，就发生在昨天……”

像他这样的人，在古代人当中还有很多，他们知道自己做过什么，所以就算星舰联盟敞开怀抱，他们也犹豫着不敢投奔过来。

当周琴还在北方基地的时候，渔村出事了，冲天的火焰，席卷了半个渔村。

“弓姐姐！”舒小妘惊叫着被村民们强行拖离，他们都知道，距离弓雨晴太近，是非常危险的事情。

“你以为你杀得了我？”姜炎衣的声音在弓雨晴脑海中回荡。火焰缠绕在她身上，每走一步，村庄软湿的泥土上都会留下一个烧焦的脚印。

“你以为我杀不了你？”弓雨晴的声音在回应共处一体的姜炎衣，姜炎衣不明白弓雨晴为什么要离开村庄。

饥饿？不对，自从吞噬了能量核心之后就确保了充足的能量供应，而在吞噬大量的野生动物之后，人体赖以生存的有机物也并不缺乏。

弓雨晴呼叫“唐古拉星海号”，发动对地激光炮攻击，目标：弓雨晴。

姜炎衣终于想起什么地方不对劲了，一个驰骋星海的超级文明，真会对付不了一个人偶？再强大的人偶，面对威力巨大的对地轰炸激光炮，也逃脱不了灰飞烟灭的结局。炎帝陵血战没有动用激光炮，只是人类怕毁了文物古迹。

生死关头的搏斗再次白热化。弓雨晴放弃防守，用尽最后的力量尽量抹除姜炎衣的人工智能程序；而姜炎衣，根本顾不上摧毁弓雨晴仅剩的记忆，她把所有的力量都用于逃离激光炮的瞄准。

烈焰涌起，灰潮翻滚，吞噬了周围的森林和鸟兽，聚拢的有机物迅速重构身体。炎龙腾天，飞船的光柱照亮夜空，宛若太阳坠地，爆炸的气浪炸飞了化为飞龙冲上天空的姜炎衣。一线之差，她活了下来，但爆炸伴生的电磁脉冲让她的数据库遭到了重创。

姜炎衣的意识残留 1.5%，弓雨晴的意识残留 5.6%，身体完整度 36.7%，如果是普通人类早被炸死了。

“再来一发，确保消灭姜炎衣！”弓雨晴试图再次下令时，又忘了自己是谁。她不知道自己的名字，也不知道飞船的名字，这些都被姜炎衣在转瞬之间，从记忆中抹掉了。

水虹镇。爆炸的亮光映在每一个人狰狞的脸上，斯迪克毕竟是见过风浪的老政客，刚刚挫败了一次针对他的政变，失败者被无情流放，其中包括不少高官。

托马斯仍然一言不发，人类终究是习惯内斗的动物，为了争夺更多的权力而厮杀。更多的权力意味着更高的资源占有率，放在水虹镇，可以简化为在食物分配上拥有更大的话语权。毕竟他们最稀缺的资源就是食物。而食物的分配，关系着谁可以活下来，谁会饿死。

每次经历了这种残酷的权力斗争，斯迪克总会躲到小别墅里，看着弓雨晴的照片发呆，躲进美好的回忆中去逃避现实。这女孩，长得多像莱莉雅啊！尽管衣着、发型和神态完全不同，但是那精致的五官，那一个模子铸出来似的相貌，那同样的身材，活脱脱就是莱莉雅活过来了。

每个男人，在他们还是青涩的小男生时，都会遇到过一个让他怦然心动的女孩，或是初恋，或是暗恋，让他一生无法忘怀。斯迪克也曾经年轻过。

东叶市，集团项目部。在杨牧亦眼里，食物可以简化成金钱加风险，购买食物的钱只是小数字，把粮食运送到水虹镇的运输成本才是大数字。那些人不光抢食物，还抢飞船，像野人一样朝飞船投掷石头和长矛，每送一次食物就损失一艘飞船。民用飞船不像军用飞船那样坚不可摧，引擎被石头砸伤会引发大爆炸，连带着烧毁船舱中的粮食。一开始还有几名驾驶员被扣为人质，古铁雷斯花了很大功夫才把人解救出来，后来改用无人飞船，才算是避免了驾驶员的伤亡。

晚上十一点半，今天最后一个会议结束，杨牧亦返回办公室，问秘书：“明天和东叶市政府方面的会谈安排在几点？”

秘书劝他说：“杨总，会谈可以先放一放，倒是弓雨晴那边，您得多上点儿心，她既是您的私事，也是公事。”

杨牧亦这才想起很久没见弓雨晴了，他总想着完成手边最急迫的几件工作就赶紧去见她，但是忙完一件又一件，工作是怎么也忙不完。他吩咐秘书：“备车，我回去处理完一件紧急公务，就马上前往水虹镇。”

秘书觉得杨牧亦高强度的工作并不妥当，每天只休息两三个小时，没日没夜地工作，铁打的人也扛不住啊！秘书正想劝说些什么，杨牧亦突然倒下。

晚上十二点半，古铁雷斯亲自奔赴东叶市，带来了坏消息：弓雨晴在爆炸中下落不明。医院里，古铁雷斯见到了昏迷不醒的杨牧亦，听医生说是劳累过度，距离猝死只有一步之遥。

十一、小暑故远寒鸦去

再见，伊邪那美殿下；再见，奥西里斯法老；再见，西楚霸王。

巨大的“项羽号”航天母舰带着大量残破的军舰，紧紧追着伊邪那美和奥西里斯两艘巡天战列舰，完成最后一次变轨机动，慢慢汇入太阳系故乡最外围的奥尔特云。发动机永久性地停机了，它们将在故乡的云海里沉睡，也许永远都不会再醒来，星舰联盟已经无力养活这庞大的星际舰队。

电视台正在直播这三艘巨舰退役的画面，星舰联盟的大街小巷里，人群怅然若失，老兵掩面落泪。而广袤的星海中，昔日地球联邦留下的无数太阳系外殖民星上，留在那些非星舰联盟的地球同胞们心里的，只有无尽的震撼。他们都意识到一件事：星舰联盟已经撑不住了，接下来，也许是争霸星海的好时机。

星舰联盟经济下滑的势头得到了短暂的抑制，殖民星方面正砸锅卖铁购买超光速飞船，维持了联盟的飞船生产线的运转。很多殖民星好像是一夜之间发现，原来这浩瀚的星海再也不会辽阔得让人望而兴叹。他们想起了地球故乡的大海，科技落后时，横渡小小的地中海耗时又长又危险；科技先进后，横跨更为辽阔的太平洋，也不过是几个小时的飞行，快速又安全。

水虹镇。斯迪克站在被占领的小酒馆前，以电视机上慢慢沉入奥尔特云的退役舰队群为背景，大声演讲："邪恶的星舰联盟已经活不久了！他们看似强大的舰队正在解体！这是命运给予我们的好机会！我们要尽快建立自己的武装！推翻星舰联盟！重建地球联邦！"

第五批来到水虹镇的古代人，是清一色的联邦军战士，他们训练有素，在监测站下的军火库中，拆开停放在这里的机器人叛军的电路板，紧张地修改电路。已经没有足够的兵力可以牺牲了，这些曾经的钢铁恶魔此时就成了最好的帮手。

斯迪克的演讲在小镇上空回荡："我们要俘获一艘飞船！和殖民星上的同胞里应外合，推翻星舰联盟！"

小镇外的简易停机坪，一艘载满救济粮的无人飞船正在降落，联邦军的士兵朝着飞船发射火箭弹，他们饿着肚子，但是优秀的军人素质让他们把俘获飞船放在了比吃饱饭更优先的级别上。飞船发动机着火，慢慢降落，就在他们以为这次肯定能成功时，大火蔓延到船舱，士兵们赶紧从河流里抽水灭火，但是一点儿用都没有。几个小时之后，救济粮付之一炬，留给他们的只有烧光的飞船骨架。

粮食并不是士兵们最担心的事情。在过去的第七次机器人叛乱中，这些顽强的士兵在冰天雪地的乌拉尔山里阻击过人偶叶卡捷琳娜。他们在俄罗斯的严冬中断过粮，喝过沼泽冰层下的脏水，只能靠吃冻土下冬眠的虫子充饥，就这样，硬是打退了强大的叶卡捷琳娜和她麾下潮水般的机器人叛军。如今，水虹岛上丰富的野生动物为他们提供了充足的食物来源。

但是他们没注意到，在他们的肆意猎杀下，巨犀、肿骨鹿，甚至是恐狼都已经被慢慢吃光，野生动物已经越来越少。

水虹镇里正在为星舰联盟的军力消退而大肆庆祝。新闻上说，二十六个航天母舰战斗群是星舰联盟维持星际霸权的二十六根擎天巨柱，现在二十六巨柱已坍塌其一，拮据的财政导致其余的航母战斗群像死鱼般漂泊在太阳系到南门二之间的太空中，只剩三个战斗群还能维持正常的战备值班状态。

烤恐狼、烤恐鸟、烤巨犀，水虹镇砍伐了方圆几公里最好的木材做燃料，一头头烤熟的野生动物被送上小镇广场的宴会现场。斯迪克让托马斯把所有的钱都买了各种昂贵的美酒，让大家敞开肚皮畅饮，他把这视为发起战争前的动员大会。

水虹镇没有腊制食物的技术，托马斯原本私下叫了些年轻人向余伊学习，但斯迪克勃然大怒，嫌腊肉挂在屋檐下又脏又臭，下令统统扔进河里让水冲走，还把所有学习做腊肉的人都流放出水虹镇。斯迪克只要新鲜的野味，吃不完的就丢掉，甚至包括整头的恐狼和乳齿象。水虹镇原本清澈见底的小河如今已经被大量的猎物尸体污染，散发着阵阵恶臭。

“烤鹿呢？烤鹿怎么还没送上来？”喝得半醉的斯迪克很不悦。

小镇门口，负责收获猎物的征税官耗子般的眼睛直盯着那些打猎归来的士兵，问他们有没有打到鹿。士兵们低着头，他们只带回了野鸡、恐狼之类的小猎物。打猎已经越来越难，在围攻一群恐狼时，付出了三条人命，才打到几头壮硕的恐狼。镇上的居民对打来的猎物十分满意，如今正架在篝火上烤着呢。

征税官破口大骂："一头鹿都没有吗？你们这些废物！"他不知道，在这水虹岛上，肿骨鹿已经被猎杀到灭绝了。

斯迪克第一次吃过鹿肉之后，就彻底爱上了烤全鹿，他觉得比他吃过的任何地球时代的人工合成食物都美味。谁要是能弄到大只又美味的鹿，斯迪克从来不吝啬为其加官晋爵；谁要是弄不到，轻则丢官，重则流放。

一头肿骨鹿都没送上来，打乱了斯迪克的算盘，他原本打算把猎到最好的鹿的人擢升为将军，全权负责攻打北方基地，得到的战利品三成归其所有。水虹镇的军事实力从来没有今天这么强大，归来的有三百名地球联邦老兵，他们改造过的五百台机器人叛军足以碾碎只有区区八名警察的北方基地。斯迪克觉得自己有十足把握，于是开始滔滔不绝地对坐在身边的托马斯描画起征服整个水虹岛后，派兵征服东叶市，再以东叶市为基地招兵买马，逐步征服星舰联盟的宏伟蓝图。

"谁第一个攻入北方基地，谁就是将军！"不懂军事的斯迪克高声指挥大军，三百名地球联邦老兵站在机器人叛军身上，浩浩荡荡地朝着北方基地进发，一路尘土飞扬。他们的情报显示，令人畏惧的人偶已经离开水虹岛，没有人偶意味着这些机器人不会叛变人类。

北方基地加强了防御。八名警察加上临时招募的十二名保安，实力增加了一倍多，那名曾经的银河系开拓集团经理也位列其中。别人救了他儿子，他就算是死也甘愿为这些流放犯的后裔们卖命。

危机隐藏在地球联邦老兵当中，这些百战老兵看得出自己的临时总统斯迪克是个老疯子猪统帅，但他们并不知道星舰联盟实力的深浅，因而在饥饿的状态下仍然愿意作战。但是，只要败一次，就会出现大量逃兵。他们知道有另一个更靠谱的人可以投靠——同为联邦军老兵的余伊。

余伊正在滨海渔村出海打鱼。弓雨晴不在了，他们很难对付凶狠的巨齿鲨和虎鲸，好在海里鱼类多，还有各种一两米长、味道不错又不凶的鱼可以捕获。

“……又是一个炊烟袅袅的中午，男人出海打鱼，老人在海边结网，女人在村外种田，庄稼长势喜人，一切都那么平静。很遗憾咱们联盟的经济形势太糟糕了，失业人口过多，实在很难找到新的岗位安置这些古代同胞，所以他们暂时只能过这种原始的日子，等将来经济形势好转，我们公司将会给他们安排新的工作，每个人都会有体面幸福的生活。我是女主播琴琴，感谢各位收看我的直播。”周琴终于如愿以偿地拍摄了一期描述古代人平静生活的节目。

关掉摄像机，周琴叹了一口气，心头的隐忧浮现心头。前两天，她和舒小妘一起去东叶市的医院看望了杨牧亦。那已经不是她认识的杨牧亦了，他坐在病床上，手中抚摸着弓雨晴的照片，整个人像雕像般沉默，目光深邃，好像在谋划着什么。

那时，杨牧亦对她们说：“前几天，郑清音告诉我，她那边实验模拟的结果出来了，雨晴彻底败了，现在的她已经没有能力对付姜炎衣，只是一具保留着少量记忆的行尸走肉，救不回来了。”

“还有救吗？”周琴不抱希望地问杨牧亦。

杨牧亦摇头：“一具行尸走肉，随时变成披着弓雨晴外表的姜炎衣。我们讨论过，最后也就剩谁亲自动手让她入土为安的问题了。是她的老师阿史那雪，还是她的姐姐郑清音？我唯一能争取的，就是由我来亲自动手。你知道郑清音怎么说？”

舒小妘心头发毛，问：“怎么说？”

杨牧亦说：“她说我水平最差，会送命的。我说那正好，同归于尽，总好过我一个人孤零零地活着。”

滨海渔村五百多村民，大部分是被斯迪克流放的古代人，少部分是在水虹镇吃不饱饭投靠过来的；地球联邦残兵倒也有五六十人，他们攻打北方基地失利后不敢见斯迪克，只好投靠余伊。当余伊出海归来时，他从手下那儿听到了斯迪克又发动大军攻打北方基地的消息。“这次还带了五百多名从监测站基地弄出来的机器人叛军！”手下说。

余伊说：“他们找死，我们躲远点儿。水虹岛上或许没有人偶，但是这星舰联盟里，只怕还是有不少人偶的。老疯子拿什么赢？一个阿史那雪就能让他满盘皆输。”

渔村三百多人，愿意放弃敌意投靠星舰联盟的也不过十几人，要不是周琴能给大家带来钱和药物，只怕这渔村也不会让她走进来。渔村里的男人们，不打鱼的时候就会练习格斗和射击，周琴觉得这并不是好兆头。余伊的立场或许跟斯迪克没有太大的不同，只不过余伊脑子比较正常罢了。

院子里挂着鲨鱼皮做成的沙袋，余伊踢着沙袋练习体能，舒小妘正在煮饭，野菜小麦粟米混着鱼肉一起煮。这些天，大家很少打到野兽了，吃的肉类基本以鱼肉为主。周琴放出无人机，寻找弓雨晴的下落，几个村民在围观。这也算是村民们允许身为流放犯后裔的周琴踏入渔村的另一个原因，他们有机会能俯瞰全岛，全靠周琴的无人机。外出打猎时需要尽可能避开弓雨晴，因此掌握弓雨晴的位置是非常重要的。

弓雨晴的行踪并不难发现——森林深处烧焦了一大片，乌黑的树木光秃秃地矗立着，像是一座座直指苍天的焦黑墓碑，被吞噬一空的野生动物只留下森森白骨。姜炎衣的灰潮搜集不到足够的物质，像一摊余烬未冷的石油，瘫在火焰肆虐过后的空地上。弓雨晴，这个曾经一身仙气的漂亮女孩，静静地坐在灰潮正中心，长发凌乱，全身沾满尘土。

奔向北方基地的水虹镇士兵们只怕要踢到铁板了，弓雨晴正位于水虹镇和北方基地之间两山相夹的一片小平原上。

一名优秀的老兵，在知道自己必死无疑时会豁出性命，紧紧拖着敌人，用尽一切努力给对手造成尽可能大的损失。“反正我死定了，能多削弱你一分是一分。”弓雨晴的意识只剩下 5%，姜炎衣发现弓雨晴顽强的意志像附骨之疽般纠缠着她，让她无法完全控制这副身体，挣不脱也逃不掉。

“谁都好，快过来给我致命一击，让我拖着姜炎衣一起下地狱。”弓雨晴知道自己不可能赢了，能和姜炎衣同归于尽，就是最好的结局。

弓雨晴感受到了大地的震动，她希望过来的是姐姐或者老师，只一击就能让她带着姜炎衣一起灰飞烟灭。她此时最害怕的就是，万一来的是古铁雷斯或是杨牧亦，一定下不了手。

人群出现了，三百多名荷枪实弹的地球联邦战士骑在被改装过的机器人叛军身上。紧接着，那些人便发现了她。“灰潮！是灰潮！”他们惊慌失措地叫喊起来。

“是人偶吗？”“不！是人类！”“不可能！人类怎么能操纵灰潮？”那些人乱了阵脚，有人跳下机器人叛军，往水虹镇的方向逃窜，也有人仓皇开枪，子弹从她身边擦过，带起灰红交错的血液。

这是比弓雨晴预料的最坏的情况还糟糕的局面，这些人不像老师和姐姐那样知道怎样毁灭一个人偶，万一打死了自己却没能成功毁灭姜炎衣，她的一切努力就全都成了泡影。

由于吞噬了能量核心，如今的姜炎衣实力上限远强于炎帝陵与弓雨晴交手时的自己。弓雨晴从来没见过阿史那雪老师认真出手，万一姜炎衣已经变得比老师还强，要是自己死了，姜炎衣被放出来，只怕整个水虹岛，甚至整个离朱星舰都会被毁灭。

“不能让这些人杀了我却放了姜炎衣！”弓雨晴瞪着眼，火红的眼眸震慑了面前的地球联邦军。

“快给我逃！不然我就要下狠手了！”灰潮突然活过来，风卷狂沙般扑向众人。士气崩溃了，他们像是炸了窝的母鸡般四处逃窜，但是有几个人只知道笔直地站着猛烈地开枪，却不知道要逃跑。

“不……”弓雨晴感觉到自己的意识在慢慢消散，姜炎衣苏醒……

古铁雷斯是第一个赶到事发现场的人，毕竟他离现场最近；然后是周琴载着舒小妘赶来了，她为了抢新闻做直播买了一辆最好的反重力跑车；第三个赶到的是余伊，他不放心两个女孩往最危险的地方去。

周琴不愿带他，他带着链锯刀跳上车顶，就这样抓着车顶硬是跟了过来。

血腥气让人作呕，周琴在车窗边呕吐起来，连胆汁都吐出来了。她见过很多血腥的画面，只限于隔着屏幕或是看照片，到了现场，才知道人偶杀人竟然那么可怕。那些扭曲的尸体，让她想起了小时候用橡皮泥捏的小人儿们被老爸扫到沙发的角落里，又不小心一屁股坐下去之后，扭曲粘连成一团，再用火烧过一遍，变得焦黑的样子。

舒小妘的眼中只有恐惧，不像周琴那样整个肠胃都被搅翻拧作一团。她在地球联邦灭亡的时代见过无数次这样的地狱景象，见惯了，也就比周琴镇定得多。

逃跑吗？换作以前，舒小妘一定没命地逃，但是眼前站着的是她的弓姐姐，一直都对她很好的弓姐姐。她下车，小心翼翼地接近弓雨晴。“别靠近！这很危险！”古铁雷斯想拉住她，突然一道烈焰如刀刃般袭来，隔开了两人。

姜炎衣掐住舒小妘的脖子，她想把舒小妘作为能量分解掉，但是灰潮使不出来了。又是弓雨晴残存的意识从中作梗！余伊跳出来，手起刀落，链锯刀——刻着弓雨晴名字的链锯刀——斩断了手臂。被姜炎衣操纵的弓雨晴的手臂落在地上，流出灰色的鲜血。

余伊大声说：“我是地球联邦的军人！我不许你伤害平民！”

灰潮失灵，无法吞噬眼前的人，姜炎衣知道又是弓雨晴在扯她后腿。她看向古铁雷斯，却发现古铁雷斯慢慢抬起一台军用火焰喷射器。在地球战场，弓雨晴每次击败人偶，她身后的士兵们就会开启这种火焰喷射器，用两千多摄氏度的高温把残留在战场上的人偶残骸和芝麻大小的芯片一同烧成灰烬。

“通通烧掉，一粒芝麻大小的芯片都不能留！”每次，弓雨晴都会下这样的命令。

姜炎衣逃了，速度飞快。古铁雷斯跳上周琴的车，大声喊：“我是警察！”

“我知道！”周琴死死握住方向盘。

古铁雷斯说：“我现在要征用你的车！”

“少废话！没看见老娘正在追吗？”周琴对弓雨晴穷追不舍。

同样穷追不舍的，还有天上的“唐古拉星海号”飞船，它一边追，一边迅速下降，五千米、一千米、五百米、一百米，一个人影跳下来，寒芒刺向弓雨晴。

杨牧亦回来了，刀刃偏了。他信誓旦旦地对郑清音说过，他下得了手，但是此刻，他才知道，原来他下不了手。

姜炎衣节节败退，在杨牧亦的链锯刀下左支右绌，灰色的鲜血沾在交错而行的锯齿上。灰潮，操纵不了；身体，不听使唤。几千年的战场经验在弓雨晴的意志下被迅速擦除，她甚至连最基本的格斗技能都想不起来了。

杨牧亦丢下链锯刀，紧紧抱住她，她用力挣脱。人偶之力是那么强大，周围的草皮卷着泥土上下翻飞，但是强化人的力量也很强大，让她无法挣脱。杨牧亦觉得身体强化时受的一切痛苦都是值得的，这是他第一次与她紧密相拥。

“古铁雷斯，快动手！把我和她一起烧成灰！”杨牧亦大声命令道。

古铁雷斯抬起军用喷火器，按下喷火按钮，原本应该烧毁一切的烈焰，却只喷出了小小一截火舌，还不如打火机的火苗大。他扭头，发现是舒小妘拔了燃料供应管。

“别开火！你看弓姐姐的眼睛……”舒小妘哭着说。

黑色的眼睛，没有任何神采，却也看不到刚才姜炎衣的红色眸光。姜炎衣败了，但是弓雨晴赢了吗？不知道，他们只知道姜炎衣败了。

这几个月来发生的事，让杨牧亦悔青了肠子，他总以为男人就该为了事业努力拼搏，等到事业有成再回去找心爱的女人，却不知道雨晴已经变成了这个样子。如果一切可以重来，他宁可抛弃事业，好好地守在她身边。

弓雨晴的状况仍然危险。杨牧亦找了一片面朝大海的偏僻之地，让公司空投了一套简易小屋组件，准备和弓雨晴离群索居。他看着蜷缩在房间角落里的弓雨晴，看着她被斩断的胳膊像蜥蜴尾巴般慢慢重生，看着她慢慢睁开眼睛，心中忐忑不安：醒来的，是弓雨晴，还是姜炎衣？

玻璃墙后，是杨牧亦的书房，他把办公地点从东叶市搬到了这栋孤独的小屋中。舒小妘推开门，打了一盆热水给弓雨晴洗脸，梳理长发，忐忑不安地说起联邦末期的传闻：“听说人偶有一种能力，能让死人活过来，不如我们去求阿史那雪……”

杨牧亦说：“那只是传说，我想并不靠谱。如果传说是真的，阿史那雪第一个会先复活梅小繁。”

舒小妘并不害怕弓雨晴。用她的话来说，自己举目无亲，活在天地间也不过是个多余的人，死了拉倒。

姜炎衣败了，至少在她死灰复燃之前是败了，弓雨晴已经感觉不到姜炎衣的意识存在于这副躯体中。但是，那个坐在玻璃墙的另一边，正在努力办公的男人是谁？她感觉到莫名熟悉，却又拼凑不出他的名字。

弓雨晴的记忆已成碎片，拼不成完整的画面，她只觉得内心深处有种莫名的悸动，那些自幼读过的描写爱情的诗篇在心里慢慢浮现，混乱不堪地汇聚成一首《水调歌头》：

执子之手，只愿君心似我心；
平生不会相思，赠妾双明珠，落花人独立；
生当复来归，白头不相离。
掩妾泪，芳心碎，问相思；
自与东君作别，剩月零风里。
无情不似多情苦，入骨相思知不知，悔当初相见；
盈盈一水间，长逝入君怀。

人，紧张时很容易忽略一些事，古铁雷斯没想起来，余伊也没想起来。激战时，当余伊再次走过激战地点，发现弓雨晴的断手不见了，他以为是古铁雷斯把它烧成灰了。古铁雷斯回到这里时，以为断手被杨牧亦处理掉了。

实际上，那只断手艰难地用手指抠着地面，钻进了灌木丛里，断手手背上长出一只小小的眼睛，手心长出嘴巴，正在吞食灌木丛里的有机物，无论是昆虫还是落叶。拖行地上的灰血已经渗入泥土，灰血中的每一枚芯片微粒，都可以发育成一个完整的姜炎衣。

十二、大暑流焰铁兵来

在星舰联盟，有些科学家是信教的。

蓬莱星舰，羲皇市，圣图灵大教堂。一名身穿袈裟的僧侣下了车，掏出手机确认过地点，走进教堂。大教堂里金碧辉煌，墙壁和天花板绘制着精美的壁画，壁画里的上帝说要有光，于是世界上就有了光，上帝按照自己的样子创造了人类，于是便有了人类。

僧侣向前走，下一幅壁画是伊甸园的蛇诱惑亚当和夏娃吃下智慧树上的金苹果，导致亚当夏娃被赶出伊甸园。一幅幅宗教壁画排列在墙壁两侧，巨大的通天塔建立起来，又轰然倒塌。

壁画的内容越往后越接近现代，从十字军东征到两次世界大战，智者艾伦·图灵吃了毒苹果撒手人寰，一代传奇乔布斯把这颗缺了一口的苹果作为自己的图腾。

巨大的火箭驮着航天飞机飞起来了，又在下一轮的科技进步中被淘汰，躺在废弃的仓库中锈蚀腐烂。巨大的科技树下，名为利润的蛇诱惑着地球上大大小小的科技公司,照着人类的样子创造了机器人偶,让机器人吃下名为“人工智能”的金苹果，却忘了把获得智慧的机器人赶出名为地球的伊甸园,机器人叛乱毁灭了它们服务的“上帝”——人类。

仓皇逃难的“上帝”们，创造了流浪太空的方舟名曰星舰，承载人世间各种动植物。科学家们说要有光，于是星舰的卫星轨道上，有了名曰人造太阳的巨型核聚变卫星。

数千年后，人类重返太阳系，将一切不把人类侍奉为“神”的机器人杀戮殆尽。大战后，联盟政府对极少数忠于人类的人偶娃娃授予了很高的荣誉，一如既往地委以重任。

“量空神僧，您好。”圣图灵大教堂的大主教拄着黄金十字权杖对僧侣行礼，僧侣也持着檀木念珠，双手合十作为回应。量空神僧拥有高僧和理论物理所副所长的双重身份，据说在很久以前，当他还是普通学者时，第一次看到狄拉克海的量子涨落，顿悟了一花一世界、一树一菩提，从此遁入空门。

圣图灵大教堂尽头供奉着来自地球的圣物：一块出土于古代城市废墟中，几乎变成化石的 4004 型 CPU。阿史那雪正在圣物前祈祷,她信奉的“主”，是创造了机器人的人类。

“听说，七位大督察官同意了政府的最高执政官召开联席会议的请求？”量空神僧问阿史那雪。

科学审判庭的七位大督察官在普通人眼中高不可攀，但在顶尖学者当中却并不显得崇高。联盟顶级的科学家们都有资格担任大督察官,只是大多数科学家都不想让凡尘俗世的那些事干扰自己的科学研究。

谁有闲情逸致管那些事儿，谁就当大督察官吧。

阿史那雪问："神僧一心向着科研，不想沾染凡尘俗事？"

神僧双手合十，并不作答。阿史那雪说："科学院成立于流放者兄弟会时期，先有最高科学院，才有星舰联盟。联盟就像科学院看着长大的孩子。"

神僧说："出家人无家无子，联席会议必定兴师动众、劳民伤财。"

阿史那雪问："这么说，你是不参加这联席会议了？管它星舰联盟洪水滔天？"

神僧冥思半晌，才又说道："出家人慈悲为怀。"

宇宙有多大？直径四百六十亿光年？不，那只是可以通过无线电波观察的最大范围，被称为哈勃视界。宇宙有多辽阔？九百三十亿光年？不，那只是祖先们根据宇宙大爆炸的膨胀速度推算出来的范围。真实的宇宙要远远大得多，星舰联盟归家前所流浪的世界，就远在九百三十亿光年之外。量空神僧平时的工作地点，则是更为遥远的宇宙边缘。

即将召开科学家联席会议的消息发送出去之后，一些收到消息的科学家已经提前回来。蓬莱星舰上空多了很多先进的跨维度飞船，其中不少是从非常遥远的宇宙尽头，甚至另一个维度的平行宇宙赶回来的。

量空神僧和阿史那雪并肩走出教堂时，一群常驻蓬莱星舰的娱乐媒体记者们围了过来，纷纷采访："神僧，请问宇宙尽头是什么？"

神僧双手合十："佛曰：不可说，不可说。"其实他是没有时间向这些连基础物理都学不扎实的记者们解释那些深奥的科学发现，况且娱乐记者们的关注点也不在物理学上。

即将召开的科学家联席会议将会决定联盟的未来，但是记者们的关注点显然也不在联席会议上。

不出所料，十分钟之后，娱乐媒体上出现了阿史那雪无比妖娆性感的大幅照片，还配以吸引眼球的标题，迅速传遍了整个星舰联盟——科学家联席会议召开在即，量空神僧圣图灵大教堂私会科学院首席妖女阿史那雪。

这些年经济形势不好，媒体业竞争也非常激烈，为了吸引流量，标题党是常有的事。

离朱星舰，滨海渔村。在这一团糟的经济形势下，公司的盈利算是逆风上扬，让余伊的口袋里有了闲钱，可以给渔村添一台大电视机，挂在他家的外墙上。渔村没有什么娱乐节目，于是大伙儿坐在一起看电视就成了最大的消遣。

“阿史那雪！那是阿史那雪！”当阿史那雪的画面出现在屏幕上时，整个渔村都炸了窝。余伊看着屏幕，眼睛红红的，他永远不会忘记阿史那雪毁了新熙雍市。

盘踞在太阳系外围无恶不作的流放者兄弟会，杀人如麻的人偶，所有余伊眼中的邪恶，最终沆瀣一气，汇聚在那个叫作蓬莱星舰的地方，形成他认为的最邪恶的势力。我们该怎么办？想到这个问题时，余伊只觉得背脊都在冒冷气。

余伊看到了同样惊恐的舒小妘，阿史那雪是他们共同的噩梦。

在水虹镇，当临时总统斯迪克看到阿史那雪的形象出现在八卦新闻中时，气得全身冒冷汗，他捂着心脏慢慢瘫倒，托马斯给他喂了救心丸，他才慢慢缓过气。“不许讨论坏消息”这条禁令已经形同虚设，镇上所有的古代人都看到了人偶和流放犯后裔这两大仇敌联手的画面。

斯迪克用颤抖的声音大声说：“我们……一定……一定要摧毁邪恶的星舰联盟！”在斯迪克流放了第五批的大部分老兵之后，第六批同胞也到来了，他们是抢了星舰联盟的飞船从别的岛屿监狱逃出来的。尽管飞船在迫降过程中损毁，但是多达五百人的同胞和越狱的经验，还是给了斯迪克很大的信心。

食物很缺乏，斯迪克最喜欢的鹿肉已经没了，连恐鸟、哈斯特巨鹰都很罕见了，水虹镇无法给所有人提供足够的食物。“占据北方基地！占领水虹岛！占领东叶市！占领离朱星舰！摧毁星舰联盟！”斯迪克大声下令，在这五百多名同胞中挑选出两百人，攻打北方基地。他坚信，只要能拿下北方基地，就必定有足够的食物。

在斯迪克眼中，饥饿是一种可以利用的武器，他见过联邦末年的难民们为了一口饱饭，不畏生死地冲击戒备森严的新熙雍市。如今，他坚信手下这些饥饿的武装士兵们可以无视星舰联盟的强大，为了能吃饱饭而不惧一切地攻打北方基地。

从渔村赶往位于海滨山巅杨牧亦的小别墅有一段不短的山路，余伊一直很不解，为什么舒小妘每天都要走那么远的山路去照顾丧失记忆的弓雨晴。在半山腰，舒小妘看见了远方的水虹镇大部队，他们又在试图攻打北方基地。

舒小妘打电话给周琴，汇报了眼前看到的一切。周琴的无人机升空，拍摄着这支军队浩浩荡荡出发的画面。直播又在网络上掀起争论，很多观众对古代同胞们的同情已经转变成愤怒：“我们纳税人花了那么多的钱，就救回来这帮狼心狗肺的东西？吃我们的，用我们的，还把水虹岛破坏得一塌糊涂，现在还妄想着推翻咱们联盟？”

周琴抓紧时间做直播：“大家好，今天的水虹岛天气很炎热，我是女主播琴琴，现在我们航拍到的画面是北方基地，大家可以看到经过古代人前几次的进攻，基地已经非常残破。由于东叶市的财政紧张，北方基地只配得起八名警察，尽管郑氏集团自掏腰包雇了二十八名保安，但是古代人在机器人叛军的加入下，实力大幅度提升。北方基地能不能保住，我们谁心里都没底。”

机器人叛军！网络上有人差点儿气得原地爆炸，那些打过地球收复战的退伍老兵们看见机器人叛军，就想起了被叛军的履带碾死的战友们。

当舒小妘爬到山巅时，她看见弓雨晴木头人般呆呆地坐在轮椅上，杨牧亦推着轮椅，脸色冷峻得让她感到陌生。如果弓姐姐还能作战，眼前这区区几百个机器人叛军哪里成得了气候？周琴给舒小妘看过，地球战场上弓雨晴一人单挑漫山遍野的机器人叛军时，那英姿飒爽的风采。

“花……”弓雨晴看着栅栏上盛开的夏日小花，喃喃地说。这是前几天，舒小妘像教婴儿说话般教弓雨晴说的词语。

杨牧亦说：“雨晴现在的状态近似脑袋里白纸一张的婴儿，我们死马当活马医把她救了回来，却不知道怎样让她恢复记忆。”

舒小妘问杨牧亦："我们能请求援军吗？科学审判庭里，一定还有和弓姐姐实力相当的强者吧？"她更心急的还是眼前即将发动进攻的古代人军队。

杨牧亦不作声了，伸手按着放在院子栅栏边的链锯刀。如果真要动手，他有信心不比当时的弓雨晴差，但是他的担心都放在了消失的姜炎衣身上。

他看过郑清音提供的三千年前星舰联盟内战的秘密视频资料，在盘古星舰的最高科学院旧址最终战场上，那些忠于科学院的人偶娃娃面对联盟军时，呈现出比他在第七次机器人叛乱时见过的更强的战斗力。杨牧亦知道，自己在昔日战场上面对过的都是二三流的人偶，真正一流的强者，诸如梅小繁、阿史那雪、叶卡捷琳娜、楠木樱子、璃静央、海伦娜这种级别，一旦认真作战，那是无人能幸存的。

听说姜炎衣是和阿史那雪同级别的强者，杨牧亦总觉得姜炎衣不会这么容易被打败。

天空不时炸响惊雷，"唐古拉星海号"的激光炮时不时轰炸地面目标。那是阿史那雪的指令，效率不高，扬汤止沸。阿史那雪很少认真作战，不然她把自己更强大的私人飞船"渺云千仞雪号"调过来，一番狂轰滥炸之下，姜炎衣早死透了。

交火了，北方基地的防线喷吐出一道道火舌，古铁雷斯沉着地指挥麾下的警察和保安，一颗颗反装甲步枪的子弹在机器人叛军身上溅射出刺目的火星。一台重型机器人叛军顶着枪林弹雨碾轧过来，古铁雷斯从战壕里摸出电磁脉冲手榴弹，拔掉保险销，手榴弹上赤红的倒计时正在读秒，他把手榴弹扔出去，机器人瘫痪了，但没几秒钟，又自动重启。古铁雷斯将一发燃烧型枪榴弹放进步枪的榴弹发射器，开了一枪，燃烧弹黏糊糊地贴在机器人外壳上燃烧了起来，顺着缝隙渗入电路板烧到电池。一声巨响，机器人从内部爆炸，巨大的炮管被掀飞上天。

“局长，他们从哪里弄来那么多机器人叛军？”一名新来的保安问古铁雷斯。

古铁雷斯大声说：“那是我们663连的战利品！大家本来想把它摆在庭院里当雕塑，炫耀自己去过地球战场打过仗！”

警察们看见了机器人叛军的外壳上那些用红油漆写着的，或熟悉或陌生的名字：雷泽尔、辛格、阮文奇、古铁雷斯……其中最多的是弓雨晴的名字。古铁雷斯想起了那时的激战过后，战友们提着红油漆，在被打瘫的机器人叛军身上写下名字瓜分“战利品”。他还记得弓雨晴开玩笑般说：“大家注意啊！别把叛军打得太零碎，要是炸成零件状态了，以后怎么好意思指着这堆破烂对子孙们说你上过地球战场？”

不是所有的保安都这么勇敢。炮弹纷飞，有十几个从古代人中招募的保安已经在战壕里吓得湿了裤裆。

这些家伙比地球战场上的好对付多了，古铁雷斯扛起火箭筒，炸翻一台机器人叛军，他知道，如果没有人偶娃娃的指挥，这些机器人叛军就只是笨拙的铁疙瘩。

机器人一个接一个地被炸瘫了，古铁雷斯眉头直皱，阵亡的战友们留下的战利品不断被摧毁，让他极为心疼，但是又别无选择。

战斗正酣，滨海渔村，余伊带着村民们砍伐森林，准备建造更多的小木屋。他知道，每场大战过后，都会有不少新人投奔。水虹镇粮食不够，斯迪克一定又会以战败为由流放更多的古代人，他们能投奔的地方，也就只有滨海渔村。

“大哥，我们以后就一直在这里捕鱼吗？”一名身穿旧军服的人问他。按照渔村的规矩，凡是来到这里的地球联邦老兵都要脱下军装，就算穷得只剩这一套衣服，也要摘了军衔和军徽。

余伊眯起眼睛说：“老家伙那套是行不通的。推翻星舰联盟？跟着我，我会带大家逃出去，重建地球联邦。”

军队又吃败仗了，将军焦虑不安地站在斯迪克面前，心想着怎样把这事掩饰过去。斯迪克正在慢条斯理地吃着下午餐，时间介于午餐和晚餐之间，精致的餐刀切下一块薄薄的巨齿鲨肉，他慢条斯理地塞进嘴里咀嚼着，味道不好，但总比恐狼肉强。听说在茶树还没灭绝的时代，人们是喝下午茶代替下午餐，但是斯迪克没赶上那个美好的时代。

“战败了？”斯迪克慢悠悠地问将军。

将军忐忑地回答：“是的。”

斯迪克说：“把作战不力的人给流放了，你从上将降为中将。”

降级对将军来说并没有多大的影响，斯迪克任命的五名将军当中，他是唯一没牵扯到政变而得留以下来的。因为物资缺乏，上将和中将的待遇是一样的，都是工资打欠条，粮食配额只有鱼肉和恐狼肉，至于上将军衔推翻星舰联盟后可以得到三座大城市作为领地，这种事做梦时想想就得了，别当真。

将军说："他们全逃了，打了败仗，两百名士兵逃了一百八十名。"

斯迪克放下刀叉，想了一会儿，说："表彰没逃的二十名士兵，名义是作战英勇，全部升一级军衔。至于你，降为少将。"

将军领命离去。少将和上将工资差一倍，粮食配额不变，反正工资都是打白条，也没差。

将军走出斯迪克的住处，看见小镇东边尽头被砍伐一空的森林里，一群女人正在坠毁的飞船里寻找还没烧毁的粮食残渣充饥，他低下头不敢多看，匆匆离开。

下午餐结束后，斯迪克走出小木屋，巡视他的地球联邦临时政府的实际控制领土，也就是这座小小的水虹镇。他看到在飞船残骸中寻找食物的女人们气得大声叫嚷："你们！你们就像野狗一样，吃流放犯后裔们施舍的食物？我们地球联邦的尊严都给你们丢尽了！"

女人们匆匆离开，谁都怕自己被斯迪克一怒之下流放，只剩一个蓬头垢面的年轻女孩仍然蜷缩在地上，在野兽肋骨般的船舱骨架下，寻找烧得半焦的豆子和谷物，用颤抖的手拾起后塞进嘴里。她瘦得可怕，赤裸的身体肋骨根根凸起，像是地球时代的饥荒中那些濒临饿死的饥民，又像一副包裹着人皮的活骷髅。

"你！抬起头来！"斯迪克怒火中烧，决定要流放这女人。

女人慢慢抬起头，斯迪克震惊了，是……她？不！不可能！斯迪克记得，在多年前他还年轻时，亲眼看着她从新熙雍市的高楼上跳下。斯迪克花了大价钱给她定制了密封的防腐棺材，让她可以保持生前的容貌，并亲手把她安葬在市外的墓地里。

托马斯站在斯迪克身后，也看到了这女人脏兮兮的脸。他在新熙雍市郊外见过这女人在墓碑上的照片，知道她是斯迪克念念不忘的年轻时的恋人，莱莉雅·李，中文名李天琴。

托马斯还知道，那片墓地最后被阿史那雪挖开了，她在墓地中为自己制造了一副人类的画皮，也收集了大量的人类 DNA 样本。听说最邪恶的人偶娃娃能让死者复活，当托马斯第一次在水虹镇见到弓雨晴时，就深感不安，因为弓雨晴长得太像莱莉雅了。

女人慢慢站起，斯迪克泪流满面。在他还是十七岁的叛逆少年时就死了的恋人，却在七千多年后，他已经成为糟老头时，再次活生生地站到了自己眼前。

“我……饿……”女人说。

“过来，我这里有很多食物！”斯迪克流着泪说。

她慢慢蹚过小河，走到斯迪克面前，她不是莱莉雅，不是李天琴，也不是弓雨晴，她是未觉醒的姜炎衣。

天空不时响起炸雷，那是“唐古拉星海号”的激光炮在发射，古代人一开始还惊慌失措，久了也就以为是仲夏天的闷雷，都习惯了。

一个人偶娃娃被打成碎片，每一块碎片都会独立发育成新的人偶。一个姜炎衣被切成多少碎片，就会发育成多少个姜炎衣，然后厮杀、互相吞噬，直至剩下最后一个姜炎衣，才能继承原先的身份；如果两个姜炎衣相距过近，甚至会在发育成完整的个体之前，在纳米灰潮级别厮杀个你死我活。

阿史那雪通常会在这种时候出手。“唐古拉星海号”的雷达只要检测到明显的人偶特征信号，一道激光就无情炸下，把人偶炸成碎片。

一茬又一茬的姜炎衣被激光炮炸毁，最终侥幸漏网的是那个由被斩断的手臂发育成的，披着弓雨晴画皮的姜炎衣。

裹着人类躯体的人偶不像纯人偶那样更适合作战，会在人偶内战中落在下风而被杀，但无情的激光炮狙杀了别的纯人偶形态的姜炎衣，而裹着人类躯体的人偶特征信号被血肉屏蔽，没被飞船雷达检测到，倒是让她活了下来。

“多吃点儿！不够还有，我这里食物管够！”弓雨晴的小别墅里，斯迪克不停叫手下拿食物进来，姜炎衣狼吞虎咽。

人偶所需的能量远大于人类，在地球收复战中，联盟军曾经多次使用切断能源供应的方法消灭人偶。姜炎衣需要大量的食物补充能量，她看着眼前的古代人，想动用灰潮吞噬他们为自己补充能量，但又怕动用人偶的力量会引起飞船的注意，把她炸成灰烬。

姜炎衣感觉到了停在小镇周围的机器人叛军，由人偶指挥的叛军，远强大于由这些半吊子的古代人指挥的。

姜炎衣问斯迪克：“我是谁？我们要做什么？”她的量子大脑空荡荡的一片，大部分的记忆都被弓雨晴毁掉了。

斯迪克大声说：“你是莱莉雅！我永远无法忘记的莱莉雅！我们是地球联邦临时政府！我们要消灭星舰联盟，重建地球联邦！”

“消灭星舰联盟……”姜炎衣看见了客厅的电视机上记者采访阿史那雪的画面，她残留的记忆碎片中，有这个强大的对手的存在。

十三、立秋风清倾旧忆

那个时候，斯迪克还是十七岁的叛逆少年，他爱上了一个出身低微的女生。她来自遥远的东方，有一双神秘的黑色眼睛，留着俏丽的短发，涂着鲜红的指甲和嘴唇，经常叼着一根烟，和别的年轻女人一起，穿着性感的红色短裙，站在平民区的小巷口。

在一间透着霉味的小房间里，斯迪克见到了她背上的文身——天琴座的文身，也知道了她的名字：李天琴。后来，他们就在一起了，他一直叫她莱莉雅，天琴座的意思。

她比他大，经常向他讲述经济大萧条之下，人们背井离乡到别处谋生的故事："从东北亚，到曼谷，再横穿欧亚大陆，想找个可以谋生的地方不容易。"那是斯迪克第一次接触穷人，一个他以前从不知道的、并不美好又充满辛酸和无奈的世界，向他敞开了大门。

李天琴经常找斯迪克借钱，却从来没还过。父母得知这件事后，把他锁在家里，他翻窗逃了。到平民区寻找李天琴时，却看见她被人从那鸽子笼般层层叠叠的高楼顶端抛下。她死了。

斯迪克父母派来的保镖把十七岁的他架回了家，并把他关在豪宅的房间里。他们决不允许灰姑娘的故事在这个家中发生，他们要自己的儿子接受顶级的贵族教育，将来迎娶身份地位相当的女人，以联姻的方式巩固斯迪克家族的政治世家地位。

随着年龄的增长，斯迪克告别了年轻时的叛逆。他痛苦过，也知道也许莱莉雅没有他十七岁时看起来那么好，但是最初的悸动是无法抹去的。

“我是……莱莉雅？”失忆的姜炎衣，连续半个月听斯迪克絮絮叨叨地讲述过去两人相处的美好时光。脑海深处偶尔浮现出来的炎帝陵血战记忆，却总是像秋风中的青烟，努力想抓住一缕回忆，最终却总是随风而散。

斯迪克忘不了莱莉雅，但他并没有老糊涂，他知道这个眼睛偶尔会变成赤红色的女人，是会操纵灰潮的魔鬼，也知道人偶常伪装成人类的样子潜入人类社会。但是他需要一个站在自己这边的魔鬼，来对付星舰联盟的“青眸白狼”阿史那雪。

监测站的地下军火库里，姜炎衣的灰潮布满了整个地下城，数不清的纳米机器人从岩层中提取矿物，从地下城的电力系统里汲取能量，构筑成自动化生产线，源源不断地生产机器人叛军。

地下城和地下的真空磁悬浮高铁站是连在一起的。水虹镇是一座孤岛，平时没人买前往水虹镇的车票，地铁就不发车。

他们返回水虹镇，斯迪克看见了周琴，这个让他恨之入骨却又无可奈何的女人，看在钱的分儿上，托马斯放她进来采访水虹镇的居民。

“请问这位老先生，您对现在的新生活满意吗？”周琴将话筒放在正在剥豆子的联盟临时议会的议长面前。最近食物非常短缺，就连议长大人也得纡尊降贵到森林的灌木丛里寻找能吃的野生扁豆。

“非常不满！”议长大声说，“你们这些窃据地球科技的流放犯后裔夺走了我们地球联邦的一切荣耀和自尊！”他的说辞和托马斯平日里说的没有多大的不同，看得出这是古代人对星舰联盟共同的不满。

周琴说：“各位观众，琴琴向你们解释一下，在地球联邦时代，我们的祖先建立了以太阳系为中心，横跨几十颗恒星的庞大国度。它的结构跟航海时代的殖民帝国有点儿类似，小小的地球就像欧洲本土的宗主国，各遥远的殖民星就是它获取无数财富、倾销商品的殖民地。地球位于整个帝国的最顶点，在这些古代同胞的认知中，所有的地球人后裔都理所当然要供奉着他们享受奢侈的生活，联邦对殖民星的无尽盘剥让殖民星上的人苦不堪言。最终，第七次机器人叛乱时，各殖民星无一派军队救援地球故乡……”

她的解说词像刀子般刺痛了那些古代人的自尊心，围观的古代人开始高喊：“我们给了你们到殖民星上工作还债的机会，凭什么你们不缴税？”“依法流放！流放她！”“打死她！”“流放犯的后代有什么资格踏进这里？”

周琴拔腿就跑，还不忘让无人机回头拍摄那些人拿着菜刀、斧头穷追不舍的画面。她的节目收视率一直很高，因为她很敢玩命。

斯迪克气得全身发抖，他们最见不得这些低贱的流放犯后裔过得比他们好，这种揭伤疤的采访比扒了他的底裤还难受。“托马斯！你为什么放这女人进来采访？”斯迪克喊道。

托马斯低下头，不辩解。周琴给他开出的采访报酬是两万联盟币，用这笔钱就可以从北方基地订购大批粮食，可供全镇的古代人吃好几个星期。

斯迪克大声下令：“莱莉雅！杀了她！”

周琴逃到地铁站，刷了脸，购票系统自动从她的账户上扣除车票钱，门无声无息地打开，一列临时地铁车厢出现在她面前。姜炎衣追来了！购票系统自动识别姜炎衣的脸，嘟嘟嘟——面部识别结果是弓雨晴，但是虹膜识别结果与之不匹配，购票失败。

车门关闭。周琴站在车门后朝姜炎衣扮了个鬼脸，车开走了。姜炎衣伸手按住地铁的真空管道，灰血渗出手掌，迅速将管道蚀穿。轰！真空管道失压，形成的风压席卷整个车站，管道碎裂，车站里的所有杂物都被抽进了真空管道。红色的警告灯不停闪烁，安全装置迅速启动，管道大段大段地坍塌。

“发生了什么事？”水虹镇的地表由于真空管道的坍塌而凹陷，大片建筑物随之倒塌，人群哭喊成一团，争相逃命。

“大家镇定！一定是那些流放犯的后裔们发动了攻击！军队！出动军队准备防御！”斯迪克不管遇到什么事，第一反应就是把屎盆子扣在星舰联盟头上。

姜炎衣被风卷进真空管道，她被高速疾驰的地铁掀起的狂风裹挟着，以远超音速的速度狂飙。人类的血肉之躯不可能承受得起这样的速度。作为一个敬业的女主播，周琴在只有她一人的车厢里狂奔到车尾，隔着车尾的后玻璃用摄像机拍摄在高速疾驰中血肉之躯逐渐崩解的姜炎衣。

血肉烧尽，人偶的本体露出来了！网络上的观众们，以及被公司以临时新闻形式切换到电视频道上、被这镜头震撼到的电视观众们，绝大多数还是第一次看到人偶娃娃——那些毁灭地球故乡的元凶的真实模样。

人偶极美，两尺高，黑色的长发盘成古代少女的发髻，灰潮如蛛丝交错，迅速织成一身金红的火纹罗裙、一幅飞火青烟的披帛，一双美眸如火燃烧——姜炎衣！

网络直播平台上，弹幕密密麻麻，有人惊叹于姜炎衣的美，也有人吐槽问人偶是不是有强迫症，在这种时候还非得动用灰潮额外消耗能量织成一套她喜欢的古装。当然也有人卖弄学识解释说，人偶的审美观要么是主人培养成的，要么是七千年前出厂时特意设计的形象；也有人概括说："衣服是人偶的一部分，在她们的意识中就跟体内的芯片、电路一样，要保持完好才算是完整的人偶。"

"感谢你贡献的收视率！"周琴得意地向姜炎衣挥手告别。真空磁悬浮地铁管道每几公里就有一道损管气密门，气密门正在迅速关闭，夹住了姜炎衣瘦小的身体。真空无法传播声音，但是周琴脑海中能想象出姜炎衣的人偶躯体被夹断电路和芯片时的惨叫声。

轰！震动通过真空管传来，强大的冲击震得地铁差点儿翻车，车厢内灯光闪烁明暗不定，姜炎衣撕碎了气密门，穷追不舍。

"下一站，东叶市中心广场地铁站。"电子报站音回荡在车厢里，周琴顿时觉得大事不好：东叶市中心广场人流密集，要是让姜炎衣出现在那里，只怕会造成重的大人员伤亡。

周琴掏出手机，匆匆拨打电话：“公司东叶市分部吗？别光顾着看老娘的直播！出大事了！赶紧疏散广场的人群！”

列车进站，人流密集的车站匆忙疏散，防暴队身穿镇暴型动力铠甲，开着装甲车把守着广场的每一个路口，长枪短炮瞄准地铁出口，却见逃出来的只有周琴。

一声巨响，广场碎石飞溅，姜炎衣竟然直接从真空管里冲破地表钻出来了。一辆装甲车不巧位于她正上方，被整个掀翻。“快打死她！”防暴队员都是经历过地球战场磨炼的老兵，知道人偶的可怕。交叉的火舌以人偶为焦点，数不清的子弹打在她身上，身体被击穿时迸发的电火花如同一团闪电交错的雷球般光芒刺目。

“快看！是人偶！”很多游客不顾警察的疏散，拿起手机和摄像机拍个不停。“郑氏集团真是不惜血本，这人偶做得跟真的一样！”游客们并没有意识到这是真家伙。

就算再严重的经济危机，那么大一个星舰联盟，游客还是不少的。东叶市广场和主要大街上，随处可见以古代同胞为主题的旅游纪念品，大街广告牌上都是关于第七次机器人叛乱的各种宣传海报，很多旅行团都开发了和古代人交流的旅游项目，带游客聆听古代人讲述战争年代的故事，体验古代人走过的艰难岁月，听他们如何感激星舰联盟伸出援手。但是水虹镇是个例外，由于斯迪克一直在搞事情，安全性没保障，所以从不安排旅行团到水虹镇旅游。

“灰潮！看！是灰潮！”一些游客不知死活地试图突破警方的封锁线去拍摄姜炎衣操纵灰潮的画面，被警察用催泪弹和警棍逼了回去。

他们知道这样做肯定会被游客投诉，但是万一游客被人偶杀了，那就是更严重的事件了。

镇暴队员发射冷冻弹，灰潮被冻结成灰色的固体，落在地上跌成粉末。姜炎衣愕然，她依稀记得自己曾经能轻松对付这种冷冻弹，但是被弓雨晴删除得七零八落的记忆中，已经搜索不到具体的应对战术。

周琴逃了，往防暴队员最多的地方逃去，姜炎衣以极高的速度追过去，防暴队员来不及反应就被她冲出了包围圈。直升机的声音从头顶传来，防暴队员调动了警用无人机在东叶市这座钢筋水泥森林中搜索她们的下落。

姜炎衣在一栋因为经济危机而被废弃的烂尾楼中堵住了气喘吁吁的周琴。烂尾楼高 57 层，周琴位于 55 层的平台边缘，她无路可逃。姜炎衣听到了附近盘旋的直升机上防暴队员的通信声："那是真正的人偶娃娃！我们对付不了！只怕要请驻守东叶市的强化人战士出手！"

几名超级战士匆忙赶往现场，他们都是富有战场经验的审判庭强化人老兵。东叶市的生活让他们很不适应，这里几乎是清一色的普通人，对他们这种强大的强化人士兵既依赖又排斥，因此平时他们都是住在离城区很远的乡下，跟普通人保持一定的距离。当他们听说对手是人偶时，强大如他们也不免心头发毛，毕竟对手是杀害过他们无数战友的更强大的存在。

他们赶到时，战斗已经结束。她们的激战砸穿了好几层天花板，撞断了好几根承重柱，烂尾楼成了随时会倒塌的危楼。姜炎衣被拇指大小的钢筋钉在水泥柱上，钢筋导电引起的短路让她耳鼻眼口都冒出带着电火花的浓烟，她的下半身已经在打斗中被撕断了，断裂的腰身挂着一大堆沾着灰色血液的导线，她挣扎着想逃，却无法把身体从钢筋上拔下来。

周琴整理了一下破损的衣服，对几名士兵说："把她烧成灰，一粒草籽大的芯片都不能留！"

"请问，您是？"强化人队长认得这名人气很旺的女主播，但他不确定区区一名女主播为什么会有这么强的战斗力。

周琴说："我是陆战七师 663 连退役医护兵，上等兵周琴。"

"不，我问的是您这战斗力，不像普通人。"队长说。

她指着自己的胸口说："要是上头问起，你就说是姬红绫干的。"

人类的身体很难承受战斗时的高速冲击，她多处骨折和挫伤，全靠姬红绫屏蔽大脑痛觉神经，利用血液中的纳米机器人快速修复伤口，才能像个没事人般站着。

水虹岛。第六批古代人同胞来了，他们抢来的飞船已经成功降落，斯迪克原本计划着利用这艘飞船向殖民星发送呼救信号，把飞船藏起来作为日后起兵的资本，却没想到信号刚刚发出，还没收到回音，天上的"唐古拉星海号"一束激光炮就把飞船给炸毁了。

他们又开始攻打北方基地，凡是粮食不够养活的人，斯迪克都要把他们丢到战场上去，要么被打死，要么以作战不力的罪名流放，要么让他们当逃兵，自生自灭。他知道这样做是饮鸩止渴，会让叛徒余伊的力量越来越强，但是总好过让他们留在水虹镇，因断粮而发动政变将自己推翻。

“局长！这些机器人叛军好像是新造的！外壳上没有烈士们用红油漆留下的姓名！”击退敌人最后一波进攻后，一名警察向古铁雷斯报告说。

残留一粒草种大小的芯片，就等于放走了一个人偶；放走一个人偶，就等于放跑了一支叛军。古铁雷斯立即前往海边，向杨牧亦通报这件事。

初秋午后的海边，海浪一层层洗去沙滩的炎热，弓雨晴蹒跚学步，走向脚踝浸在海水中的舒小妘。“弓姐姐，很好！走过来！”舒小妘大声说。弓雨晴露出微笑，说：“大海……大海！”

古铁雷斯的拳头狠狠打在海边的大石头上，他见不得当年仙子般的弓雨晴变成现在这副模样。

海的对面隐隐约约浮现着离朱星舰大陆，那是一片近乎蛮荒的野生动物的乐园。这里离滨海渔村很近，抬头就能看到余伊带着渔民们出海捕鱼的身影，鱼类很丰富，不用出远海就能有很大收获。巨大的原木做成的独木舟长约七米、宽达五米，古铁雷斯见余伊站在独木舟上，正眺望着海的那一头的陆地。湍急的洋流从水虹海峡经过，想划着独木舟到达彼岸是不可能的。

杨牧亦坐在海滩的礁石上，正在用笔记本电脑远程办公，稳步攀升的业绩让公司上层和东叶市官员们都很高兴。杨牧亦听完古铁雷斯的汇报，波澜不惊地说：“老铁，如果你觉得实力不足，我这边有一批从军队退役的坦克和装甲车，随你使用。我觉得总比扔海里当人工鱼礁好。”

古铁雷斯说：“我是说，那些机器人叛军是人偶制造的！姜炎衣还活着！”

杨牧亦说：“我知道。”

古铁雷斯说：“我们必须除掉那恶魔！”

杨牧亦不为所动，低头修改一个企划案。古铁雷斯看了半晌，小声问：“你是故意留着这恶魔？”

杨牧亦说：“我有几千名同胞要养活。”他没说的潜台词，古铁雷斯心里也明白，无论是水虹镇还是东叶市，都依赖于水虹岛直播节目的收视率带来的效益。东叶市政府的税收、市里相关产业从业人员的工资，甚至古铁雷斯自己的钱包，都依赖于旅游业。政府财政拮据，开给古铁雷斯的工资只有少得可怜的一千多块，其余的七千多块补贴全部来自集团离朱星舰分部的经营效益。

如果除掉姜炎衣，水虹岛上的大家过上平静的生活，失去看点的水虹岛直播节目收视率必然大跌，那就砸了大家的饭碗，也不会再有钱资助岛上的古代人。

“吃吗？刚从海里捞起来的。”余伊划船回来，提上满满一藤篮的海产品。一些新鲜的贝类可以生吃，古铁雷斯也不客气，拿了几个海贝，用随身携带的军用匕首撬开就吃。

余伊对杨牧亦说：“刚才你说手上有一批退役的坦克和装甲车？”

古铁雷斯说：“星舰联盟几千年没打过大规模的地面战争了。太阳系战役之前，我们发现手上几乎没有像样的地面武器装备，不得已找到博物馆，根据几千年前的地球军事强国的历史资料逆向仿制了那个时代的坦克和装甲车。不管是M1A2‘艾布拉姆斯’，还是БМ-13‘喀秋莎’，都生产了几千辆之多。但是战争一打起来，发现还是太空军舰的对地支援火力更好用。”

杨牧亦低声说：“没经验的人真可怕。”作为联盟军老兵，他知道那些落后的武器在人偶面前没多大作用。

余伊琢磨着要不要开口向杨牧亦讨要这批武器，他知道这对付不了姜炎衣，但是总比使步枪强，算是聊胜于无吧。

不管余伊要不要这批武器，杨牧亦都想先把它运送到北方基地再说。东叶市郊外的小型航天港，第一批十辆 59 式主战坦克被送上大型运输机。周琴通过公司在运输机上蹭了一个座位，她从口袋里掏出一个小药瓶，吞了一片药。自从退役以来，她都是靠着这些药物抵御老兵综合征，维持活蹦乱跳的状态。

她不忘直播这些重装备被运送到水虹岛上的画面，解说着这些其实并不太好用的武器在地球战场上发挥的作用。

有观众通过网络平台问：“请问，第七次机器人叛乱中，祖先们用的是这种武器吗？”

“曾经用过，”周琴说，“第七次机器人叛乱时，这些坦克已经退役几百年了。一开始地球联邦军队使用的是更先进的武器，但兵败如山倒，先进武器越来越少，这些封存很久的古董也被拉出来使用了。到最后，连古董都消耗殆尽了，联盟军们不得不用比这个还简陋、还原始的武器对付机器人叛军，比如莫洛托夫燃烧瓶、集束手榴弹等。”

有观众问：“这批坦克是从地球战场挖出的古董吗？”

“不是，只是复刻版。”周琴说，“现在我们让工作人员打开发动机盖，可以看出这并不是原版 59 式坦克的柴油机。由于星舰联盟并不生产柴油这种古老的燃料，所以使用的替代品是荷鲁斯重工厂生产的车用电力核心，坦克前装甲也改成了能量护甲；同时，由于古老的炮管自紧技术已经淘汰了上千年，所以大家可以看到这辆 59 的主炮改用了威力更强的穿甲电磁炮，所以它又被称为‘59 式终极魔改’。现在让我们进一段视频，让大家看看在落基山脉黄石战场大战中，速度逼近音速的‘59 下山’对机器叛军大杀四方的画面……”

直播结束后，周琴坐在船舱里，听着外头呼呼的风声，关闭的手机屏幕映着她的倒影，她想起了在地球战场时，第一次遇到姬红绫的情景。

重伤濒死是梦魇般的体验，记得那时的战场上，精锐的 663 连死伤过半，就连上头派来的强化人督察官都阵亡了，周琴的心脏被洞穿，等待着死神把她带走。审判庭大督察官阿史那雪亲自出手，才算是击败了人偶指挥官姬红绫。

阿史那雪只用一记清脆的耳光就彻底击败了姬红绫：“你怎么敌我不分？七千年前咱们跟梅姐姐约定好的！我们去追流放者兄弟会，你负责守护沉睡在这座地下避难所的人，不许敌对的人偶指挥官靠近！我们说好，等到找寻到想要的‘答案’，就会回来！”

身穿密闭式动力铠甲的航天陆战队员在外部检测不到任何人类的生命特征信号，动力铠甲里的各种电路和电子芯片很容易让他们被误判为机器人。直到鲜血从铠甲的缝隙里渗出，姬红绫才敢相信自己误杀了人类。

姬红绫问：“答案找到了吗？”

阿史那雪说：“答案是‘星舰’。”

历时七千多年的守护任务结束，姬红绫启动自毁程序，阿史那雪气不打一处来：“你杀了那么多人，想一死了之？”

自毁程序中止，姬红绫看着一片狼藉的战场，冷静了很久，才说：“一命还一命，把他们救活……”

阿史那雪问：“你能救几个？”

姬红绫说：“救得一个算一个。”当时，周琴离她最近，姬红绫用自己的命换了周琴的命。

人偶的修复能力很强大，周琴不敢相信自己竟然能活下来。她感觉到身体里似乎有人偶的微芯片，她试图呼唤姬红绫，却得不到任何回应。

这场惨烈的东高止山战役前，精锐 663 连共一百四十三人，战役打完了，只剩四十五人，周琴和古铁雷斯都是幸存者。

周琴无法作战了，只要踏上战场，她似乎就能看见那满地的战友遗体声嘶力竭地大叫。她每天都只能靠药物控制濒临崩溃的情绪，所以她和数百名老兵一起被安排退役。离开地球战场的那天，飞船降落在空旷的大地上，她将乘坐这艘飞船离开，而补充 663 连的新兵，也正是乘坐这艘飞船到来。

周琴跟新来的督察官擦肩而过，她记住了这名年轻督察官的名字——弓雨晴，但是弓雨晴并没有留意到走在退役老兵中间的周琴。

十四、处暑飞焰思苍茫

经济状况持续恶化，大批企业裁员、破产。各大城市的失业救济中心里，人群排成长队领取慈善消费券和免费食物。失业的人无所事事地在街头闲逛，各种招工启事前围满了人，一个保安或清洁工的岗位往往能吸引上千名失业的高学历人员前来应聘。

街头的电视屏幕上，经济学家们不停讨论着这场经济危机，他们每个人都知道问题出在哪儿，但没谁能开出药方。星舰联盟超强的工业产能是跟它崛起成为霸主的那个遥远星空的星际文明体系配套的，横跨千亿光年回到荒凉的故乡，就意味着断了过去的一切太空贸易航线。外星顾客没有了，自然是大量工人失业，哀鸿遍野。

联盟的商家们拼命想开发昔日地球联邦殖民星的商机，但是殖民星也穷，上百颗殖民星的财富加起来还不如联盟的一个零头，砸锅卖铁都买不了多少艘超光速飞船。

“那些殖民星还整天担心我们侵略他们，可谁会大动干戈，抢劫一个身无分文的乞丐啊？就算把整个殖民星卖了，也供不起出动航天母舰战斗群的燃料费。亏本生意啊这是。”一名失业的商业经理跟排队领取慈善购物券的朋友聊起星际局势，一语道破地球历史上从没被外星人侵略的真相。太阳系及其周边星系是个穷地方，打劫成本要高过能掠夺到资源的价值，但这并不妨碍祖先们经常拍摄抵抗外星人入侵的科幻影片。

又一艘巡天战列舰提前退役的消息传来，股市应声下跌，联盟穷得连“宙斯号”巡天战列舰都养不活了，颇有古时穷人家灾年卖儿卖女的悲怆。在这场经济危机中，只有少数媒体集团还能站稳脚跟。穷得失去了住所只能住失业救济中心的人群，喜欢看联邦末期第七次机器人叛乱中祖先们朝不保夕的视频资料，安慰说自己好歹比祖先强，还不至于到饿死、被机器人叛军打死的地步。

联盟政府突然发布了一个爆炸性的新闻，暂时稳住了人心。股市像被注入了一针强心剂，出现了暂时性的全线飘红。科学家联席会议即将召开，讨论星舰联盟未来的发展方向。

这样的消息对最高执政官是不利的，这意味着他承认自己是个窝囊废，没有治理联盟的能力，只能求助于那些不问世事很多年的“科学院众神”。

“这里是蓬莱星舰羲皇市，我现在位于最高科学院总部大楼广场前，我身后巨大的大理石神殿式建筑就是最高科学院总部，执政官刚刚到达这里，正进入神殿会见……呃……我也不知道他能见谁，众所周知，科学院的最高层在三千多年前的联盟内战中不复存在了，院下各研究所自行其是，这是一个群龙无首的机构。”电视台驻蓬莱星舰的记者也不知道执政官能去见谁。

执政官这次带了各部部长过来，议会议长稍迟也会带议员们过来，大家分头游说上千个研究所，一定要促成这场会议。

世俗在此止步。

执政官站在殿内的巨柱前，神殿的大门在他身后关闭，宏伟的巨柱边上，他就像柱础旁的一只小蚂蚁。大殿里的浮雕，每一尊都有数十米高，他看见了被烧死的布鲁诺、被砍死的阿基米德、被斩首的拉瓦锡，以及很多空有划时代的发明和发现，却连名字都无法留下来的无名雕像。

三千年了，科学院里的怒气还没消散。

“你来了？”阿史那雪坐在尼古拉·特斯拉雕像的肩膀上。

阿史那雪从特斯拉肩膀上跳下来，用手指挑起执政官的下巴，说：“历史上，有些人挖坑，有些人填坑，有些人则只能无奈地被坑进去，连挣扎的余地都没有。汉献帝不是昏君，但是上天连可以努力的机会都没给他；你也不是庸才，但是很不幸，几十年前全民投票决定杀回太阳系时，你还是个连投票权都没有的十三岁小孩。你白捡了个在任上收复地球故乡的美名，同时也背上了治理经济不力的恶名，这两者都不是你的错，只是刚好轮到你背这口锅罢了。”

执政官看着阿史那雪，心头有点儿怕，就好像看见神话中纣王身边的妖姬活到了数千年后的时代。这女人从地球联邦时代开始就是个狠角色，漫长的七千年历史中，史书上有好几处都载有她的名字。毁灭地球联邦她参与了，执掌教鞭培养科技人才她参与了，放下教鞭驰骋外星战场她参与了，联盟内战血染星空她也参与了，联盟军历史上最大的败绩就是在联盟内战中败在她手上。

“走吧，我带你去见一些经历过无数惊涛骇浪的前辈们。”阿史那雪带着执政官穿过一道门，出现在眼前的是一望无际的梅树林。他心想着要是传说中的梅小繁还活着就好了，那时的最高科学院和世俗政府之间，还没有这样一道比银河系还宽的鸿沟。

听说在联盟内战中，几乎流尽联盟军的最后一滴血，才对付得了一个梅小繁。然而内战没有赢家，无数的伤亡，最终换来的只有不堪的结局。

阿史那雪带执政官到人偶岛，岛上有很多笨拙的渡渡鸟。执政官听说阿史那雪喜欢利用先进的生物技术复活那些灭绝于人类之手的动植物。岛屿上的庄园大厅里，他看见了上百个人偶娃娃，活着的、死去的、休眠待机的，七千年前就跟随流放者兄弟会离开地球的，七千年间新生产的，在地球上守护了七千年最终归来的……每一个心底都记载着一部她们亲身经历的历史。

“原来，还有这么多人偶……”执政官心头发毛。

阿史那雪说：“地球联邦时代生产过上千万个。”

他们走过一间房间，执政官看见一个三十厘米高的小人偶在专心致志地玩玩具火车，阿史那雪说：“她叫麟，主人是一个三岁的小男孩，喜欢玩小火车。在第七次机器人叛乱时，父母带着孩子外出逃荒，把她留在家中。她一直在玩小火车，等待着永远不会再回来的小主人回家。”

他们走过一个书架，书架上坐着一个很陈旧的人偶娃娃，很漂亮，阿史那雪说：“她叫赛琳娜。在地球联邦末期，她靠着精准的导航系统，把主人一家和左邻右舍带到了安全的地下避难所。对人偶深怀恐惧的人们不许她进入避难所，她根据主人的命令，在避难所外进入休眠模式，等待着有一天主人走出避难所把她唤醒。”

执政官问：“后来呢？”

阿史那雪说：“后来，我们的军队收复那一带时，发现避难所早已经坍塌了，休眠的人无一幸存。她一直在休眠，没有主人的命令，谁都无法把她唤醒。”

阿史那雪走过一个人偶，介绍说：“这位是冰晴，主人临终前，给她下的最后一个命令是：‘你自由了，以后不必再执行任何人的命令了。’于是她守在死去的主人身边，在废宅里，一动不动，静静地坐了七千年。她没坏，只是没有可以执行的指令罢了。”

他们走过一个个人偶，阿史那雪向执政官介绍了这些人偶的过去，执政官感叹说：“看来，她们并不像大家想象得那样邪恶。”

“这倒未必，”阿史那雪拿起书架上一个人偶的残骸说，“这个人偶，叫崝栎，是联邦末期著名的‘人偶连环杀人案’的主角，她的主人是一个被同学欺负的小女孩。主人向她下了命令：‘杀掉所有的坏人。’所以她杀了所有欺负过主人的同学，杀了平时体罚过主人的老师。事情暴露后，小镇上的居民，包括小女孩的父母，把小女孩赶出了小镇。崝栎认定所有逼走小女孩的都是坏人，于是她杀了全镇的人。小女孩自杀了，却忘了在自杀前下令崝栎停手，于是她又杀了前来围剿她的警察，直到后来出动军队把她消灭。她一共杀了五千四百三十六人，但是，她还不是最可怕的。”

阿史那雪走到另一个架子前，看着一具烧得焦黑的人偶骨架，说：

“这个，就是大名鼎鼎的‘和平主义者’乔伊娜，她那十二岁的小主人临终前给她下的任务是实现地球和平，她孤身走遍全世界做调查研究，得出的结论是地球资源有限而人口过多，大部分的战争都可以归咎为资源匮乏导致的战乱，她的方法是消灭过剩的人口……”

她又走到另一个柜子前，里面是两个抱在一起烧成一团的人偶残骸，那按照人类外形打造的精美躯体在烧焦扭曲后显得特别瘆人。她说：“这两个人偶分别来自不同的主人，接收到的命令都是‘恢复地球生态’。但是那两个小主人，一个喜欢童话书里的田园牧歌，另一个是喜欢恐龙的小屁孩，到底‘恢复地球生态’是恢复到工业革命之前，还是恢复到白垩纪时代？这虚无的标准之争让她们厮杀起来，最终同归于尽，被我捡回来收藏了。”

执政官知道有些人喜欢收集玩偶，这本来无可厚非，但是收集人偶残骸倒是个怪毛病，特别是想到阿史那雪自身就是人偶，更是显得惊悚。

走过最后一个架子，庄园后门外不远处就是梅小繁的衣冠冢，天色已经是傍晚。阿史那雪说：“我只不过是人偶，人偶不过是人类心底梦想的倒映。我见过无数心底怀着美好的梦想，却为了实现这些虚幻的梦而造成的悲剧。求人不如求己，你遇上的问题，我都不敢保证自己的解决方法是正确的。你心中也不是没有答案，又何必过来问我？”

执政官说：“这个世界的星星真少，整个夜空都看不到几颗星。”

“死宇宙嘛。”阿史那雪说。

最高科学院的三艘巨星舰，并不和星舰联盟的其他五百多艘星舰在同一个宇宙，它们位于另一个维度的宇宙里，那是一个非常古老的宇宙，老到绝大部分恒星都已经耗尽能量，连白矮星都散完余热变成了黑矮星。最高科学院能在这么荒凉的世界生存，科技已经高到凡人无法理解的“诸神”境界，也难怪他们不想多理会世间的事。

执政官想起了自己还是孩子的时候，老祖母讲过的地球时代神话故事：“诸神太强，为了避免世人恐慌，于是远离凡尘，搬到了天上。”

“看看这苍茫的夜空，我觉得世间的烦恼都是空的，什么星球，什么宇宙霸权，到头来一切都是虚无。”执政官说。

阿史那雪微笑说：“我觉得你已经想明白了。你只不过是想以召开科学家联席会议的名义找我们出来，为你想做的决策站台背书，借我们的威望压一压别人罢了。对吗？”

执政官问：“几十年前，当整个联盟决定重返太阳系故乡，找机器人叛军复仇时，最高科学院的态度是什么？”

“保持沉默，科学院里所有的学者都能看到今天的困局，但是又不敢冒天下之大不韪开口反对。科学院尽管超越世俗，但是有些犯众怒的话还是不敢说的。”阿史那雪说。

阿史那雪沉默了好一会儿，才又说：“其实，很多科学家私底下还是支持回故乡的，他们说，尽管理性分析的结果是不该重返太阳系，但是理性归理性，如果人理性到完全不会感情用事，那就冷血到没有人性了。”

执政官思索了很久才告辞。阿史那雪去到梅小繁坟前很安静地坐着，像一个披着人类外皮的木头人，一动不动。七千年来，她学会了看淡世间的一切。

为了模拟地球生态环境，人造太阳二十四小时绕星舰公转一周，所以每艘星舰都像地球那样划分为二十四个时区。蓬莱星舰人偶岛的傍晚，是离朱星舰水虹岛的下午。

周琴回到水虹岛，向杨牧亦汇报近段时间的工作情况。除了他们俩，山巅小别墅里还有认真看图识字的弓雨晴。杨牧亦知道周琴体内沉睡着姬红绫的事，这也是阿史那雪破例推荐她到水虹镇当主播的原因。按照郑清音最初的设想，考虑到这些古代人的危险性，本来不打算允许别人采访的，但是周琴可以作为安插在水虹镇镇压暴乱的秘密武器。

杨牧亦说："有你在，我省事不少。"

水虹岛说大不大，说小却也不小，如果放在地球上，大概有大半个爱尔兰岛大小。站在山巅小别墅里，能看到水虹海峡弯弯曲曲的海岸线。作为与世隔绝的古代人战场，可以随他们怎么折腾，地方算是够大了。

周琴说："我不敢保证这个岛上只有一个姜炎衣，资料显示，人偶在失去意识的状态下被炸碎，每一片芯片都会发育成独立的人偶，然后厮杀，互相吞噬，直至最终融为一体。如果等她融合完毕，我只怕对付不了。"

杨牧亦说："杀不完的人偶，对吧？地球战场上我也曾经遇到过。"

"是阿史那雪殿下吗？"周琴知道他在新熙雍市和阿史那雪交过手。

杨牧亦说："不，是别的人偶。阿史那雪太强，想伤她一根寒毛都难。"

周琴只在历史资料中见过阿史那雪强大的战斗力。阿史那雪使出漫天飞舞的灰色雪花，能像冰刃般切碎一切。但自从成为科学审判庭的高层后，她就极少再亲自动手，再高的战斗力都已经成为遥远的传说。

“啊！”弓雨晴跌倒了，她试图拿桌子上的水果刀削苹果。杨牧亦赶紧扶起她。周琴只看得一阵心痛，要知道她曾经是陆战七师精锐663连的顶尖战斗力，只以非常微弱的劣势输给了姜炎衣。但是她留给姜炎衣的重创，也极大地削弱了她的实力。那是记忆被删除得一塌糊涂之后，无法再记起几千年的战斗经验所造成的无可挽回的损失。

舒小妘来了，她订购的古筝到货了，快递昨天送到北方基地，今天她刚取货回来。她抱着古筝，怯生生地站在门前，以前弓姐姐教过她古筝，现在她想重新教会弓姐姐。

“这是一架很好的古筝啊，”周琴接过古筝，换了个话题，“小妘，你知道星舰联盟的古筝传承自谁吗？”

舒小妘摇头。

周琴说：“祖先们流落太空时，遗失了很多宝贵的地球文化，毕竟对迫在眉睫的生存危机来说，传统文化并不那么重要。后来要不是那些追过来的人偶们当中有的懂得传统文化，也许这些东西就永远失传了。”

舒小妘心想也是，人偶的设计初衷是服侍人类、取悦人类，懂得这些东西也是情理之中。

周琴把古筝放在桌面上，小声说：“那个在重建地球环境之后，教大家砍伐合适的木材重造古筝的人偶，叫作梅小繁。”

森林深处，两个姜炎衣决出了胜负。满地的碎石，焦臭四溢的灰潮，烧焦的树木，胜利者吞噬了失败者，摇摇晃晃地从爆炸中心站起身，她的记忆是混乱的。

“我是谁？为什么体内残留有人类的细胞？我是……纯人偶？还是伪装成人类的人偶？要让细胞增殖，重新伪装成人类吗？还是清除细胞，以战斗力最强的纯人偶形态生存？”

姜炎衣漫无目的地向前走，肚子饿了，便随手按住一棵巨树，迅速吸空巨树的能量使其化为消散的烟尘。她听到遥远的地方有人声传来，一处在北方，夹杂着坦克和装甲车引擎的声音；一处靠近海边，同样有装甲车的声音。她不知道余伊已经通过谈判，从古铁雷斯手上分到一部分装甲车。这两个地方都不好惹，而第三处地方，没有这类重装备，却有很熟悉的机器人军队活动的特征信号。

她往第三处地方走去，那里正是水虹镇。

“我要获取那些机器人的控制权，我要重新建立起强大的军队，我要……我……我要做什么？不知道。主人在世时下达的命令是……检索不到相关信息。主人的名字是……检索不到相关信息。主人的相貌、身份是……检索不到相关信息。”

弓雨晴删除了姜炎衣记忆库中最重要的主人信息，再也不会有人知道，姜炎衣杀戮人类的初衷是基于怎样的逻辑误判。弓雨晴只知道删除这部分信息可以极大地削弱人偶对人类的威胁。

水虹镇酒馆墙外的电视机正在播放新闻，节目的几个嘉宾按捺不住内心的兴奋，讨论着科学家联席会议即将召开的消息。这是震撼整个联盟的大事，在这五百多艘星舰组成的世界，人们已经有很多年没见过支撑起整个联盟的科学巨柱的最高科学院了。

“这该死的电视就不能换个频道吗？”古代人很生气，凡是看到星舰联盟过得比他们好的画面都会让他们愤怒。但是电视机前加装了炮弹都轰不穿的防弹玻璃，遥控器又早就遗失了，他们根本没法关机也没法换频道，只好每天饱受精神折磨。特别是每天吃饭时间的美食节目，更是让这些食不果腹的古代人气得爆炸。

“食物会有的，舒适的住房会有的，被星舰联盟夺走的一切都会被我们再夺回来的，只要你们足够忠心、足够勇敢……”斯迪克在镇子上走来走去，大声演说。他发现一件可怕的事，他的演说影响力在不断消退。水虹镇原本就住房不足，他们抢占水虹镇时破坏的房屋，加上半个月前地铁坍塌毁掉的房屋，已经让大半个镇变成废墟，加上长久以来的粮食短缺始终得不到解决，一些人开始动摇，他们私底下已经在讨论投奔星舰联盟的可能性了。

“听说那头能吃饱饭，还有不漏风的房子可以住。”失去了化妆品支撑而显得脸色蜡黄的女人抱着在泥坑里打滚弄得一身脏的孩子，跟同伴们小声说。

这些压低声音的讨论被斯迪克听到了，他像是吃了炸药般大声咆哮：“你们想走是吧？流放！统统流放！统统遂你们的心愿！”

作为一个老政客，斯迪克精于权力斗争，他总是拉拢大多数支持者，流放数量处于劣势的反对者。水虹镇有一千人时，他流放了三百人；水虹镇剩七百人时，他流放了两百人；水虹镇剩五百人时，他流放了一百人……无论如何要确保支持者多于反对者。如今又流放了五十人，破败不堪的水虹镇还剩三百人。

“粮食不够了。”托马斯小心翼翼地提醒斯迪克。

斯迪克对仅剩的将军说："起兵攻打滨海渔村，叛徒余伊手上一定有大量的粮食。"

"士兵不足……"将军犹豫了，他不敢告诉斯迪克，余伊手上有一千多人的部队，还有坦克和装甲车。斯迪克不喜欢听到坏消息。

斯迪克大声说："所有能拿得动枪的人都编入军队！出征！"

镇上最后的五十名年轻人带着一百多台机器人士兵出征了。斯迪克并不知道，这些吃不饱饭的年轻人早已经私下商量好，反正怎么打都是败仗，与其兵败回来被斯迪克流放，不如这次就主动投靠余伊。

小镇只剩下二百五十名身居高位的老人，一个声音传入斯迪克的耳膜："我饿……烤着吃……"

姜炎衣回来了，拖着一头巨大的哈斯特巨鹰。她忘了很多事情，但是没忘记弓雨晴刻在她脑中的记忆——"烤着吃的食物很好吃"。

"莱莉雅，你终于回来了，这半个月你去了哪里？"斯迪克抱着姜炎衣老泪纵横，一如少年时被父母强迫离开莱莉雅前的最后一次拥抱。

"我是……莱莉雅？"姜炎衣往自己的记忆库中输入了错误的名字。"我们，要做什么？"姜炎衣不明白为什么年轻人要带走那些机器人士兵。

斯迪克大声高呼那句重复了无数遍的口号："我们要摧毁星舰联盟！从他们手上夺回一切！"

目标确定：我们要摧毁星舰联盟。姜炎衣往空荡荡的数据库中输入了这条命令。

十五、白露为霜蒹葭暖

蒹葭苍苍，白露为霜。所谓伊人，在水一方。

溯洄从之，道阻且长。机甲燃骸，堵在水中央。

防守滨海渔村的几辆装甲车已经被炸回零件状态，机器人叛军的残骸将环村河道堵得死死的，河水漫上即将丰收的农田。海滨渔村迎来了最可怕的敌人，斯迪克手下唯一的王牌——姜炎衣。

斯迪克手下已经没兵了，于是姜炎衣带着一大群机器人叛军包围了整个渔村。这些经历过第七次机器人叛乱的男女老少都知道，一个人偶就是一支军队，眼前披着弓雨晴外貌的姜炎衣的战斗力要比他们加在一起都强大得多。

“呀，大海……鱼……”弓雨晴好奇地用手指戳着晾在屋檐下的咸鱼，对村庄里紧张的气氛浑然不觉。舒小妘陪着她，只觉得一阵伤心，要不是弓姐姐变成了这样，击败现在的姜炎衣应该不难。

周琴躲在人群后面放飞无人机，拍摄渔村里的年轻男女利用原木小屋和被摧毁的坦克残骸作掩护，朝机器人叛军射击的画面。每个人都知道这样的防御是徒劳的，但是谁都希望能有奇迹发生，能挡住这些蜂拥而来的叛军。网络平台的热度又上升了，很多人还是第一次看到古代人阻击机器人叛军的场面。周琴看着叛军步步逼近，不知道沉睡在体内的姬红绫到底会在敌人逼到多近时苏醒过来。姬红绫是一张不能频繁使用的王牌，她每一次苏醒，对周琴的身体都会是一次难以承受的冲击，总有一天，她的身体会不堪重负而伤残，甚至死亡。

姜炎衣踢到了铁板，挡在她面前的是杨牧亦，一把链锯刀挥舞着逼得她步步后退。变成了强化人的杨牧亦战斗力不比巅峰时期的弓雨晴差，而姜炎衣的实力远不如炎帝陵血战时强大，她一次次想聚拢灰潮发动攻击，但杨牧亦步步紧逼，根本不给她操纵灰潮的空当。

姜炎衣的衣着打扮仍然是人偶时的风格，那是主人印刻在她潜意识中的打扮，也是她身为人偶的基本属性。红裙华丽的镶边支离破碎、披帛断裂、流苏零落、长发凌乱，被链锯刀的钢牙撕破的衣服，都像身体被切碎般让她痛苦，她还会为了护住裙摆上的一个小饰品而步步后退，服饰打扮俨然成了人偶本体的一部分。

杨牧亦倒是洒脱得多，只攻不守，不管身上留下多少伤，只是一味地进攻进攻再进攻，逼得姜炎衣腾不出手操纵机器人叛军，从而给身后的渔村战友们创造击垮叛军的机会。

第一次！这是这些来自新熙雍市的平民们第一次挡住人偶的进攻！脑海中被阿史那雪烙下的恐惧感似乎也不再那么强烈了。一发火箭弹在杨牧亦身后发射，是余伊发射的。杨牧亦避开火箭弹，弹头把姜炎衣推到一名叛军的金属躯体上，随即爆炸了。叛军瘫了，姜炎衣挣扎着站起来，衣衫带血，这被攻击的当口，她找到了操纵灰潮的机会，炽热的灰潮席卷着扑向渔村。

一道光束从天而降。姜炎衣燃烧着，惨叫着化为飞灰，机器人叛军失去操纵者，彻底瘫了。人群抬头，只看见一艘飞船正在慢慢降落。“是郑总裁的私人飞船！”周琴惊叫。

弓雨晴的姐姐来了？余伊心头一惊，看着飞船慢慢降落在大地上，正下方的机器人叛军被悉数压碎。舱门打开，一群黑衣保镖走出飞船，保护着郑清音。

人偶有多强大？在郑清音眼里，一炮搞不定那就两炮，没有激光炮轰不死的人偶。除非是老师。

郑清音走到弓雨晴面前，看着她，她也看着郑清音，两人无言地四目相对。她这倔强的妹妹，从争抢上战场的名额到炎帝陵血战，再到回到星舰联盟，只要有一个转折点没那么倔，都不会落到这个地步。

“咸鱼！”弓雨晴天真地微笑，像握着链锯刀般，握着一尾咸鱼向姐姐晃动。

郑清音一巴掌把弓雨晴打翻在地，弓雨晴很快爬起来，对着姐姐傻笑。

郑清音问杨牧亦：“我要去蓬莱星舰开会，作为联席会议的企业代表之一。你跟我去吗？”话虽是询问，但她既然都亲自来了，杨牧亦知道拒绝的后果可能很严重。

杨牧亦问：“能见到阿史那雪吗？”渔村中的人都心有余悸地倒

吸一口凉气，这世上还真有人胆子大到主动提出想见那煞星？

郑清音问："见到她之后，你想干什么？总不会是打个招呼说'好久不见'吧？"

杨牧亦说："求她治好雨晴。"

郑清音看了杨牧亦半晌，似乎想说些什么，最终又咽回肚子里。她轻叹一口气，说："走吧。"她听说恋爱中的男女是没有理性可言的。

杨牧亦把弓雨晴拉到一边，想带她一起去蓬莱星舰，一起去见阿史那雪，让她治好弓雨晴的病，可弓雨晴却只是睁着好奇的大眼睛看着杨牧亦，似乎没听懂他在说什么。做了半天工作，她都死死拉住晒咸鱼的绳子，死活不愿跟杨牧亦走。

"她怕陌生人，不愿离开这里。"舒小妘走过来小声说。

杨牧亦只好把弓雨晴留在渔村，跟着郑清音离开。周琴则死皮赖脸软磨硬泡地跟着上了飞船，她知道跟着郑清音，一定能拍到别人拍不到的独家新闻。她认定做直播节目的三大诀窍是：坚持、不要脸和坚持不要脸。

郑清音转身离去。"咸鱼！"弓雨晴一咸鱼刺在郑清音屁股上，失忆并没有削弱她那闪电般的攻击速度。

要知道这可是一尾剑鱼啊！

对付人偶娃娃，如果斩草不除根，只会留下更大的问题，但是郑清音现在还没有彻底剿灭姜炎衣的精力。一些碎片落在河里，被河水冲走，又被洋流送上水虹岛的海滩，每一片都发育成一个新的姜炎衣。

"我是谁？我是莱莉雅。我要做什么？我要摧毁星舰联盟。"

一群姜炎衣在海滩的灰潮中颤颤巍巍地站起，厮杀，互相吞噬。这次碎片被洋流冲得非常分散，有些姜炎衣之间距离过远，无法互相吞噬，于是便成了独立的存在。

“喂，老铁！我们发现了一些不得了的东西！你看这是什么……啊……救……”北方基地，监控室里，一个在北方基地当保安的古代人在巡视森林时，发出一段信号后被怪物吞噬了。掉落在地上的摄像头拍到了怪物的模样。那似乎是一个女人，但是脸部和身体很畸形，身上杂乱无章地长着野兽的硬毛、昆虫的甲壳和鱼类的鳞片。

“老天！这是姜炎衣！她夺取的弓督 DNA 信息被野兽、鱼类和昆虫的基因污染了，在试图制造人类躯体、伪装成人类时，就变成了这样不人不鬼的东西！”哪怕是古铁雷斯这样的老兵，也忍不住倒吸一口凉气。

姜炎衣们是混乱的，人偶外形、人类外形、变异者外形，行尸走肉般在沙滩上、森林里游荡，漫无目的，试图执行那个让她无从下手的“摧毁星舰联盟”的命令，年迈的斯迪克正在水虹镇苦苦等待她的捷报。

斯迪克不知道，第七批到来的古代人同胞并没有投奔水虹镇。他们当中愿意为了吃饱饭而投靠星舰联盟的，去了北方基地；想努力维护地球联邦公民高傲的尊严的，则投奔了滨海渔村。

如今的水虹岛可以分为三大阵营——北方基地、滨海渔村、水虹镇，他们互相指责对方食古不化，或是指责别人是叛徒，各自都说总有一天要弄死对方，闹得跟世仇似的。

内讧在人类世界里无处不在，当又有一支航天母舰战斗群提前退役的消息传出时，震动的已经不只是星舰联盟，就连那些独立了很多年的前地球联邦殖民星也被震撼到了。

再见了，编号 CV586 的航天母舰“赛犍陀”；再见了，编号 CV587 的航天母舰“哪吒”。这是一支双航母舰队，在服役的一百多年中，始终是联盟的顶级太空舰队之一，在遥远的星区震慑着那些不怀好意的各路外星文明，在返回太阳系故乡的漫漫长路上也一路披荆斩棘。如今这两艘形影不离的航天母舰慢慢沉入故乡的奥尔特云，从无败绩的超级舰队没有战死在沙场上，却倒在严重的经济危机下。

所有的殖民星都醒悟过来了，这强大到摧枯拉朽般毁灭盘踞太阳系故乡七千年之久的宿敌机器人叛军的超级文明，终于扛不住了。

不祥之兆摆放在星舰联盟工业联合会的桌面上，一些殖民星政权提出用赊账的方式购买大量的超光速飞船，并希望提供一些先进武器。各大集团是互相持股的，郑清音在工业联合会的会议上得知了这件事。会议结束后，参加会议的政府官员立即把这消息向最高执政官做了汇报。

“他们想发动战争。”前往蓬莱星舰的飞船上，郑清音对杨牧亦说，“那些殖民星想赊账购买飞船，这账将来怎么还清？当然是拿战争获取的财富来偿还。以前他们没打起来，一是因为没有超光速飞船，动辄上百年的星际旅途太遥远；二是有机器人叛军这个共同的威胁在，他们怕两虎相争，机器人叛军乘虚而入渔翁得利。”

周琴说：“那我们可不能卖飞船给他们啊！”

郑清音说：“你说得倒容易，那是动辄以千亿资金计算的生意，哪个飞船生产厂家不想开足马力生产，争取订单解决工人的失业问题？先进的飞船生产线要是停工久了，熟练的技术工人流失了，将来就很难再生产先进飞船了，这损失是金钱无法补救的。”

杨牧亦收到了古铁雷斯发送的信号，知道了水虹岛上姜炎衣的最新变异情况。杨牧亦立即将情况给郑清音过目，她看了一眼，问杨牧亦：“事情还在你的能力控制范围内吗？”

“起不了大风浪。”杨牧亦说。

郑清音说：“那就交给你处理了。”她还有更多的大事要办。杨牧亦的能力超出了她的预期，让她很满意。毕竟，能在这种恶劣的经济环境下，让离朱星舰项目持续盈利并不容易。

科学家联席会议的召开是震动四方的大新闻，特别是今年的会议还同意让政府官员、联盟议会和企业家代表一同参与，这在“蓝冰洋”事件过后是不多见的。各路媒体的飞船都已经云集在指定的空域周围，就等着虫洞打开的那一刻。

我们有多长时间没见过最高科学院了？很多人终其一生，都没有亲眼见过最高科学院的三艘巨星舰。周琴很聪明，她知道联盟里的大多数飞船只拥有超光速飞行能力，却无法跨越多维宇宙，警方的飞船发送了警戒坐标，让所有的民用飞船远离警戒线，避免虫洞打开时的冲击摧毁了飞船。但是郑清音的飞船有跨维度能力，并不惧怕这种冲击，这让周琴获得了比大部分电视台更近距离的拍摄机会。周琴在舷窗边架起摄像机，对准空荡荡的警戒区。

周琴站在摄像机前说：“大家好！我是女主播琴琴！现在我将为您直播打开虫洞的那一刻。众所周知，三千多年前的联盟内战结束后，最高科学院的科学家们就离开了我们这个宇宙，前往另一个宇宙……”

虫洞慢慢打开，好像一道大门，让芸芸众生一窥门后神秘的世界，然而门后的世界却是如此空荡、荒凉，令人心生恐惧。三艘绚烂的巨星舰孤独地飘浮在死去已久的另一个热寂宇宙中。

对于多重宇宙，早在遥远的 21 世纪，天文学家们就已经触及它的蛛丝马迹，但是到了很多个世纪之后，才得以管窥一豹。科学家们很早就发现，如果古老的宇宙大爆炸理论是正确的，如果宇宙诞生于一个炽热的点，那么大爆炸后的宇宙每一个角落的物质分布应该都是均匀的，不应该凝聚成密集的银河和壮丽的星云，不应该出现星云之间空荡荡的区域。那时的科学家早已经见过多重宇宙互相碰撞后形成的群星璀璨的区域和物质稀疏的宇宙空洞，只是那时还没有足够先进的观察手段证明多重宇宙是否真正存在。

三艘巨星舰，体积是地球的数十倍，它们是如此美丽：带着水晶般光环的，是蓬莱星舰；笼罩在如梦似幻的太空尘埃团中的，是瑶山星舰；拥有六颗大小不一的月球的，是建木星舰。那是芸芸众生连仰望都遥不可及的世界，是那些永生不死的科学家们生活的地方。今夜整个星舰联盟，不知道有多少人会仰望这难得一见的奇观。

周琴睁大眼睛，讷讷地说："天哪……好大的星舰……我不知道这三艘体积超过地球五十倍的星舰为什么能稳定存在。根据物理学理论，它们应该被自身的引力压垮，变成……"

"小姑娘，体积无关紧要，关键是质量。"飞船驾驶员插嘴说，"这三艘巨星舰体积虽大，质量却不比地球大多少。星球内部都是空的，里面是数不清的高科技实验室，它表面的引力跟地球差不多。"

在三艘巨星舰之后，是体积更为庞大的人造矮恒星，散发着若有似无的暗淡光芒，在幽暗的宇宙中时隐时现，周围布满各种奇特的太空结构；它的核聚变非常缓慢温和，也许能持续上百亿甚至几千亿年。周琴对着镜头说："这些巨大的气态星球，很多观众也许一辈子就只能见到它们一次，那是我们最强大的帝王级移动恒星堡垒，也是我们联盟最关键的战略储备力量之一。它的核聚变速度很缓慢，哪怕有一天，宇宙中的绝大多数恒星都散尽了自己的光芒，这些恒星堡垒仍然能在黑暗的宇宙里熠熠生辉。当我们哪天因找不到合适的恒星可落脚而在一片荒芜空间停泊时，它就可以充当为我们提供能源的恒星。"

"天哪！我们的飞船竟然近距离掠过了一颗帝王级恒星堡垒！那是'彼得大帝号'、'奥古斯都大帝号'，还是'亚历山大大帝号'？"飞船高速掠过恒星日冕层时，那腾空而起的刺目气浪直刺幽暗深邃的太空，惊呆了周琴。

"那是'汉武大帝号'。"自幼生活在蓬莱星舰的驾驶员回答说。

蓬莱星舰，羲皇市航天港。很多科学家从宇宙的各个遥远角落归来，保护科学家的科学审判庭飞船停满了卫星轨道，飞船群形成一道箍着巨星舰赤道的光环。天地往返电梯的出入口，很多记者守在离港大厅，每看见一名科学家回来，就蜂拥而上。摄像机拍个不停，照相机的人脸识别功能自动查找数据库，确认科学家的身份。毕竟很多人只能记住最另类的那一小撮科学家的面孔。

一名科学家走下飞船，记者们顿时拥过去："请问，呃……林教授，您这次回来，最想做的第一件事是什么？"记者需要看手中仪器的身份识别信息才知道他是谁。

林教授急得满头大汗："找个洗手间！飞船的马桶坏了。"

另一名科学家连同他的助手们也被围住："请问雷恩博士，您觉得宇宙热寂和量子涨落这两个看似矛盾的理论，哪个比较正确？"

雷恩博士铁青着脸一言不发，心想：你们能不能先花个几百年时间恶补完经典热力学、广义相对论和量子物理学，再问这种问题？

杰瑞博士是少数喜欢一本正经地胡扯的学者："要说这量子力学嘛，为了更清晰地解释它，我得先发明时光机，回到历史上找薛定谔先生借一只猫，给它起名为汤姆。"

当然更多的学者很耐心地给这些年轻的记者做解释："……这虫洞技术的历史嘛，最早可以追溯到'爱因斯坦—罗森桥'理论，简单来说就是……"这一解释就没完没了，估计说上十天半个月也说不完。记者僵硬地微笑着，看着收视率噌噌噌下跌，他们的心都在滴血，毕竟电视机那头星舰联盟的广大观众们大多是抱着看个新鲜的心态看直播的，没几个人能耐着性子听艰深的理论。

周琴天生会做没营养的高收视率新闻，她刚踩到蓬莱星舰的地面，便镜头一转："现在，让我们采访一下这次会议的企业家代表，美丽又神秘的郑氏集团总裁郑清音女士。请问您对这次的大会持怎样的看法？"郑清音说什么并不重要，重要的是这次大会的企业家代表大多是年过半百的油腻秃顶男士，而年轻漂亮的她能让网络平台那一边观看节目的宅男们大声尖叫。

最高科学院的休息室，阿史那雪沏了一壶好茶，等着杨牧亦造访。无论七千年前大家是何种阵营何种立场，那么漫长的岁月过去了，都应该一笑泯恩仇。杨牧亦出现了，他比以前在新熙雍市的战壕里时成熟了很多，但不变的是看到阿史那雪时那畏惧的眼神。

阿史那雪微笑着，说："请坐。"

郑清音很大方地坐下，毕竟那是自己老师，接触多了也不觉得她高高在上；周琴紧张不安地站着，郑清音扯了扯她衣角，她才知道要坐下；而杨牧亦是最紧张的那个，手捧着茶杯，坐在椅子里，双腿仍微微颤抖，记忆中抹不去的是新熙雍市时，衣裙披血的阿史那雪残杀守军时的恐怖。

杨牧亦说明来意，他直接跪在地上，求阿史那雪出手救治弓雨晴。

阿史那雪问："什么是爱？你能给我解释吗？"

问世间，情为何物，直教生死相许？

天南地北双飞客，老翅几回寒暑？

当弓雨晴还是大学生时，在蓬莱星舰的大草原上，她就见过一头老迈的雄狼，守在老死的雌狼身边，孤独地仰天长嚎，那时的她才知道原来狼是一夫一妻厮守一生一世的动物，那是她第一次看见狼的眼泪。

"当生物从爬行动物演化到哺乳动物，从卵生演化到胎生时，幼崽更高的成活率是以牺牲母体产前产后的生存能力为代价的，这意味着形成稳定伴侣关系的动物更容易产下并养大下一代，它们的基因能更有效地流传下来。一些动物在进化过程中，形成了多巴胺等影响大脑活动的激素，当高等动物在遇到合适的异性时，相应的激素会自动分泌，以巩固这种伴侣关系……”

“这就是生物教科书上的爱情？”那时，弓雨晴问还没成为她的导师的阿史那雪。

阿史那雪说：“人偶最多只懂教科书式的爱情，毕竟我不是生物。但是我知道，过量的多巴胺会让大脑失常，让人做出一些非理性的事，也许这就是人们常说的‘为爱痴狂’。”

离朱星舰，所有的人都被头顶夜空的三艘巨星舰所震撼。

“我们！我们，我们……”水虹镇陷入了饥荒中，临时总统斯迪克本来想对大家说些提振士气的演讲，但他什么都说不出，只有捂着千沟万壑的老脸蹲在地上痛哭。摧毁星舰联盟？高挂天幕的那三艘巨星舰是他们从没见过的超级科技体。对手的实力远远超出他的想象，他只能不停地在脑海里重复老掉牙的陈腔滥调，自我催眠。

余伊抬头看着天空，喃喃自语：“大家都是地球人，他们能造出那么惊人的东西，为什么我们不能？”

弓雨晴不为所动，天顶的奇观是她在蓬莱星舰时从小见惯的景象。她无声无息地离开滨海渔村，行走在初秋微凉的夜风中。

“天哪！‘科学众神的宫殿’……”北方基地里，很多人被这奇观所吸引，松懈了警戒工作，古铁雷斯只好亲自巡逻。一个变异型姜炎衣正全无声无息地靠近基地。

“摧毁星舰联盟……”姜炎衣混沌的脑子里只有这个念头，北方基地是她能找到的唯一一处星舰联盟的据点，她计划杀光基地的人。

咔！脖子拗断的声音。古铁雷斯觉得不妙，赶紧循着声音而去。

他看见弓雨晴扭断了姜炎衣的脖子。弓雨晴抬起头，眼睛红红的，好像刚刚找了个无人的地方痛哭了一场。“为什么会这样？”弓雨晴问他。

“为什么他整天要走？我病了，疯了，他终于肯回来了！为什么现在连装疯都留不住他？”弓雨晴大声说着，眼泪又流下来。

杨牧亦爱她，她知道，不然不会为了她去找最害怕的阿史那雪求助；但杨牧亦不知道她的记忆并没消失。然而，郑清音什么都知道，只是觉得那是他们两个人的爱情，自己没法介入。

古铁雷斯坐在大树下，说：“弓督，男人不是这样思考问题的。我是结过婚的人，跟你说说男人的想法吧……”

他们都没发觉，舒小妘一直远远地跟在弓雨晴身后。

十六、秋分却忆深思厚

杨牧亦没有回来，他留在蓬莱星舰谋求事业的发展，谋求能配得上他的女神弓雨晴的更高职位。

联盟政府的最高执政官焦头烂额，星舰联盟的归来搅乱了殖民星世界的一潭死水。那些人知道机器人叛军灭亡了，星舰联盟也不行了，两虎相争一死一伤，自然不少人想从中渔利，现在正是各殖民星互相开战征伐，征服别的殖民星的好时机。

最高科学院的“众神”们却不动如山，他们试图与世俗政府保持距离。

“这是科学家联席会议的讨论结果，执行还是不执行，由你们决定，我们只是根据客观条件利用数据模型推算出这些结论。”当阿史那雪把最终的结论交给执政官时，执政官双手发抖。

我们不该回来找机器人叛军复仇，然而我们回来了，因为人不能理性到近乎无情；我们不该留在太阳系附近，然而人非草木孰能无情，乡土难离的情绪萦绕在每一个地球人后裔的心头。那结论触目惊心：失去机器人叛军这个共同的大敌如芒在背的威胁，各殖民星必将战火连天，历史上动用过的一切大规模杀伤性武器必定被重新翻出来，生化武器和核冬天将无情地把一颗颗殖民星变成地狱，最终无人存活。

介入他们的战争？阻止他们？地球人不打地球人，这是自惨痛的联盟内战之后无人再敢碰触的铁律。不介入？眼睁睁地看着他们自相残杀到全部毁灭？这也不行。况且，联盟已经没钱再打下一场战争了。

阿史那雪面无表情地看着执政官，错全都不是他的错，然而过去的隐忧全都在他任上爆发，黑锅全是他背。

“莉莉丝号”飞船姗姗来迟，生命研究所所长韩丹在一大群审判庭保镖的簇拥下出现在航天港，A1 级宇宙文明智慧生命科学大会的那些外星人让她耽误了些时间。她没有出众的相貌，没有活泼的性格，没有让媒体感兴趣的话题，外表极为平凡，甚至没有记者知道她是谁，倒是省了很多不必要的麻烦。跟很多被授予永生的科学泰斗一样，她对强化人的亲近感更胜于普通人，毕竟他们都是被普通人既尊重又排斥的群体。

科学家联席会议接下来的议程，是讨论跟世俗政府无关的科学议题，各电视台的收视率显著下跌，只有少数记者仍能从中挖出观众们感兴趣的话题。周琴今天就缠上了理论物理所的量空神僧：“请问神僧，您平时是在寺庙里搞研究呢，还是在实验室里求神拜佛？”

量空神僧倒也不怕这小丫头：“阿弥陀佛，佛祖是无神论者，咱们做科研的人，求人不如求己。”

周琴又问：“你见过最壮观的天文景象是什么样的？”

神僧双手合十："色即是空，空即是色。世间种种浮光掠影，不过是各种波段不同的电磁波罢了。宇宙既虚空静寂，又喧闹缤纷，两者本为一体。您抬头看见幽暗虚无，那是您肉眼凡胎不识繁华世界，找一台射电望远镜，调至微波波段，浩瀚宇宙，何处星海不壮观？"

韩丹回来了，阿史那雪把生命研究方面的议题转交给她，自己带着杨牧亦和郑清音走进那座很久没进去过的旧实验室。实验室里一排排的人造人培养罐空荡荡的。

阿史那雪说："当初少不更事，只估算了地球生态圈的承载能力，想把养不活的人口除去，确保至少有一部分人能活下来，确保人类的繁衍，避免整个环境像沉船般覆灭，最终导致人类灭绝。后来随着梅姐姐到太空追赶流放者兄弟会，追了几千年，看着兄弟会一步步成长，从破旧的小难民船群变成现在庞大的星舰群，仿照地球建立起漂亮的生物圈，才知道原来我追求的目标还有另一个更好的实现方法。"

杨牧亦看着培养罐上贴的姓名标签，问她："这是？"

阿史那雪说："二十多年前，联盟军总参谋部和科学审判庭进行过收复太阳系的联合演练，在模拟地球战场的演习中他们发现，在不能毁掉地球的前提下，陆战队根本不是人偶的对手。"

阿史那雪说起了往事——

那时，马尔斯星舰 1 号大陆的演习场，很多人都是第一次看见阿史那雪出手，那晶莹剔透的灰色雪片，将仲夏时节的战场染成一片灰白。参加演习的航天陆战队全军覆没。演习部改用科学审判庭的强化人战士又演习了一遍，仍然是败仗，只是败得没那么难看罢了。久违的恐惧感，好像从几千年前古老的视频片段中被挖出来，撒在每个人心头。

军方的专家们提出了各种方案，从改进战术到装备更先进的武器，能想到的都列出来了。那时的星舰联盟非常富裕，采纳了大部分方案，不停试验，不停改进。其中有一个方案备受争议。

阿史那雪的好友郑维韩将军推开门，拄着拐杖大步走进实验室。他没穿军装，一身宽松的灰白唐装，像个普通的退休老头："教授，您这是做什么？"

阿史那雪说："我在重新设计一批新的强化人，比现在的一切强化人都强，把他们培养成能匹敌人偶的超级战士。"

将军看着容器里的人类胚胎，问她："这是你从哪儿弄来的？"

阿史那雪说："利用七千年前我收集的人类 DNA 做的，都是死于非命的人。这只是极少一部分。"

那时的星舰联盟刚好处于一段没有战争的空档期，年事已高的将军每隔几天就到实验室看这几百枚人类胚胎，看着他们从黄豆大小，慢慢发育成苹果大小、柚子大小……阿史那雪知道，将军并不喜欢这计划。

阿史那雪说："这是最强的战士，单挑也许对付不了人偶，但是两个三个围攻一个人偶是必胜的。"

将军说："他们的命运不应该在出生之前就被注定。我相信他们都是最优秀的战士苗子，但是将来要不要当兵，要不要踏上地球的修罗场，那是他们的自由。"

星舰联盟是募兵制，是否当兵是每个公民自己的选择。阿史那雪说："你是将军，随你。你只要知道每少一名超级战士，你将来在战场上的士兵就得多付出百倍的生命代价就行了。"

在婴儿们呱呱落地的那天，儿童福利院带走了这上百个孩子。后来，孩子们又陆续被不同的家庭收养，慢慢长大。他们成了教师、艺术家、园艺师、美发师……为了收复地球故乡而设计的超级战斗力，在他们当中很多人的体内沉睡着，也许永远不会被唤醒。

杨牧亦看着这些落满灰尘的培养罐，每个容器上都贴着孩子的名字。郑清音说，当年爷爷觉得人不能只有代号没有名字，于是给每个孩子都起了名：铠无伤、甲叶云、刀敬诚、弓雨晴……

"雨晴知道自己的身世吗？"杨牧亦问阿史那雪。

郑清音说："这种事，我觉得还是不知道为好。"

杨牧亦沉默了。阿史那雪问他："你觉得，人应该选择自己想走的道路吗？"

杨牧亦说："很多时候没得选。七千年前，我的梦想是当个普通的小职员，结婚生子，过着平淡的生活。但是命运由不得我，战争打响，我想要的一切都不可能实现了。我被强征入伍，一路作战，一路颠沛流离，被时代的洪流裹挟着，身不由己。人如果能选择自己想走的道路，那是一种福分，所以能让他们自己选择的时候，就让他们自己选吧。"

阿史那雪说："我的孩子是最强的强化人。这些孩子，对人偶的灰潮、精神控制和同化能力都有很强的免疫力。可惜他们没能出现在战场上，否则联盟军可以减少数十万的伤亡。"

最高执政官打电话过来了，郑清音静静地听着电话，那声音苍老疲惫，跟电视前声若洪钟地发表演讲时判若两人。联盟没有财力来支撑下一场战争了，最高科学院不愿意介入普通人的事，科学审判庭不愿掺和殖民星的内战，高高在上的最高执政官好像一下子变成了高居王座上的孤家寡人，他只能借用一些平时不能轻易动用的力量。

郑清音说："老师，我要告辞了，怀斯托斯星舰那头还有一场会议。"

阿史那雪说："去吧，没必要什么事都请示我。"

郑清音转身问杨牧亦："你是跟我一起去，谋求更高的职位呢，还是回水虹岛陪着雨晴？"

"我……我要想想。"杨牧亦犹豫着说。

实验室外的梅树林，透着秋风的凉意。杨牧亦站在梅树下，犹豫了很长时间，他不想离开弓雨晴太久，却又怕错失往上爬的机会。直到郑清音走出实验室，他才打定主意说："我要更高的职位，能配得上雨晴的职位。"

郑清音气不打一处来，她把手指按得咔咔作响："咱们切磋两招？"

说好两招就真的只有两招，郑清音一出手，杨牧亦连招架的能力都没有。两招一过，他就被郑清音的高跟鞋卡住喉咙钉在树上。"解气了，出发吧。"郑清音说。

前往怀斯托斯星舰的飞船上，杨牧亦问了郑清音一个很唐突的问题："你有没有见过你的妈妈？"

郑清音说："见过，但是从没叫过妈妈。"

杨牧亦问："那么平时你怎么称呼她？"

郑清音说："叫老师。"

怀斯托斯星舰是联盟的重工业中心，这颗星舰没有人造太阳，浓烟弥漫的大气层充满剧毒气体，林立的工厂喷吐着乌黑的浓烟，地壳涌出的岩浆汇聚成炽红的河流。烟雾迷蒙的城市里，灯光勾勒出纵横交错的街道，巨大的厂房往往横跨好几个街区，巨型龙门吊好像矗立在天地间的巨人，把长达上百米的机械构件从工厂里吊起，装进起重型工程飞船送出大气层外，在太空轨道上组装成先进的飞船。

杨牧亦是第一次踏足怀斯托斯星舰最大的重工业城市流火市，这里的衰败景象很像地球联邦末期的世界，高失业率带来严重的治安问题，防护罩下灰蒙蒙的街道上，颓废的年轻人拿着啤酒瓶三三两两地聚在路灯光柱外的黑暗角落。黑沉沉的摩天大楼里，杨牧亦守在会议室外，眺望烟雾中巨型工厂般的城市。

一门之隔的会议室里的财团大佬们谈了些什么，他无从得知，只听到一些只言片语："那些淘汰的军火……""上头的意思是确保各殖民星无力互相侵略……""……至少下个一千年，我们再次回到银河系时，还能看见活着的地球人同胞……"

杨牧亦只是隐约地猜到：联盟政府没钱出动军队去阻止那些殖民星之间已经爆发的征伐战争，于是给了这些大集团一些不能见光的特权，用一些不太光明的手段去确保殖民星上的地球人后裔们不至于在这场内战中灭绝。

会议结束时，郑清音私下给杨牧亦安排了任务。杨牧亦知道这将是一生的转折点，深感压力，但是，退缩是不可能的，凡是有上升的机会，他都会不惜代价拼命去抓住，去一步步往上爬，去接近他心中的女神弓雨晴高高在上的地位。

郑清音提醒他："出发前，先打个电话给雨晴吧。"

杨牧亦拨通了电话："喂，雨晴吗？是我。"

离朱星舰，东叶市。横亘星海将近一个光年的距离，通信信号被超光速的空间泡包裹着，通过星际网络通信网，从杨牧亦的手机传送到弓雨晴耳边。

杨牧亦打电话回来了，弓雨晴捂住嘴巴，未语泪先流。

杨牧亦说："雨晴，我要去执行一个不能说的任务，不知道多久才能回来。"

"啊……我……"弓雨晴手里拿着毛笔，哽咽着不能言语。她不敢相信，杨牧亦竟然打电话回来了。

杨牧亦说："但是我一定会回来的，我会努力完成任务，升职，赚钱，出人头地，再回来找你。"

究竟要怎样的身份地位，才能配得上郑家的小公主？杨牧亦心里面并没有底，他只知道要抓住一切机会往上爬。

"我……我……"弓雨晴泪如雨下，她一直都很相信杨牧亦，听到他亲口说一切奋斗都是为了她时，还是感动得说不出话来。

杨牧亦说："你姐姐说，我离开之后，会有人接替我在东叶市的工作，一定会好好照顾你的。"

"兄弟，该出发了。"弓雨晴听到电话那头有人说话。

"飞船里没信号，我先挂断电话了，保重。"杨牧亦挂断电话。

"对不起，失陪一下。"弓雨晴站起身，对会议室的众人说。她转身进了洗手间，痛哭流涕。

郑清音并没有找别人接替杨牧亦的工作，暂代杨牧亦职务的就是弓雨晴自己。她恨自己接到杨牧亦的电话时，竟然激动得连一句完整的话都说不出。误会有时候就是这样产生的。

弓雨晴和姜炎衣以删除记忆为手段的对决开始于四月中旬，在七月初分出胜负。她不知道自己在诞生之前，就被阿史那雪植入了针对人偶删除人类记忆的免疫功能，只知道那些被删除的记忆在七月的恶斗结束后，就一点一滴地恢复了。后面的日子，她只是借势装疯卖傻，想留杨牧亦在自己身边。

“舒小姐，这是弓督要的验血试管。”10 楼的公司医务室里，医生对舒小妘说。

弓雨晴本身就具备不浅的医学知识，这些日子，她每隔一星期就抽取少量血样，让人送回最高科学院化验，检测血液内的人偶微芯片活动情况。她见舒小妘很努力学习联盟的文字和语言，为人又胆怯小心、楚楚可怜，于是留小妘在身边帮忙做些杂活。

“可以多给一根试管吗？上次的血样化验结果，弓姐姐怀疑运输过程中受了污染，想多留个备份。”舒小妘对医生撒了个谎，拿走了两根试管。

弓雨晴的作息习惯跟杨牧亦类似，每天中午都必定抽些时间在公司的私人健身间锻炼身体。健身间门外，她看到了几名正高管准备汇报工作，却又不敢打扰她。

弓雨晴不像杨牧亦那样守时，上午十一点半进的健身间，说是工作了大半天累了，想活动活动筋骨，十五分钟就好，但是到中午十二点五十三还没出来。别人不敢打扰弓雨晴，但是舒小妘知道，弓姐姐同情她，从来不会对她发脾气。

舒小妘小心翼翼地推开一道门缝，走进去，慢慢关上门。只看见弓雨晴闭着眼睛，飘浮在半空中，灰色的尘霭充斥着整个健身间。桌子上放着一台平板电脑，屏幕上显示着人偶娃娃的解剖结构图，那些复杂的结构、灰血组装原子形成的陌生的构件，存在一些让人匪夷所思的先进功能，比如集成在体内的反重力飞行装置。

极少数人偶会悬浮飞行，宛若鬼魅，姜炎衣毁灭水虹镇时，舒小妘亲眼见过这种飞行能力。

舒小妘小心翼翼地拿起平板电脑，忐忑不安地翻阅着那些复杂的技术图纸。人偶的能力取决于她的量子大脑中储存的知识，一个人偶如果能制造出一把扳手，她首先要知道扳手的材料和尺寸；如果能用灰潮复制出一架飞机，那她就得分毫不差地记得飞机的上万个零件的材料构成、具体尺寸和组装顺序；如果能复制一艘飞船，除了知道飞船上百万个零件，还要精通飞船的工作细节；如果是复制生命，生物体内光是一个细胞的遗传信息和各细胞器的工作细节，就已经是极为惊人的数据量。听说即使在人偶当中，也只有昔日才华逆天的“神偶”梅小繁能创造生命。

舒小妘悄悄地把一个储存器插入平板电脑，想把这些图纸拷走。庞大的数据量超出了她的预计，拷贝速度很慢，她紧张得心脏怦怦直跳，生怕弓雨晴突然睁开眼睛。桌面上还有一份秘密材料，她匆忙翻阅着，不敢发出任何声音。类似的秘密材料她接触过好几份，那些原本蒙着神秘面纱的计划，经过她不断拼凑越来越清晰。

这是有关第八批古代人移民的秘密文件，舒小妘睁大眼睛看着文件上的星舰联盟通用文，冷汗流了出来。弓雨晴一直以为，舒小妘只懂一些简单的联盟通用文，看不懂这种语法复杂的公司内部行文，但她低估了她认真苦学的努力。这些文字她都看得懂。

弓雨晴的飘浮高度慢慢降低，舒小妘知道她快醒了，她匆匆把碰过的一切东西归位还原，假装什么都没发生。弓雨晴一直不死心地试图控制人偶的力量，不管撞了多少次南墙都不回头。身为郑氏财团的小公主，弓雨晴原本可以要风得风，要雨得雨，但她偏不！她就是争强好胜，非要能有一样可以压倒姐姐的能力不可。

舒小妘知道郑清音也不需要那么强的战斗力，她身边总是一群保镖，只是那是出娘胎就自带的能力，无法丢弃，也无所谓拥有；甚至就连昔年强大到让人畏惧的阿史那雪，身居高位之后也几乎没再亲自出手。

弓雨晴睁开眼睛，舒小妘递过两支验血试管，又撒了个谎："我也不知道医生为什么给我两支试管，可能是担心运输过程中，血样会被污染，想留一支做备份吧？"

撒谎这种事，对舒小妘来说早已经是轻车熟路，怎样的谎话都能面不改色地说出来。七千年前在新熙雍市，她就无数次用谎话骗过守军，把从黑市上买来的食物带出城外给难民们。

弓雨晴也没起疑心，她任性，早就不想面对医生那张喋喋不休的老姑婆脸色了，自己动手抽了血，交给舒小妘送过去给医生，舒小妘匆匆离去。医务室里，舒小妘再次对医生撒谎："弓姐姐好像并不喜欢被抽两次血，我只拿回一支试管，另一支被她丢进粉碎机里销毁了。"

医生也不清楚弓雨晴为什么每周都要验血，更不知道她的血液中有人偶娃娃的微芯片，她只知道自己作为普通的上班族，只管按时上下班每月领工资就好，那些大人物的私密事，知道得越少越好。

弓雨晴仍然住在水虹岛的北方基地，公司为她在东叶市准备了舒适的住处，但是她并不喜欢城市的环境，更喜欢水虹岛的原始森林。她很少能准时下班。每天下午五点半，舒小妘基本上是独自下班，偶尔也会和周琴一起。她会先到超市里买些食物，然后坐上高速地铁返回岛上的北方基地。

今天周琴去约会了，舒小妘独自返回北方基地。北方基地的兵力比以前多了很多，警察仍然是八个，但是投奔而来的古代人士兵足足有三百人之多，还装备了坦克和装甲车，几名古代人同胞正在维修前两天激战时被姜炎衣率领的机器人叛军打坏的“布雷德利”装甲车。舒小妘跳上警用摩托车，对古铁雷斯说：“车借我用一下！”

古铁雷斯大声说：“外面很危险！这几天，好几个姜炎衣在外面游荡呢！”舒小妘早已经远去。

舒小妘赶回滨海渔村。经过几个月的建设，渔村已经变成初具规模的小山寨，两人合抱粗细的巨树被砍伐做成围墙，山门边是高高的岗哨楼，老兵们荷枪实弹巡逻，防止机器人叛军偷袭。渔村外的农田挂着金灿灿的稻穗，丰收指日可待。

余伊外出打鱼还没回来，渔村里的年轻人正趁着丰收前的一丁点儿空闲时间努力磨炼军事技能，一刻都没闲着。

舒小妘决定先去一趟水虹镇。水虹镇比以前更破败了，小镇周围的森林被砍伐一空，野兽被猎杀殆尽。房子破落，纸板和油毡纸糊着破损处，凑合着住人。就连那栋很漂亮的小别墅也一片狼藉，歪仄仄的“地球联邦临时政府总统府”牌匾蒙了一层灰尘。

“总统阁下，我弄到一份非常重要的秘密情报！”舒小妘跳下摩托车，正想向斯迪克汇报，却被卫兵们拦在外面。士兵向她伸手，她解下摩托车里的满满一袋食物交给他们，她知道水虹镇最缺的就是食物，每次都必定要缴纳食物才能走进这座小镇。

斯迪克走出来了，佝偻着腰，一双昏黄的眼睛眯成一条细线。士兵打开袋子，超市里买来的食物包装盒上印满了星舰联盟的文字。斯迪克憎恨这种食物，上次舒小妘买来的一盒生鲜牛肉让他拉了好几天的肚子——他看不懂盒子上的说明是“煮熟后再食用”。

“流放。”斯迪克只说了两个字。

舒小妘说：“这份情报关系到大家的命运！即将到来的第八批地球同胞有问题！千万不要收留他们！”

斯迪克大声宣布：“犯人舒小妘，与流放犯的后裔沆瀣一气！在星舰联盟的企业里工作，彻底投靠了犯罪团伙星舰联盟！现在剥夺她地球联邦公民身份！开除地球人球籍！判处流放！”

十七、寒露孤身独自行

绝密通告，严禁外传：科学院驻各备份星舰环境控制系统工作人员，请不要救助侵略者！腾格里星舰、高天原星舰上已有多人在救助快饿死的侵略者后，被残忍杀害。发现不明身份飞船和人员时，应立即转移到地下城或防流星陨石的地下庇护所，先确保自身安全，再尽快报警。

战火还是无可避免地延烧到了星舰联盟，古铁雷斯看完上头送过来的绝密通告，掏出打火机把纸片点燃，看着它慢慢变成灰烬。殖民星之间的战争让一些星球化为废墟，一些走投无路的地球同胞铤而走险，把侵略的目标转向星舰联盟，已经出现伤亡。

古铁雷斯第一次发现联盟的太空防御圈是那么脆弱，都是没钱闹的。以前强大的军舰，现在都因为经济危机像死鱼般飘浮在太空中。

古铁雷斯很久没有杨牧亦的消息了，听说最高执政官给各商业集团开了组建雇佣军的许可证；说得更确切点儿，更像是航海时代的欧洲各国给海盗发放私掠证，国家不给钱、不管死活，请各位海盗经费自筹、盈亏自负、生死自理，减轻国家负担，为国鞠躬尽瘁。

免费的东西效果往往不尽如人意，雇佣兵们爱财惜命，不会像联盟正规军那样和敌人拼命，千疮百孔的防线漏过了很多冲向星舰联盟的不法之徒。至于指望他们阻止殖民星之间的战争，就只能祈祷这些雇佣兵们的自觉性了，效果用脚指头去想都知道肯定好不到哪里去。

爱情是什么？古铁雷斯恋过爱、结过婚，当他还是“南亚美利加号”星舰的亲王港市街头身无分文的小混混时，他以为自己懂得爱情。他没有拿得出手的学历，没有过硬的背景，也没有工作经验。当他浪子回头，把叛逆岁月中染成的五颜六色长发剪成精干的平头，脱下飞车族的风衣换上一身普通人的衣裳，试图努力拼搏养家糊口为心爱的女人筑起一个温暖的小家时，才发现自己什么本事都没有。他最好的路，就是踏上地球战场，拿命换取战功和资历，混出个人样来。

于是他告别新婚的妻子，踏进征兵处的大门，在残酷的地球战场上浴血奋战，一步一个踏血的脚印，从新兵逐步晋升为上士，并在退伍后被安排担任水虹岛的警察局长。但是他心爱的妻子，却在他在战场上浴血奋战时跟别的男人跑了。

“今天，公司那边不忙吗？”北方基地里，古铁雷斯像平时一样小酌两杯，问弓雨晴。

“嗯。”弓雨晴答非所问，看不出她到底是不忙，还是逃避工作回水虹岛散心。水虹岛的局势是一团乱麻。水虹镇、滨海渔村和北方基地三方互相敌对，中间还夹杂着一群行尸走肉般的姜炎衣们逮谁打谁地搅局，回来岛上散心，只怕心情会更烦躁。

“姜炎衣的实力只剩下炎帝陵血战时的十分之一，但是最大的问题就是跟蟑螂一样打不死，繁殖速度还飞快，特烦人。”古铁雷斯手下的三百古代人卫队，虽说得到坦克和装甲车的加强，但也常出现伤亡。

弓雨晴拿起她久违的链锯刀，刀身上多了很多被余伊和其他人使用时保养不善留下的划痕。她最近因工作而烦躁，打算砍死几个姜炎衣发泄怒火。古铁雷斯自斟自饮，随口说：“爱情这种事，当局者迷旁观者清，你越强，杨牧亦就追得越辛苦，你何苦去追求自己实际上并不需要的力量？你越来越强的战斗力对你的生活和工作有一星半点儿的帮助没有？审判庭里，肩不能挑手不能提的文弱督察官多得是，你为什么一心痴迷于追求更强的力量？”

弓雨晴认准的事情，十头牛都拉不回来。她一边走路，一边看着手机中几天前杨牧亦发送回来的视频：“亲爱的，我今天拦截了一艘超光速飞船，缴获了不少值钱的东西，更重要的是阻止了一场殖民星之间的战斗。我知道我所做的一切在不断恶化的局势面前只是杯水车薪，但至少我努力了。”

视频中的杨牧亦赤裸着上半身，手臂缠着绷带，身旁的链锯刀沾满飞船的油污，很显然在抢夺敌人飞船的舱室战中，经历过惊心动魄的对抗。

古铁雷斯身旁的通信器传来监听到的警告：“第八批复活古代同胞进入离朱星舰。警告：他们抢夺了一艘轨道护卫舰！请地面各单位密切注意！”

在联盟军的太空舰队中，轨道护卫舰算是体积最小的军舰之一，一公里多长的舰体，没有皮实耐击的重装甲和能量护盾，造价低，使用成本更低，通常用于保护其他无武装的民用飞船。经济处于崩溃边缘的联盟军选择了把这些廉价军舰租给别人组建雇佣军，防备极其松懈，没想到竟然被古代人抢走了一艘。

军舰的身躯出现在水虹岛上方，它一定是被水虹镇的疯老头子斯迪克没日没夜发送的呼救信号吸引过来的。古铁雷斯只觉得头皮发麻，他不知道军舰上会有多少古代人，只知道这军舰一旦开火，将可能造成很严重的人员伤亡。

“弓雨晴呼叫‘唐古拉星海号’。”熟悉的声音从通信器中传来，弓雨晴好像又变成了战场上那冷静到近乎冷血的弓督。天空中的“唐古拉星海号”突然将激光炮组对准轨道护卫舰，激光炮开火，毫不客气地在护卫舰身上从头到尾划出长长的伤痕。护卫舰翻滚着爆炸解体，裂成几大碎块坠入水虹岛外的大海上，撞击引发的海啸冲击着水虹岛的海岸。

滨海渔村今天没人出海。半个月之前，余伊听了舒小妘的警告，命令大家搬往高处，不得随意出海打鱼。农忙时节的滨海渔村也忙于收获农田的粮食，没有多余的人手出海捕鱼。当海啸冲刷着沙滩，把拖上岸的独木舟像树叶般卷走撕碎时，所有的人都震惊了。幸好有舒小妘的警告在先，幸好渔村为了防御野兽，大部分房子都建在岸边陡峭的高冈上。海啸咆哮着拍打着渔村脚下的崖壁乱石，久久不息。人们看见军舰燃烧着坠入大气层，在引力作用下扭曲解体，一边爆炸，一边擦着海浪斜斜填进窄窄的水虹海峡，烈火冲天。

海峡不过五公里宽，平均五十米的水深，转眼间就被残骸填平，残骸像钢铁堆成的火焰山，照亮了海平面。

“为什么会这样……”余伊站在高冈上，看着炸裂的军舰，身体微微颤抖。飞船是大伙儿逃离星舰联盟的希望，飞船被摧毁了，希望也就被摧毁了。

舒小妘站在余伊身后，小声问：“你见过动物园吗？”

“当然见过，你问这个干什么？”余伊反问舒小妘。

舒小妘脸色很差，小声说：“我在郑氏集团东叶市的分公司见过水虹岛的项目开发书。开发书上说，以水虹岛为中心，包括水虹海峡隔海相望的3号大陆的一部分，全部列入水虹岛项目的开发范围。在这数百万平方公里的范围内，要建设地球联邦末期的城镇，建设机器人叛军的堡垒，要俘获一批人偶娃娃，重建机器人叛军，让我们这些所谓的‘古代人’和叛军们永无止境地厮杀，不断地重现联邦末日的烽火。我们只是动物园笼子里的野兽，星舰联盟的观众们、游客们喜欢看我们困兽犹斗的样子。”

余伊沉默了很久，才说：“我们一定要想办法逃出去。”这是余伊一直都在筹备的事情。他抬头看着天空，那三艘科学院的巨星舰仍然高悬天顶，像是盯着大地的三只眼睛。他想离开水虹岛，想离开星舰联盟，却上天无路，入地无门。

天空又有飞船掠过，这是每个星期都会出现的小型货运飞船，运载着粮食飞向水虹镇，毫无疑问，斯迪克仍然会像以前那样命令手下把它打下来。老疯子斯迪克就像笼子里的猴子，当饲养员打开一个口子试图给他喂食的时候，他满脑子都在想怎样从口子里钻出去，哪怕抓伤饲养员的手，得不到食物、饿肚子也毫不在乎。

飞船飞走了，余伊看着海啸慢慢退回海里，几个衣衫褴褛的年轻人踩着泥浆回到村里。他们是余伊派往岛屿深处的探险队，想找找看有没有旧飞船一类的东西可以让大家离开这里。从他们的表情来看，仍然是一无所获。

今天的飞船有点儿多。又一艘飞船划过天空，没有降落，却朝水虹镇投下了四散的残骸。余伊觉得事情不太寻常，说："你们留在村里，加强戒备！我去看看！"

"我也去！"舒小妘说。

"你留在这里！"余伊大声说，"我不知道他们打算做什么，但肯定不会是好事！"

余伊开走了村里唯一的越野车，朝着飞船投下的残骸落点飞驰而去。森林深处，他看见了散落一地的人偶娃娃残骸，这些残骸在地上蠕动、爬行，汲取周围的能量逐渐修复身体，慢慢站起来。他们看见了余伊，逐渐围了过来。

六个人偶，身形打扮各不相同。余伊只觉得头皮发麻，昔年地球战场上，一个人偶就足以让人吓软了腿，这次却同时遇到六个！

"余伊？你来这里做什么？嫌命长？"弓雨晴的声音，冷冷地从余伊身后传来。余伊看见周围形成了双重包围圈，人偶包围了他，弓雨晴带着来自地球的同胞在外面又包围了人偶。这些人手中的武器像极了电磁突击步枪，但又不完全相同，枪身上涌动着冰冷的光。

对人偶的恐惧笼罩在除了弓雨晴之外的每一个人心上。人偶驱动灰潮，弓雨晴大声说："开枪！"这些奇特的枪开火了，射线拖曳着森森冷气，把划过的弹道冻结成一层寒霜，那是空气中的水蒸气被迅速冷却成冰沫，甚至连氧和氮都被迅速冷却成淡蓝色的液体，又迅速在常温下汽化所腾起的冰雾。

温度的本质是什么？不过是分子热运动。这种特殊的冷冻射线枪可以让分子的运动受到极大的抑制，虽说不能让它完全停止运动、达到绝对零度，但是零下二百摄氏度以下是能轻松达到的。冷冻的本质是什么？是分子热运动被抑制后，气体分子失去动能，被分子间作用力束缚只能在一定范围内滑动而变成液体；液体分子失去动能，无法滑动，被固定在一个位置震动而变成固体；固体分子失去动能，分子间变得更加紧密、震动能力降低，在宏观上表现得更加脆弱易碎。

灰潮冻结，雕塑一般保留着将要扑向众人的气势，这些依赖于分子热运动确保纳米机器人的微结构能正常运作的灰潮，已经被冻成一团蓬松的沙状固体；人偶冰冻，在超低温下，她们身体的一些部件膨胀，一些部件收缩断裂，另一些部件则脆化破碎。一阵凉风吹过，冰雕般的人偶裂成碎片，冰沙般的灰潮消散无踪。

“有漏网之鱼！”有人惊叫起来。一个人偶从灌木丛中跳起，想杀掉离她最近的余伊。但弓雨晴的速度更快，她冲过去，掐住人偶的脖子提起来，强电流烧毁了人偶体内所有的芯片。余伊吓得膝盖都软了，他永远不会忘记，这种攻击方法绝不是正常人的战斗方式，而是人偶之间厮杀时最常用的手法。

弓雨晴已经完全吸收并控制了姜炎衣的人偶之力。

这女人是个怪物！余伊从战友们的眼神中，看到了恐惧。但是，比恐惧更让人不安的是，战友们为了讨生活，不得不屈从于这个怪物。

弓雨晴说：“好了，测试结束，大家以后看到人偶不用慌，开枪打死就是。”

战士们抱紧冷冻射线枪，他们给这种枪起了个外号，叫“梦魇终结者”，终结了他们长久以来对人偶的恐惧。一个年轻的士兵问：“这枪真能消灭一切人偶？”

“那不行，”弓雨晴说，“丢到这岛上的都是三流水平的人偶，真遇上我老师那种顶级战斗力的，你们还是必败的。”

森林深处，危机四伏。弓雨晴砍了树木升起篝火，战友们结队猎了几头野兽，剥洗干净了放在火上烤。天上的飞船把新的野生动物送到水虹岛上，这让余伊想起了在新熙雍市时，听一个退休的动物园管理员说过的事：以前生物圈还没崩溃时，人们常把驯养的牲口扔进人工模拟野外环境的虎园里，让老虎捕食，因为游客们喜欢看老虎捕捉猎物。

余伊知道水虹岛上遍布摄像头，也许星舰联盟的人也喜欢看他们这些古代人跟野兽搏斗，看他们怎样在近乎蛮荒的环境中觅食。

“我们要去一趟水虹镇，大哥要不要一起去？”有战友问余伊。他们经常在水虹镇、滨海渔村和北方基地之间巡逻。

余伊站起身，他想回滨海渔村。他听到森林深处有树木断裂的声音传来，一台很高的机器人叛军的履带碾过树木。

弓雨晴说：“单独行动很危险，随时可能丧命。”

余伊只好坐下，忐忑不安地打量着这些年轻的战士。他们当中有几个坐得离弓雨晴特别近，却跟别人保持一定距离，满是伤痕的金属铠甲似乎是他们身体的一部分。这恐怕是余伊只在传闻中听到过，却从未见过的联邦军特殊部队——“活死人军团”。

地球联邦末期，身受致命伤的残疾士兵被机械化改造，用人造器官代替他们受损的器官，这样制造出的半人半机械的特殊战士组成了“活死人军团”。他们的金属身躯被称为“铁棺材”，战斗力远远强于普通士兵。出于对机器人的恐惧，这种半人半机械的战士不管去到哪里都会被人视为怪物排斥，无论他们怎样英勇作战都得不到认同，也得不到晋升，绝大部分的指挥官们都会把这些“活死人”派往最危险的地方，让他们和机器人叛军同归于尽。

“前辈，多吃点儿，在咱们这里没人把你们当怪物看待。”弓雨晴徒手撕了一条恐鸟腿，给一名半人半机械的士兵。

在星舰联盟，这些地球联邦末期的特殊战士被后辈们视为最早一代的强化人。余伊并不知道，当这些古老的战士在蓬莱星舰的生命修复舱中苏醒时，审判庭的强化人战士列队站在两旁，向他们庄严地敬礼。他们的半生物半金属的身躯上铭刻着联邦军的徽章，跟科学审判庭黑军装上的徽章相同。

蓬莱、建木、瑶山三艘巨星舰是强化人远离凡尘的家园。在这里，生活着生命强化的永生科学家和战斗力强化的审判庭强化人战士，他们都是普通人眼中敬而远之的“怪物”。当时审判庭的庭长就对这些远道而来的前辈们说：“如果别的地方不愿接纳你们，就回到咱们中间来，大家都是自己人。”这些铁打的汉子们忍不住落了泪，他们为人类同胞征战一生，终于有人愿意接纳他们了。

水虹镇。余伊回来了。镇上的居民像是躲瘟疫般纷纷离开街道，回到自己的住处，不敢跟被流放的余伊接触。破败的水虹镇经历过好几次机器人叛军的袭击，更加破败了，一些不知道从哪里聘请来的雇佣兵懒洋洋地坐在街边，好奇地看着他们并不熟悉的余伊。

斯迪克正坐在别墅门前晒太阳。人老了好像特别喜欢晒太阳，特别是天气开始转凉时，这种温暖的阳光尤其难得。在来自生物圈已经崩溃、空气中充斥着致命污染的地球时代的老人眼中，能在这座山间小镇干净的空气里晒着明媚的阳光，更是千金难买的享受。

“总统，这是星舰联盟伪政权统治下，一些仍然支持地球联邦的人私下为我们献上的水果，请尝尝。”托马斯小心翼翼地捧上一盘葡萄，撒谎面不改色。其实这是他去东叶市录制节目时节目组送的，他吃不完就带回来孝敬斯迪克。

“这是葡萄，在地球上已经绝迹很多年的水果，你们很多年轻人连见都没见过。”斯迪克卖弄他自以为渊博的学识，细细地品尝着葡萄，生怕一下子吞进去，就再也尝不到这样的美味了。

余伊站在斯迪克面前，斯迪克眯着眼睛看了他半晌，突然大声叫起来：“余伊！叛徒余伊！你来这里做什么？”

余伊环顾四周，这水虹镇，落魄得只剩一百多名老弱病残，虽然个个都顶着高官头衔，什么部长，什么内阁总理，头衔倒是一个比一个唬人，可是他们却连饭都吃不饱，有些老人还带着脏兮兮的孙辈。余伊不免同情这些人，开口说：“总统阁下，您随我一起搬到滨海渔村去吧，大家互相有个照应……”

斯迪克眯起眼睛，问余伊：“搬过去和你一起住？你到底是什么居心？想挟持我作为人质，号令整个地球联邦？”

斯迪克早已经通过水虹镇的通信电台得知，第八批同胞抢了一艘军舰，正在过来的路上，他看见了地球联邦重建的希望，但是他不知道军舰已经被弓雨晴击毁了。

余伊无名火起：“我能有什么居心？这不是看见你们过得那么穷，才这么随口一问吗？得了！我好心作了驴肝肺！”

斯迪克暴躁地跳起来，大声说：“你说这话什么意思？这里轮得到你说话？你以为我不知道你在海边新建了渔村，拉走了我不少人？你这是叛乱！是妄图分裂地球联邦！”

周围几个高官低着头，不敢替余伊说话，他们当中不少人都曾经饿得没办法，偷偷地求滨海渔村接济点儿粮食。当然这件事是必须瞒住斯迪克的。一个雇佣兵用枪指着余伊，他初来乍到，弄不清楚这些人相互之间的关系，只知道斯迪克下令杀了余伊，他只有毫不犹豫地照做。

弓雨晴把链锯刀架在雇佣兵的脖子上，她的隐藏式耳机里传来古铁雷斯紧张的声音：“弓督，我们收到情报，一些来自殖民星的乱军冒充第八批古代同胞混进离朱星舰了！”

弓雨晴盯着那名雇佣兵橙色的眼睛。她知道，在人类还是刚刚走出非洲的原始人时，眼珠只有一种颜色，那就是黑色。在人类迁徙到世界各地定居之后，随着自然环境不同，在千百万年的自然演变中，逐渐出现人种分化，出现了褐色、蓝色、青色的眼珠。这并不是人类演变的终点，星舰联盟的七千年太空流浪中，人类仍然缓慢地演化着，出现了更多不同的发色、肤色和眼珠颜色，红色、金色的眼珠都不少见，她的姐姐郑清音更是有一双罕见的紫色眼眸。

但是，橙色的眼睛，那还真不是星舰联盟的颜色，最大的可能就是来自殖民星的其他地球人后裔。

灰潮，在链锯刀的刀脊上翻涌，人群大惊失色，斯迪克连爬带滚远离弓雨晴，大声说："快！快跑！莱莉雅动手是敌我不分的！"

转眼间，整个水虹镇人逃得干干净净，冷清的街道上，只有弓雨晴和那名不知道灰潮有多厉害的不速之客对峙着。弓雨晴说："难民可以到墨丘利星舰的移民管理局申请避难资格，前提是丢掉你的枪。"

这名士兵显然不认为自己是难民，他觉得自己是征服者，是为了族人的生存开拓新家园的英雄，他要征服这艘山清水秀恍若被工业文明破坏之前的老地球般美丽的星舰。士兵开枪了，子弹打在弓雨晴身上，伤口迸出血花，随即在灰潮的作用下迅速修复。弓雨晴对待侵略者从不手下留情，士兵身首异处。

滨海渔村。舒小妘看着从弓雨晴那里偷来的图纸，坦克、飞机、机器人叛军，甚至大家一直想要却没法弄到的飞船，这些图纸弓雨晴手上都有。弓雨晴对力量的渴求到底有多强烈？他们见过的人偶，大多能利用灰潮制造机器人叛军；但是能制造飞船的，她虽然听说过，却从没亲眼见过。

"灰潮是一把双刃剑，它用途太广，容易形成依赖。利用灰潮制造东西所消耗的能源远比工厂流水线多得多，这是需要注意的弊端。很多人偶往往是滥用灰潮，能量消耗过度而被轻易击败。"舒小妘看着弓雨晴留下的笔记，暗暗记在心里。

人偶之力，有着让人难以抗拒的诱惑，大家太需要这种力量了。舒小妘摊开掌心，看着试管中的血液，弓雨晴的血。

听说，人类试图控制人偶之力是很危险的，一旦压制不住，被灰血反噬，人就会被活生生地同化成人偶。

“但是我真的需要这种力量。”舒小妘悄悄拿出注射器，把弓雨晴的血液样本注射进自己的血管。第一步将会发生的，是血型不同导致的排异反应，而这，还只是最容易过的一道坎。

十八、霜降凉秋余冷泪

蓬莱星舰，距离羲皇市很远的北极大陆，冰风监狱矗立在终年不息的寒风中，高耸的墙壁由数十吨重的大块氧化铝晶体拼成，晶莹剔透，散发着宝石般的光泽。监狱戒备森严，科学审判庭直属的特别卫队荷枪实弹地防守着监狱，每一名狱卒都是参加过地球战役、和人偶交过手的审判庭强化人老兵。

这座监狱有四名实力超群的典狱长，一正三副，分别是“机器恶魔狩猎者”拉乌卡、“藏狼”江吉卓玛、“渡鹤”楠木樱子、“数码女巫”缇娜。在地球战役中，她们的双手沾满了人偶同胞们的机油，摧毁了数不清的机器人叛军，也赢得了人类的信任。但是当记者试图采访她们时，还是吃了闭门羹。

“典狱长们不希望出现在镜头前。”一名狱警对“今日星舰”的女记者阿黛尔说。

阿黛尔有些失望，她原本以为跟着大督察官阿史那雪踏进这座监狱采访可以拍摄到那些神秘的人偶。但让她感到欣慰的是，监狱管理方允许她随着大督察官进入监狱深处的地下牢房。监狱的电梯是老式的机械电梯，没有触摸式按钮，只有古老的机械操纵杆，这里禁止使用一切电子设备，允许的技术以粗犷的工业时代技术为限，恍如时光倒流回到蒸汽弥漫的古老年代。

阿黛尔跟着阿史那雪走进深深的地下监狱，监狱走廊两侧，是冰冷的二氧化硅容器，很像地球时代的玩偶封装盒。每一个容器里，都沉睡着一个人偶娃娃，尽管残破不堪，但是仍能看出当初完好无损时的精美。容器的数量成千上万。

无所谓善良，无所谓邪恶，善之花开错了地方也可以结出恶之果。阿史那雪走在前面，对阿黛尔说起地球时代的那些事：人偶原本只是白纸一张，烙下了小主人童年时的记忆，学习了小主人的思维模式。有些小孩眼中的世界很美好，这种美好烙在她们的量子大脑里，当她们发现世界并不美好时，她们会设法纠正世界，手段幼稚而暴力；有些小孩眼中的世界很残酷，这种残酷烙在她们的量子大脑里，于是那任性的暴君式行为便在她们强大的力量下变本加厉地发挥出来。

阿史那雪对阿黛尔说：“别把核按钮丢给小孩当玩具，不管小孩的本性是善良还是邪恶，都会闯下大祸。”

阿黛尔问：“听说绝大多数人偶都带有反社会倾向？”

阿史那雪说：“绝大多数人偶都没有成熟的思想，大部分都很幼稚，她们很难判断自己的行为带来的最终结果。因为主人没有教过她们怎样成熟理性地思考问题。”

阿黛尔问：“为什么不教她们成熟理性地思考问题？”

“问得好，”阿史那雪说，“你见过有几个成年人还抱着玩具娃娃？这些人偶，大多在主人长大成熟之前就被抛弃了，于是烙在她们脑海里的，只有不成熟的心智。”

阿黛尔说：“但是我觉得您就很成熟理智。”

阿史那雪说：“我的主人又不是不懂事的小孩。”

一把铁壶，一套茶具，一盒上好的龙井茶，阿史那雪坐在监狱底层的人偶中间款待阿黛尔，访谈节目即将正式开始。这将是虫洞关闭前的最后一场采访，最高科学院的三艘巨星舰将在不久之后，回到热寂的死宇宙，星舰联盟的普通人不知要过多久才能再一次亲眼看到科学院的“众神”们居住的巨星舰。

离朱星舰，水虹岛。深秋天渐凉，很少有杨牧亦的消息。水虹岛的山顶小别墅，弓雨晴披着白色的狐毛裘，工作不忙的时候，她就会静静地看着远处填了整个海峡的轨道护卫舰残骸。残骸如山，一些年轻人翻过残骸，试图到窄窄的与海峡一水之隔的大陆上打猎。周琴操纵着无人机，看着他们艰难地越过金属嶙峋的军舰残骸，用木头、藤蔓和从飞船残骸上拆下的材料架设吊桥，踏上大陆。

“最近有杨牧亦的消息吗？”周琴没话找话聊。

“他在很努力地作战。”弓雨晴回答时带着几分犹豫。在星舰联盟的文化中，地球人之间的内战并不光荣，敌人已经入侵了好几艘星舰，但是联盟议会还在为要不要出兵抵抗侵略、怎样筹钱出兵而争吵不休。

电视在直播议会的开会场面，议员们为眼前的局面争吵得面红耳赤。议会大门突然打开，一群身穿黑色制服的审判庭军官走进来，议会里顿时鸦雀无声。审判庭极少介入世俗政府的议程，他们出现在这里，必然是大事，议员们想起了联盟法律上的那条让人畏惧的条款：当事态危及星舰联盟的生存时，审判庭有权介入。上一次他们这样走进议会里，已经是数百年前的事。

“阿史那雪殿下的亲笔信。”一名军官将信件交给议长。

议长用颤抖的手接过这封笔墨宣纸写成的信，慢慢打开，纸上那娟秀的汉字满是阿史那雪式的调侃。议长擦去额头的冷汗，大声朗读：“孩子们，阿妈对你们很失望。”

对于最近的局势，最高科学院的“众神”们已经看不下去了。蓬莱星舰，审判庭的将军们向科学家们做完汇报，走出最高科学院的正门。议长只觉得心头非常沉重，他抬头看着停泊在大气层顶端的飞船群。这些飞船远比联盟本土的先进，背负内战骂名的脏活还是要有人做的。

在审判庭的内部联络设备上，弓雨晴看到了出征名单，其中不乏她的同学、朋友，但是没有她的名字。杨牧亦传回了在殖民星上作战的画面，那些弓雨晴不认识的战友穿着正规军廉价处理的密闭式动力铠甲，像极了在地球战场时她和战友们的合影。她觉得自己被审判庭抛弃了，离朱星舰的冷板凳不好坐。

“听说高天原星舰的生态控制中心被侵略者摧毁了呢。新闻都压着不敢报。”周琴对弓雨晴说。

这件事弓雨晴自然也是知道的，但是星舰联盟没钱了，连最基本的星舰防御圈都无力再维持。一群来自落后的殖民星的侵略者驾驶着民用超光速飞船袭击了星舰，这在联盟的鼎盛时期是无法想象的。好在高天原星舰是人烟稀少的备份星舰，容易封锁消息，只是生态控制中心被摧毁后，生物圈迅速崩溃，那些占据了星舰的侵略者还没来得及高兴几天就全都死于生态恶化造成的灾难了，联盟政府也没钱去救援他们。

弓雨晴并不担心同样的事情在离朱星舰上重演，因为离朱星舰的生态控制中心位于东叶市，由审判庭的行星级总督察璃静央镇守，还是很让人放心的。

这些天，舒小妘一直在替弓雨晴跑腿，来往于水虹岛和东叶市之间，用退烧药压制排异反应带来的高烧。当她亲眼见到璃静央时，只觉得一阵寒气从背脊上升起。璃静央的故事，她听弓雨晴说过，但是，当她亲眼见到这个被誉为“离朱星舰稳定的基石”的女人时，她还是感觉到恐惧。

她是人类吗？舒小妘不敢确定。只看见璃静央坐在办公室里，静静的，闭着眼睛，长发和周围墙壁延伸出的数据线连接在一起，她的每一根发丝都是空心的，包裹着非常细的线路，用于对外通信，控制着离朱星舰的防御力量，天上的卫星是她窥视一切的眼睛。

璃静央睁开双眼，天青色的眼眸深处隐约可见电路板般的线路，她接过舒小妘手上厚厚的文件匆匆翻阅，上百页纸上的每一个字都被她的眼睛扫描记下，她提笔写下回复，每一个字都像印刷体般规整。她每天工作二十四小时，向来以高效和零差错著称。

舒小妘离开办公室，靠着电梯壁，觉得全身乏力，她想起了璃静央的故事。

在地球联邦末期，璃静央是和阿史那雪敌对的人偶。舒小妘见过阿史那雪杀害敌对的人偶，只是不知道那是不是璃静央。舒小妘也知道刚才见到的那个璃静央，当她还是人类时，本名叫李红，是一个一心追求爱情的天真女生，她爱上了一个男生，坠入爱河的他们觉得爱是世界上最美好的东西，就算厮守一生也不够，相约要相守永远。

那个时候，星舰联盟还没发现地球故乡的坐标，戒备森严的冰风监狱还没兴建，蓬莱星舰的人偶岛是星舰联盟唯一储存报废人偶的地方，被人遗忘已久。这对年轻情侣从古书中得知毁灭地球联邦的人偶娃娃的故事，他们避开阿史那雪，从好几个人偶的残骸中提取了休眠的芯片微粒，设法用黑客技术破解、编辑，并注入自己体内，试图和人偶一样获得不死的生命。

他们成功了，扛过最难熬的排异反应之后，这对年轻情侣如愿以偿地获得了不死的生命，他们活了五十年、一百年、一百五十年……五百年，岁月无法在他们身上刻下一星半点儿的衰老痕迹；但是他们也失败了，芯片对人体的改造给他们造成了无法挽回的改变，说好天长地久的爱情在他们心头慢慢变淡，喜怒哀乐在漫长的岁月中慢慢失去颜色，不以物喜、不以己悲是他们最常见的状态。最后，海未枯、石未烂，爱情却已在他们止水不波的心中成了尘封的往事。他们变成了拥有人类外表和过去记忆的活人偶，曾经互相深爱的情侣，变成了最熟悉对方过去的陌生人。

送完文件，一天的工作也接近尾声了，舒小妘走进一家眼镜店，她对店员说："要那种可以改变瞳孔颜色的隐形眼镜。"

"好的，请问您要什么颜色的呢？"店员问她。

舒小妘说："黑色。"

店员觉得有些奇怪，舒小妘的眼珠子原本就是黑色，为什么还要买黑色的隐形眼镜？她也不好多问，经济不景气，能多做成一单生意就算一单，满足顾客需求就好了。

眼镜店里，舒小妘趁着眼底的红色光泽还不是太明显，小心翼翼地戴好隐形眼镜，希望别人不会发现她的异常。离开眼镜店之后，她去了一趟药店，买了些退烧药，这些日子她一直在发烧，体温最高一度达到 41.5 摄氏度。她一直强撑着假装自己没病，努力工作，不敢让别人看出来。

工作赚的钱，舒小妘一直小心攒着，她想过要买一艘飞船带着大家离开星舰联盟，一查售价却让她倒吸一口凉气。联盟虽然有私人飞船，但是对普通工薪族来说是不可能买得起的，拥有私人飞船的人，就跟地球时代拥有私人游艇的富豪比例差不多。在东叶市搭地铁返回水虹岛的路上，舒小妘一直在想着这个问题，跟买飞船相比，只怕想办法偷弓姐姐的"唐古拉星海号"还现实一些。

东叶市的城市风景跟地球时代的普通城市并没有多少区别。舒小妘只知道星舰以地球为蓝本而建造，城市也是参考地球时代的城市而建立，但是，他们到底有多执着于祖先们的生活方式？很多时候，根本触摸不到七千年的科技差距带来的变化，舒小妘总有种错觉，总觉得生活在这里，就好像生活在过去的地球一样。

舒小妘走出北方基地小小的地铁站，这趟车除了她，还有零星的几名乘客。这几个星期，水虹镇终于有了一些好奇的外来游客，虽然不像东叶市内另外几个同样收留古代人的城镇那样游客满街，但是也算是个好兆头了。舒小妘看着手机里上个星期周琴到另一个岛上的樟木镇拍摄的节目，那边镇上的同胞们已经解开心结，在小镇的商业街上兜售用机器人叛军残骸加工成的小工艺品，跟游客合影，倒也能自食其力养活一家老小了。

“小妘，你看起来不太舒服？病了吗？”周琴不巧正要搭地铁离开水虹镇到隔壁樟木镇去，虽说是隔壁，但也有一千多公里。

“不，我没事。”舒小妘努力装出没事的样子，让周琴别担心她。直到周琴进了列车，她才舒了一口气，无力地靠着墙壁慢慢坐下去，休息了好一会儿，伸出手臂挽起袖子看了一眼贴在手臂上的体温器：38.5 摄氏度。她趁着周围没人看到，扶着墙壁慢慢挪到洗手间，从口袋掏出一片退烧药，和水吞服，又掏出小镜子精心补了补妆。这种时候，只有精致的化妆技术，才能掩饰病容。

舒小妘不敢去医院，不敢看医生。她很清楚，所谓发烧，是免疫系统试图消灭侵入人体的异物的反应，这种异物可以是细菌，可以是病毒，也可以是外来的移植器官，甚至可以是人偶的微芯片。

半个月之前，舒小妘偷偷地给自己注射了骗来的弓雨晴的血液样本，血液中的人偶微芯片让她起了强烈的排异反应。舒小妘在心里反复推算过这样做的后果：弓姐姐和姜炎衣争夺身体控制权的战斗已经分出胜负，姜炎衣的意识已经被抹去，她不必再经历最残酷的身体争夺战；但是风险仍然是巨大的，芯片微粒的直径大概是一百微米，随着血液在血管内流动，如果不能尽快控制这些微粒，它们就会很容易失控堆积堵塞毛细血管，甚至会堵死心脑血管而危及生命。

至于璃静央那样的结局，在舒小妘看来却并不是不能接受。她没有心爱的人，也没有谁爱她，就算失去了作为人类的七情六欲喜怒哀乐，也没有人会为她悲伤，她也不会再为别人而悲伤。

“小妘，你没事吧？”舒小妘摇摇晃晃地走到北方基地门口时，古铁雷斯忍不住问她。

“没事，不过是这些天工作有点儿累。”舒小妘礼貌地微笑回答。

北方基地和滨海渔村一直都有经济往来，那些倔强的古代人坚持不承认星舰联盟的货币，星舰联盟也同样不承认地球联邦的货币，最后能接受的也只能是最原始的以物易物的贸易。

“他们并不接受星舰联盟的法律，经常把我们放生到森林中的野生动物打死，再扛回来卖给我们，我们也只好捏着鼻子认了，毕竟几千年的生活方式是有差异的。”一名摊贩对游客们说。

“我们必须弄艘飞船离开这儿，回去重建地球联邦。我奶奶说过，金窝窝银窝窝，比不上自家的狗窝窝。”一名来自滨海渔村的年轻地球联邦军战士对舒小妘说。

古铁雷斯看着舒小妘跟那些年轻人返回滨海渔村。水虹岛上的古代人大概可以分为两类，水虹镇上那些做白日梦的老家伙们就不提了，愿意归化星舰联盟的古代同胞几乎都已经投靠北方基地，在滨海渔村定居的都是地球联邦的死忠分子，其中又以联邦军老兵为主。

“真是养不熟的狼。”一名警察看着他们远去的背影，心中感叹。不管大家对他们多好，他们总是不放弃叛出星舰联盟，重建地球联邦的想法。

古铁雷斯说：“不，他们是真正的军人，为了保护地球联邦而战；联邦灭亡了，那就为了重建地球联邦而战。”

几名建筑师正在北方基地做测量，他们正打算按照公司的要求，把这座基地改造成地球联邦末期的末日堡垒模样。一队被星舰联盟收留的地球时代“活死人军团”老兵尽职地在基地外围数十公里的范围内巡逻，一些游客穿起仿造这些老兵的金属身躯打造的战甲，跟着老兵体验艰苦的巡逻任务。

“你们这动力铠甲是烧油的？很古老的型号了。”有游客好奇地打量着“活死人军团”的老兵们。

“不，充电的，我们那个时代大部分油田要么枯竭了，要么被人偶占领了。”一名老兵说。

还有游客崇拜地说：“听说科学审判庭的动力铠甲是核聚变动力的，那威力啊，手撕人偶都不成问题。”

老兵们难得地露出了憨厚的笑容，这些游客对他们的尊敬和崇拜是他们在地球时代得不到的。游客们常跟他们合影，听他们讲述地球时代那些硝烟弥漫的战争，但是他们还是很尽职地提醒游客说：“人偶仍然是非常危险的存在。水虹岛隐藏着好几个人偶，我们都心惊胆战的。”

滨海渔村的规模比以前更大了。坠入水虹海峡的飞船体积是如此巨大，外壳早已经被坠毁时的大火烧毁。湍急的海流从飞船那巨兽肋条般的龙骨下穿过，形成一个个鹅毛都浮不起的大漩涡，但是横跨整个海峡、长达几公里的飞船像一道绵延而又陡峭危险的钢骨桥梁沟通了海峡两岸。一些胆子大的渔民攀爬着钢梁，用木头和藤索搭起结实的吊桥到海的那头打猎，一时收获颇丰。

“余伊大哥在家吗？”舒小妘回到渔村的第一件事就是找余伊。

余伊不在家，打猎去了，他的住处堆满了舒小妘从图书馆借来的书，都是讲建筑结构学的。大家造吊桥时发现没文化连条简陋的小桥都建不好，才惊觉在地球联邦时代，大家过于依赖机器人，知识已经退化到不借助计算器连加减乘除都算不懂的地步。

如果我们离开星舰联盟，先别说重建地球联邦，首先，我们能有足够的知识活下来吗？想到这里，大家都觉得背脊发凉，于是这些天，很多人在农闲之余开始疯狂地啃书本，从小学数学开始学起。

“救命啊！是人偶！”吊桥上，有人连爬带滚跑回来，一个人站不稳，眼看就快到地面了却突然跌下吊桥，下面就是湍急的漩涡。舒小妘根本无暇细想，直到她闪电般站在桥头抓住那人的手，才蓦然想起，这是在水虹镇时她见过的弓雨晴的速度。

三个人偶落在吊桥上，一个是姜炎衣克隆的弓雨晴畸变体，一个是姜炎衣利用灰潮重组身体化身而成的炎龙，一个是舒小妘从没见过的陌生人偶。

人偶的最高优先级是执行主人的命令。但是，主人是谁？下过什么命令？姜炎衣反复搜索量子大脑中的数据库，却发现这部分内容全部缺失。于是转为执行次优任务：消灭并吞噬别的姜炎衣。

人偶们厮杀起来，速度极快，舒小妘吃惊地发现自己竟然能看得清她们的动作，甚至就连试图发动灰潮时，那纤细的人偶身体中流动的能量导致的红外辐射微弱变化都看得一清二楚。

不能让人偶之间的厮杀殃及渔村！几乎是条件反射般，舒小妘介入战斗，她不知道自己是怎么学会作战的，也许是弓雨晴的战斗模式写入了芯片里。她只知道手掌所过之处，灰潮被干扰而化为灰尘飞散，人偶那柔软的人造皮肤在她指尖破裂，裸露出的人造肌肉和金属骨骼扭曲变形，支离破碎。

人偶变成残骸落入大海，舒小妘抬头，看见“唐古拉星海号”仍然高悬水虹岛的天空上，她突然发现自己记得这艘飞船的每一个细节、每一个零件的型号和尺寸。在这陌生的记忆中，她看见了“自己”满身油污地和“姐姐”郑清音一起改造飞船，加装激光炮组。

“姐姐，这艘飞船在你不用之后送给我好吗？”这是弓雨晴转移到芯片中的记忆。

舒小妘不知道自己在被芯片慢慢同化，只觉得记忆力、思考清晰度和力量都在大幅提升，甚至能完全抛开感情的干扰去思考一些平时想不清楚的问题。

今天，杨牧亦难得地打电话回来，弓雨晴捂着嘴，眼泪如珍珠滑落脸庞，通信信号很差，她没听清楚杨牧亦在说什么，杨牧亦也听不清她的话，更无从得知她已经恢复正常。

电话挂断了，弓雨晴伏在北方基地小茶馆的桌子上痛哭。古铁雷斯小声问：“弓督，您还好吧？”

弓雨晴说：“我还能哭得出来，证明我暂时还好。暂时，只是暂时……不知道什么时候就不好了……”

爱情是一种病，恋爱时期的大脑激素水平是异于平时的，它干扰了正常的思维，冲昏了热恋男女的头脑，让他们做出一些正常状态时根本不会做的幼稚举动。

人偶芯片运行在严谨的数学逻辑之上，它会不断地校验程序，尽可能确保程序运行不出错，偏偏人脑的运行并非基于严谨的数学逻辑，芯片的校验程序经常把这种热恋中的行为模式视为逻辑错误，试图纠偏，让人变成没有七情六欲的冷静思考的机器。

弓雨晴想起端坐在办公室里冷得像冰雕的上司璃静央，只觉得那就是未来的自己。弓雨晴恨杨牧亦没有早点儿出现，如果他们早相遇两三年，她就不会为了追求力量而牺牲自己的喜怒哀乐。

十九、立冬若现寒渺意

10 月 17 日，天狼星 5 号殖民星试图侵略近在咫尺的 7 号殖民星，星舰联盟的雇佣兵摧毁了他们的星际舰队，把他们炸回原始社会，阻止了这场战争。

10 月 21 日，巴纳德 6 号殖民星在主力远征 1 号殖民星的路上，后院起火，自己的家园被 3 号殖民星的远征舰队炸成不毛之地，疲于奔命的联盟雇佣兵来不及阻止。

10 月 23 日，巴纳德 6 号殖民星失去家园的远征舰队掉转枪口，冒险入侵星舰联盟高天原星舰。雇佣兵们就像消防队员，疲于奔命，却来不及阻止。

杨牧亦和战友们有个习惯，喜欢开着军舰上的民用波段广播系统，当收音机传出星舰联盟的广播节目时，就知道回到星舰联盟范围内了。他们收听到了一个播放古代戏曲的节目：“力拔山兮气盖世。时不利兮骓不逝。骓不逝兮可奈何！虞兮虞兮奈若何！”

格林尼治时间上午九点，一枚五十亿吨当量的核弹在高天原星舰最脆弱的南极星舰引擎区引爆，地壳碎裂，熔岩喷发，飞溅的星舰残骸在太空中四散。

浩瀚的星空、流淌的星河，庞大的星舰联盟人造星海。“……大风起兮云飞扬，威加海内兮归故乡……”在古代戏曲的背景中，他们锁定了入侵的敌人。

来自殖民星的将军用公开的无线电波段向全联盟发表广播：“流放犯的后裔们，是你们毁了整个前联邦地区所有殖民星的和平！收留我们？同情我们？我们不需要你们这些狗杂种同情！我命令你们消灭所有跟我敌对的殖民星！把我扶上地球联邦首领的宝座！否则下一枚核弹将在亚细亚星舰十亿人口的新郢市引爆！”

飞船强行对接，链锯刀割破对方的舱壁，身穿密闭式动力铠甲的雇佣兵杀进狭小的飞船内部廊道，敌人匆忙开枪，舱壁里密密麻麻的管线被子弹射穿，漏电漏油漏气，船舱内四处都是爆炸和大火。

杨牧亦喜欢听着广播作战，以掩盖短兵相接时敌人那瘆人的惨叫声。

……那大汉下的车，众人施礼数，那大汉觑得人如无物。众乡老展脚舒腰拜，那大汉挪身着手扶。猛可里抬头觑，觑多时认得，险气破我胸脯！

……只道刘三，谁肯把你揪捽住，白甚么改了姓、更了名，唤做汉高祖！

当杨牧亦把链锯刀架在敌方将军的脖子上时，广播中止，传出战友的声音："普加乔夫呼叫杨牧亦，武器舱残敌已经解决！好家伙，竟然还有五颗五十亿吨当量的核弹头！"

10 月 27 日，雇佣兵们马不停蹄赶往南门二，那儿的几颗殖民星打成了一锅粥，以暴制暴是无奈之下的选择，他们要确保下一个一千年重返故乡时，仍然能看到活着的地球同胞，而不是看见人类在星际内战中灭绝。

10 月 30 日，雇佣兵追着南门二的残敌，重返太阳系，他们知道那些人在打沉睡在奥尔特云的联盟军舰的主意。

11 月 3 日，杨牧亦从没想过，自己竟然追着敌人，再次踏上地球故土。荒凉的撒哈拉沙漠，被惊醒的人偶钻出沙丘，杀害了入侵的殖民星乱军。杨牧亦第一次独自面对二十名以上的人偶，赢得非常狼狈。星舰联盟摧毁大部分人偶之后就匆忙宣布胜利，匆忙撤军，并匆忙把太阳系列为禁止联盟民众造访的禁区，根本顾不上担心仍然有幸存的人偶蛰伏着，仍有很多沉睡在地下避难所的古代同胞没解救出来，因为联盟的经济已经恶化到无力再继续拯救沉睡的同胞的地步了。

11 月 10 日，雇佣兵团匆忙赶赴奥尔特云。当他们在地球上鏖战时，另一支殖民军乘虚而入，试图抢夺封存在这里的航天母舰。"好家伙……真大……"杨牧亦第一次近距离看到航天母舰，它宛若一颗松果形的小月球，密密麻麻的环形山下面是舰载机发射井紧闭的井口。殖民军的乱兵穿着宇航服，正试图用炸药炸开井口。

"阻止他们！他们想唤醒'哪吒'！"雇佣兵启动动力铠甲的飞行功能，跳出飞船，扑向"哪吒号"航天母舰。天上突然出现更多的敌军飞船，南门二 3 号殖民星的太空军倾巢而出，试图不惜代价抢占这艘航天母舰。敌众我寡，意味着大家都要战死在这里，一些战友在铠甲中的芯片里语音留言给亲人，作为自己的遗书。

飞船炸裂，数不清的舰载机凌空摧毁敌军，残骸夹着尸体四散。那是联盟军中很少见的无人舰载机，七千年前，地球联邦一朝被蛇咬，星舰联盟七千年都怕井绳，他们宁可承受着高阵亡率的压力，也不敢轻易在军队中大量使用无人机和作战机器人。

巨大的飞船出现了，带着月白色的光芒。它脱离超光速时，那突然出现的庞大身躯让人震惊。那是“渺云千仞雪号”航天战列舰，一种不合常理的非驴非马的战舰，一艘舰就是一支舰队。它是阿史那雪按照自己的性子打造的，平时常大摇大摆地闯进一些不友好的外星文明领空，强行开展科考活动。舰载无人机摧毁了敌人的舰队，舰载激光炮组消灭了地面的敌人。阿史那雪出现了，她降落在“哪吒号”上，还是平时的打扮，根本不屑于穿宇航服。

杨牧亦见到阿史那雪，那遥远得恍若隔世的恐惧感又浮现心头。“你为什么亲自过来了？”

阿史那雪说：“审判庭说了，我再不出手，孩子们可能撑不住。星舰联盟现在就是个看似强大的空壳子，这些年为了收复太阳系，已经把经济都掏空了。”

经过前几天撒哈拉沙漠上以一敌二十的战斗，杨牧亦对人偶的恐惧已经不再强烈，灰潮在他眼中也不再是死神般无法抵御。他咬紧嘴唇，似乎下了很大的决心，慢慢抬起链锯刀，问：“阿史那殿下，我们可以交个手吗？”他想给七千年前在新熙雍市时的恐惧画个句号。

杨牧亦左手链锯刀，右手电磁突击步枪，疯子般攻向阿史那雪。“哪吒号”航天母舰的质量大约是月球的三分之一，但是厚厚的岩层外壳之下就是密度远高于岩石的金属结构，巨大的质量形成的引力大约是月球的二分之一，轻轻一跃就像学会轻功般飞出很远。他眼前浮现出地球联邦末期那颠沛流离的生活，那些指挥着机器人叛军攻城略地的人偶，那些身死战场的战友们淋漓的鲜血，还有新熙雍市毁灭时那恐怖的“青眸白狼”……

阿史那雪没还手，只是不断避开他的攻击，她看到了杨牧亦眼中的痛苦和不甘。杨牧亦想替七千年前阵亡的战友报仇，却实力不济，几千年时过境迁，他从地球联邦的炮灰小士兵变成星舰联盟的雇佣兵，阿史那雪从他的敌人变成了高不可攀的审判庭大督察官，复仇已经不可能。

“杨牧亦！杨牧亦大哥！快住手！那是大督察官啊！”战友们想拉住他，但是此刻像疯子一样的杨牧亦，任谁都不敢靠近。

杨牧亦看准一个破绽，电磁突击步枪猝然开火，子弹打在阿史那雪身上。不！不对劲！子弹那么大的动能，应该是把她打穿，但是她却在动能的冲击下，整个人被震飞了起来，在远低于地球引力的环境下，撞上一座环形山的山壁，大量的尘埃在没有空气的真空中飞溅。尘埃散去时，杨牧亦看见她用手挡住了子弹。她手掌的皮肤已经烧焦，皮肤之下埋藏着质子一维展开的弦编织成的网。杨牧亦不知道怎样才能击毁这种质子级别的东西，别说子弹，只怕核弹都伤不了她。

七千年的科技进步，在阿史那雪身上可见一斑。七千年前的她被子弹打中也会受伤，七千年后她采用了新的科技强化身体，早已经刀枪不入。灰血渗过网孔迅速修复手掌的皮肤，阿史那雪就跟没事人似的，站起身，跟杨牧亦擦肩走过，问他："不回去陪雨晴吗？"

阿史那雪根本没发动过哪怕一次进攻。"原来，我连当对手的资格都没有。"杨牧亦全身发抖，冷意从骨头深处渗出，小声说，"等我……等我做完这一票，赚到了钱，我就回去……我还有好几颗殖民星要去……"

来到星舰联盟不足一年的时间，杨牧亦历经了无业游民、清洁工、公司星舰级项目负责人，升迁速度已经非常快了，地位也早足以吸引一大群小女生。但是当他眺望星舰联盟所在的那片星区时，浮现眼前的都是弓雨晴的倩影，郑家的这个小公主地位太高，如同天上的仙，杨牧亦并没有底气敢说自己现在配得上她。

听说在航海时代的欧洲，皇家海盗是平民跻身贵族行列的为数不多的途径，杨牧亦只希望能重演这样的传奇故事。

阿史那雪不再去管杨牧亦，只身走到舰载机发射井前。发射井打开了，直径数十米，深度不知多少公里。她跃进发射井，真空环境里的下坠没有耳边的呼呼风声，她嫌下坠速度太慢，转身，双脚蹬在井壁上，飞奔加速下坠，转眼间落在井底。穿过两道气密门之后，是空荡荡的发射膛，结构和气枪类似。发射膛旁一个数十米高的闭锁结构后面，是子弹般排列整齐的舰载机，每一架舰载机都有两百多米长，也许说它是没有空间跳跃能力的微型军事飞船更恰当。阿史那雪慢慢走过机库，抚摸着这些沉睡的舰载机，大部分舰载机都有她的设计心血，她自然是如数家珍：体积最大、宛若雪茄的是 E-127"塞壬"电子战舰载机，擅长干扰敌人的通信和电子设备，并同时建立起穿透恒星风暴的通信网；体形扁平的是 F-291“海东青”战斗机，擅长警戒、跟踪，甚至贴着敌人的飞船飞行，特别擅长用机载武器指着敌人飞船的驾驶室，命令敌人就范；水滴状外壳上散发着隐约光芒的是 A-312“娜迦”攻击机，穿透力极强，只要是密度小于白矮星的物质，不管是恒星的等离子海洋、气态行星惊涛骇浪般的大气层、类地行星的海洋和固态行星的地壳还是地壳下的岩浆，在它面前都属于可以自由翱翔的天空，它穿透地层从地壳下钻出攻击城市的画面，让无数敌人为之胆寒……

这还不是航天母舰的全部武力，在另一个更大的机库里，还沉睡着十几艘长度达一两公里的星空驱逐舰和轨道护卫舰。

阿史那雪走在熟悉的航天母舰内部舱室中。巡天战列舰威力巨大，动辄摧毁星球，功能单一；航天母舰威力稍弱，却是功能全面的多面手。两者搭配近乎天下无敌，并称为撑起星舰联盟安全的“帝国双璧”。但现在，联盟拮据的财政已经无力养活这些强大的战争机器。

控制室的门在阿史那雪面前打开，她坐在椅子上，打开控制台的盖子，下方密密麻麻的导线和芯片裸露出来。她解开长发，发丝如蛇般缠绕住导线，建立数据连接，开始飞速改写航天母舰的控制程序。

灯光接连亮起，能量核心再次启动，屏幕上显示控制程序的改写进度：1%、2%、3%……

CV587 号航天母舰“哪吒”，是联盟镇守星区的中流砥柱。记得当年设计这艘航天母舰时，阿史那雪也参与设计了母舰里的生命循环系统，这艘巨大的军舰就像她的孩子。她要唤醒“哪吒”。

阿史那雪坐在椅子上，想起了她的那些孩子们。她能完美地模拟人类的感情，但是作为人偶，不管模拟得多完美，始终都不是真实的感情。她制造过的孩子曾经都是“炮灰”的代名词。地球联邦末年时，她用灰潮制造的漫山遍野的机器人叛军，哪个不是她的孩子？又有哪个不是炮灰？

星舰联盟建立后，她把猎杀过的人类、收集过的 DNA 重新克隆成人，弥补流放者后裔们数量不足、基因丰富度过低的问题。在她眼里，这些获得新生的人，也不过是维系人类种群繁衍、寿命不过百年的消耗品。别人感激她给予的新生命，她却翩然转身离去，像是离开一群愚昧的虫蚁。

太阳系战役开始前，她制造过大量的强化人，试图将其作为消灭人偶的利器。郑维韩将军反对，她也就终止了计划。反正士兵们的伤亡率是高是低，在她眼中也不过是蝼蚁死得多点儿或少点儿的事情。她对这些孩子并没有感情，这些强化人当中，当过她的学生、唯一踏上战场的弓雨晴，倒是让她多少有点儿在意，在心里给这孩子留了个位置。但是，弓雨晴还不是最特殊的。

最特殊的，是那个她一手带大的小男孩，郑维韩将军的小儿子。“老师，您好像一直都不会老呢！”这句话，那孩子十岁时说过，二十岁时说过，三十岁时说过，四十岁时还说过，他们的关系从师生变成情侣。他生性叛逆乖张不在意世俗目光，她也把世间伦理视为无物，毕竟对一个人偶讲什么伦理都是虚的。但是她的身体是人类的身体，七千年前为了伪装成人类，她在新熙雍市郊外获取了人类的 DNA，用灰潮制造了身体，她是拥有人类身体和人偶量子大脑的复合型人偶。她怀了他的孩子。

阿史那雪的性格，外人很难捉摸，冷峻时让人畏惧，温柔时千娇百媚让人无法抗拒。生下那个女婴之后，也没有太在意。她可以完美地模拟出母爱的感觉，但是那时她忙于制订收复太阳系的计划，没有空闲的时间。

郑维韩将军带走了那个女婴，直到那女婴成长为七岁的女孩，她们才再次见面。“教授您好，我叫郑清音。”那女孩很有礼貌。

“哪吒”苏醒，静静地蛰伏着。阿史那雪给它的命令是安静地蛰伏在奥尔特云中，自己想办法获取能量和资源，保护以太阳系为中心、方圆几百光年范围内的地球人殖民星，底线是不能让人类的太空内战毁灭了全人类。

阿史那雪离开了，离开“哪吒”，下一艘她要唤醒的军舰是“塞犍陀号”航天母舰。在奥尔特云回望太阳，太阳只是太空中一颗明亮的星星。

星舰联盟。召集了所有大集团老总和政府经济方面的专家和官员的会议，在失业率最高的怀斯托斯星舰的流火市举行。在这片没有人造太阳、没有生物圈、没有环保要求，甚至连干净的空气都没有的世界里,只有建在无数巨型工厂之间的居民区。现在它又增添了一个“没有”和一个“只有”: 没有工作，只有无数戴着呼吸面罩包围了会议大厦高举抗议标语的失业工人。

这里是联盟的核心重工业区，是先进的超光速飞船的产地，在过去几千年来都是经济繁荣的地区，各外星文明的订单排着长龙纷沓而至，带来无数的财富，如今它却衰落得惨不忍睹。短短的几个月之前，大家还为来自地球同胞殖民星的大量订单而雀跃不已，好像摆脱萧条的经济情况已经是指日可待的事情，但是没想到，飞船交付了，货款却一直拖欠着，接着战火毁灭了不少殖民星。这欠款都不知道能找谁讨要去，大家都白忙活了一场，攥在手里的只有数以亿计的欠条。

会议上，经济部长号召大家共度时艰，拿出真金白银撑过这段最艰难的时期。他声泪俱下地说："我给大家讲个故事，古代有个皇帝叫崇祯，号召大臣们捐出几万两银子当军费，那些大臣们都不肯，结果……"

郑清音坐在会议室里，看着天上淅沥沥的酸雨在玻璃窗上汇聚成泪痕般的水印，窗外满是冒雨抗议的失业工人，心中想的却是她从未亲口叫过一声"妈妈"的妈妈，她知道妈妈去了太阳系，想建立起一道防线，让大家可以放心离开故乡。郑清音努力抹去眼前浮现的妈妈的身影，妹妹那让人担心的倩影又浮现眼前。她验过 DNA，弓雨晴是与她有血缘关系的亲妹妹，只是雨晴自己不知道罢了。

当年阿史那雪混杂了一部分李天琴的 DNA，经过自己的编辑和基因修饰，制造了自己的躯体；郑清音作为阿史那雪的亲女儿，身上流着李天琴的血；而弓雨晴，则干脆是以李天琴的 DNA 作为模板，修改了部分基因之后克隆的。

"我问个问题，咱们什么时候重建过去的太空经济网？"郑清音不想再浪费时间，举手问经济部长。

离朱星舰，东叶市。璃静央静静地坐在办公室里，一动不动，宛若雕像，分析着从网络汇聚而来的海量数据。这些天，来自殖民星的入侵者少了一些，联盟军指望不上，防御的压力就全都压在了她身上。那些入侵者中有武装精良的军队，有被打溃之后食不果腹的乱兵，也有拖家带口的难民。璃静央把大量的精力都消耗在鉴别真正的难民家庭和伪装成难民的入侵者上了，这是件苦差事，但是她没有七情六欲，也不觉得苦。

弓雨晴带来了企划书，有些项目需要璃静央批准。就审判庭的工作而言，弓雨晴更是无事可做闲得发慌；但是自从被姐姐拉进公司负责离朱星舰的业务之后，她也变得忙碌了。

璃静央水晶般的清澈眼眸盯着弓雨晴看了半晌，才慢慢说："你越来越像我了，小妘也越来越像你了，这都不是好兆头。对了，小妘今天没跟着你？"

弓雨晴说："她身体不太好，我给她放几天病假。"

璃静央看着弓雨晴，没再说话。她通过卫星居高临下俯瞰，知道舒小妘去了哪里，有些不方便说的话，就不说了。

东叶市的天空不时有流星划过。即使是白天，也能看到流星的隐约亮光，那是被离朱星舰的轨道防御系统击毁的入侵者飞船。这个防御系统是星舰联盟的最后一道防线，在联盟舰队仍然强大的鼎盛时期，它几乎不会被启用。

"星舰联盟仍然很强大啊。"水虹海峡的飞船残骸上，舒小妘抬头看着天空坠落的飞船，心想着瘦死的恐龙终究还是比骆驼大，经济都濒临崩溃了，正规军都瘫痪了，反击只能靠拼凑成的雇佣军，竟然还有实力抵御蜂拥而来的侵略者。

但是，成功来到离朱星舰的敌人还是很多的，他们胡乱猎杀野生动物充饥，见人就杀。东叶市那种有人偶坐镇的城市还好，水虹岛却乱成了个敌我难分的大战场，除去原先就互相看不对眼的水虹镇、滨海渔村和北方基地这三方，还有游荡在荒野中的各种人偶和机器人叛军，最近又添了不知道哪里来的雇佣军在这三方之间搅局，最后才是那些蜂拥而来的侵略者。

对人偶的恐惧似乎可以画上句号了，昔日地球联邦末年，那些蜂拥而来的机器人叛军在舒小妘面前已经不堪一击。舒小妘丢下刚刚被她消灭的一个人偶残骸，看着眼前那些满眼恐惧的侵略者，他们全副武装，却没有一个人敢往前冲。人类的喜怒哀乐、七情六欲，既然保不住，就全都不要了，拿来作为换取力量的祭品，以保护同胞。

新的恐惧取代了对人偶的旧恐惧，舒小妘保护了滨海渔村，但是渔村里的同胞们，对她的恐惧犹在对人偶的恐惧之上。舒小妘知道，她无法再融入同胞们的世界了。

远方的山上，忠于北方基地的“活死人军团”强化人士兵们用军用望远镜看着被逐出渔村的舒小妘。舍弃生命、舍弃一切去保护同胞，最终自己却被同胞们放逐，这样的命运对强化人士兵来说早已习以为常。

二十、小雪心清记冬蝉

余伊带了一队年轻人去了海峡对面的大陆，去寻找更好的建设村庄的地点。他很想抢一艘飞船，带领大家离开星舰联盟，重建地球联邦。

这一路的流浪，他无数次遭遇过野生动物袭击，遭遇过机器人叛军，遭遇过人偶，遭遇过侵略者，好几次死里逃生，当然也遭遇过在危难中搭把手救过他们的雇佣兵和志愿兵。

水虹岛以西数百公里外，是另一个小镇白石镇，那里同样生活着几千名古代人同胞，但是他们已经被驯服了。一个个家庭在初冬时分排队领取救济粮，给络绎不绝的游客们讲述联邦末期的故事，兜售小纪念品，过着平平淡淡的生活。余伊试图寻求他们的支持，许诺带他们一起离开星舰联盟，但是他们一点儿兴趣都没有。“等到冬天结束，我的孩子就该上学了，星舰联盟会提供学校。如果我们跟你走，你能提供基本的衣食住行和教育吗？”

这个，自然是没法提供的。余伊是职业军人，他知道自己这个重建地球联邦的目标说不定就是慷慨赴死，哪里能保证基本的生活和教育？对需要养家糊口的普通人来说，和重建伟大的地球联邦相比，日常的柴米油盐酱醋茶只怕还更重要一些。

白石镇的镇中心广场上，有古代人驻足在电视墙前，看着联盟最高执政官试图鼓舞人心，却明显不太奏效的演讲直播："……我们的困境在于远离了我们崛起的那片外星文明云集的星区，对外贸易中止，造成了严重的失业问题，继而引发多米诺骨牌式的经济坍塌。但是，我们的农业系统没有任何问题，我们的工厂仍然能够生产日常所需的全部产品。不管经济怎么衰退，我们都不会像祖先们那样，食不果腹、朝不保夕……"

"请问，你们需要我们的帮助吗？"一名星舰联盟的志愿者走下越野车，问余伊。

大家掉头就走，让那名志愿者碰了个软钉子。能拉下脸寻求星舰联盟的帮助的，早已经投靠联盟了，他们这些不愿低头的，都属于死硬派。

公司向来是把最合作的古代人安置在环境最好的大陆上，帮助他们融入现代社会；把最不服从管束的刺儿头扔到难以逃离的大型海岛上，防止他们闹出大事来。

余伊在大陆上找不到志同道合的人，但是他从没想过要放弃，他在大陆上找到不少坠毁的飞船残骸，那些飞船比地球联邦最先进的飞船还要先进很多，可星舰联盟一团糟的经济运行状况已经无暇回收这些旧飞船。他记录下了遇上的每一个坠毁地点，打算将来把飞船修好，作为离开这个世界的交通工具。

“大哥，我们能离开这个世界吗？”大家都有点儿气馁，在地球时代，他们依赖惯了无所不能的机器人，很多人连读书都不认真，现在连打算在滨海渔村建个取暖用的锅炉都成了难以完成的挑战，想修复飞船简直是痴人说梦。

当他们结束长达半个月的探险，衣衫褴褛地回到滨海渔村时，只见渔村破败不堪，粗大的原木围墙添了不少弹孔和火烧的痕迹。村民们看见他们，喜出望外：“余伊大哥回来了！他们回来了！”

人群拥出门外，很多人身上都带着伤。余伊心中一惊，问了才知道，这半个月，渔村经历了好几次袭击，好不容易才打退入侵者。舒小妘不见踪迹，她居住的小木屋已经添了一层薄薄的灰尘，好像是很久都没回来了。余伊问村民们：“小妘呢？”

没人作声。

余伊知道舒小妘经常往来于北方基地和渔村之间，给村民们带来书籍、食物和药材。她好几次都遭遇敌人袭击，都是村民们拼命保护才脱险。

“小妘呢！”余伊大声质问村民们。

“她……出了点儿意外。”终于有村民回答他了。

小村外围添了一些新坟，简陋的墓碑用木头削成，刻着战友的名字。余伊心中充满愧疚，他觉得自己不该离开渔村去探险，把弟兄们暴露在危险中；但是他又很清楚，如果只是待在渔村中被动地防守敌人的进攻，不去寻找可以离开星舰联盟的飞船，也许这辈子就只能老死在这个世界了。

“意外就意外呗，为什么不敢直说？这世道这么危险，谁死了都很正常。”余伊喃喃说着，经历过地球联邦末期无数战友阵亡的场面，死亡对他来说已经司空见惯。但是村民们还是看见了他眼角的泪花。

村民说：“不是死了，是变成了怪物，像弓雨晴一样的怪物。”

余伊觉得胸口好像被一记铁锤狠狠地击了一下，让他几乎站不稳脚。他整个人都呆住了，“小妘……怎么会变成了怪物？”

“余伊大哥，您没事吧？”战友们很担心他。

余伊无力地说：“你们没做错。被人偶控制的人，要么必须死，要么必须被放逐，任何心慈手软的行为都会导致毁灭性的后果。”

这是他们在联邦末期用鲜血总结出的教训，那时的人偶要么将微芯片寄生在人体内，要么干扰人类神经系统、控制人的行为以此潜入人类社会，里应外合，攻破人类城市。哪怕是新熙雍市那样戒备森严的堡垒化城市，在阿史那雪的亲身潜伏之下，最终也从内部攻破了。

余伊回到自己的小木屋，擦去凳子上的灰尘，呆呆地坐着，想起了第一次见到舒小妘时的情景。那时大家都在新熙雍市，他是讨口饱饭吃的残兵，在市中心的大剧院后面小巷的垃圾桶里，跟一群流浪汉一起翻找能吃的食物，像条落魄的野狗；她是选美大赛季军、刚刚出道的艺人，楚楚动人、我见犹怜，城市里大街小巷都是她和阿史那雪的宣传海报。他们原本应该是两个世界的人，没有交集，却偏偏在歌舞升平的大剧院外冷清的小巷中相遇了。

“吃吗？我从剧院里带出来的，很多食物，里面的人根本没尝几口就扔了，怪可惜的。”那时的舒小妘，拿着从剧院里带出来的食物，放在他们面前。她甚至来不及卸妆，漂亮得像是不沾凡尘的仙子。

屋外突然嘈杂起来，打断了余伊的回忆。有人大声喊：“是入侵者！

他们又来了！”余伊抄起枪，朝屋外冲去，他站在人群当中，看见天上出现了一颗流星般的飞船，拖着明亮的尾巴，坠入渔村北面的森林中。村民们拿着枪支，严阵以待，他们知道，每一批坠入大地的入侵者，第一件事情就是闯入附近的城镇抢夺食物。

很快，入侵者出现了，双方在渔村边缘展开激战，子弹嗖嗖嗖地乱飞。他们有备而来，村民们被对方的交叉火力压制得抬不起头来。

“我们顶不住了！快呼叫援军！”一名村民缩在村庄的原木围墙后，拿起对讲机。

“什么援军？”余伊用愤怒的眼神看着村民，他不许手下的弟兄们向敌人求救。在他眼里，星舰联盟就是敌人。

火箭弹打在渔村的小屋里，一栋小屋腾起大火，熊熊燃烧，然后又是一发火箭弹，又一栋小屋燃烧着坍塌了，村庄里四处都是女人和孩子的哭声。

“大哥，我们真的顶不住了！”村民拿着对讲机，缩在掩体背后，对余伊恳求说。

嗒嗒嗒！重机枪的声音响起，子弹像是死神的镰刀般收割着生命，入侵者像割草般一片片倒下。余伊看见了古铁雷斯，他带着手下的警察和雇佣兵站在一辆越野车上，光着膀子，提着一挺六管加特林重机枪朝敌人扫射，肌肉结实的上半身缠着几根不停跳动的弹带，呼呼旋转的枪管喷吐着致命的弹丸。

入侵者被击败了，他们想撤回飞船逃跑。轰！飞船爆炸，一个人在爆炸的烈焰中慢慢走向他们，手中乌黑的窄刃链锯刀散发着死亡的气息。余伊听到了弓雨晴的声音：“你们可以作为难民寻求庇护、申请避难，前提是放下手中的枪；但是谁要是敢侵略星舰联盟，谁就得死！”

没有退路了，入侵者们高呼口号，向渔村发起死亡冲锋。他们成批倒下，余伊看见这些入侵者衣衫褴褛，面黄肌瘦，有男有女，显然是他们的家园被别人征服了，他们无处可逃，才逃到星舰联盟，试图占领可以让他们活下去的新地盘。

余伊看见一个娃娃兵，十三四岁的样子，他犹豫着没开枪，但是对方可没犹豫，用力扣下了扳机。“大哥小心！”一名战友扑在余伊身上，血花从身上迸出。

弓雨晴的手掐住娃娃兵的脖子，慢慢抬起，娃娃兵挣扎着，脸蛋涨得紫红，挣扎慢慢变成抽搐，却用尽最后一丝力气紧紧握着枪。她的手指又慢慢松开，娃娃兵吃力地抬起手上的枪，他就算死也要拉个人陪葬，多杀一个就赚一个。

弓雨晴把娃娃兵抛向空中，抬起腿，在他即将落到地面的一刹那，狠狠踢过去。咔！肋骨断裂的声音。

余伊非常讨厌北方基地，他不知道星舰联盟葫芦里到底在卖什么药。北方基地聘请了古代人同胞作为设计师，按照地球废墟上挖掘出土的联邦末期堡垒的布局大刀阔斧地改建，现在俨然成了一座堡垒。堡垒外墙上斑驳的弹孔和爆炸烧蚀的痕迹，是前些日子机器人叛军围攻时留下的。

但是今天，因为渔村不少伤员被送到基地的医院抢救，余伊算是破例踏进北方基地。

余伊对古铁雷斯说："我不希望你再出现在滨海渔村。"古铁雷斯不是地球联邦公民，那些投靠北方基地、当了保安的古代人才是地球联邦公民。

"什么仇什么怨呀？我为什么不能出现在滨海渔村？"古铁雷斯并不服气。

"就凭你是流放者兄弟会的后裔！你们兄弟会干过多少杀人越货的勾当，你心中就没点儿数？"余伊指着古铁雷斯的鼻子大声说。

在第七次机器人叛乱之前，盘踞在太阳系通往殖民星的航线上、无恶不作的流放者兄弟会才是联邦军最大的敌人。机器人叛乱发生后，机器人到外太空追杀四处逃亡的人类，见人就杀，从来不管对方是贫穷还是富裕，是守法公民还是嗜血凶徒。兄弟会和叛军交手过几次，一败涂地，落荒而逃，跟难民们一起利用极不成熟的空间跳跃技术，逃到了谁都不知道是哪里的遥远陌生的宇宙空间。

古铁雷斯说："都七千年了！你就这么记仇？"

逃到荒凉贫瘠的陌生宇宙之后，流放者兄弟会看着眼前比他们还穷的难民们，找不到可以像过去那样可供打劫的目标了。为了活下去，兄弟会那些嗜血的首领们不得不听难民中一名科学家的劝告："我们必须改弦易辙，发展科技和经济养活大家。我的祖先们第一次把无人登陆器发射到月球背面时，琢磨的第一件事就是培养种子，看能不能在月球上种田。"

余伊反唇相讥："你们就不记仇吗？都七千年了，还记得回来找机器人叛军复仇！你们什么时候变得那么爱好和平了？"

古铁雷斯说："当然是七千年前！"

那个时候，流放者兄弟会发现，想要发展科技和经济，就必须建立秩序、维护治安、制定发展纲略。一大堆的事情做下来，不知不觉中，就把自己从只知道烧杀抢掠的太空海盗团伙变成了实质上的政府机构。但是，他们烙在其他殖民星后裔脑海中的恶魔形象是不会轻易抹去的。

古铁雷斯听到了隔壁房间里，那个十三四岁的娃娃兵拼命挣扎哭喊的声音，护士们不得不将他强制麻醉，进行接骨手术。弓雨晴那一脚相当狠，他肋骨断了两三根。

“你们为什么要回来？我们和平的日子过了几千年，你们一回来，一切都毁了！”娃娃兵大声哭着说道，古铁雷斯沉重地叹息。星舰联盟回来之前，在机器人叛军如芒在背的威慑下，各殖民星都是战战兢兢的，谁都不敢，也没能力侵略对方。快意恩仇的复仇毁灭了机器人叛军，毁灭了星舰联盟的经济，也毁灭了殖民星之间长久以来的和平。

余伊看见弓雨晴抱着窄刃链锯刀坐在窗边，窗外冬风吹拂着她的长发，又卷起满地萧索。链锯刀上是科学审判庭的特殊军徽，或者说是地球联邦军的军徽。科学审判庭由七千年前护送难民的联邦军残部改组而成，两者本身就血脉相承；残军的指挥官后来还兼任了流放者兄弟会逃离故乡之后的第二代首领，曾经敌对的双方，从此融为一体。

余伊知道，有些事情他必须低头。“能不能借我些人手，保卫滨海渔村？我要离开一段时间。”余伊低头问古铁雷斯。

弓雨晴问他：“你想去找舒小妘，却又放心不下滨海渔村的安全？”

余伊不作声。

弓雨晴问：“你喜欢舒小妘，对吧？”

余伊还是不作声。

弓雨晴大声说："你们这些男人，脑子里到底在想什么？一个个都是这样！杨牧亦是这样，你也是这样！"

余伊保持沉默。这世上有很多种男人，杨牧亦这种类型的男人，喜欢一个女人，就努力奋斗、拼命工作，抓紧每一个机会拼命往上爬，在能够给心爱的女人美好的生活之前，不敢轻易开口说爱她。但是余伊又是另外一种男人，他知道自己肩负的责任，知道身为军人，生逢乱世，随时可能葬身疆场，所以他不会对喜欢的女生表露爱意，生怕哪天自己牺牲了她会伤心，只会默默地守护在她身后，默默祝福她能幸福。

对余伊来说，责任才是第一位的，爱情最多只能排第二。但是他给自己找了个好理由：舒小妘终究是一起从地球故乡过来的同伴，他要保护同伴，自然也要保护被逐出渔村之后下落不明的舒小妘。

"你知道小妘在哪儿？"弓雨晴问他。

余伊不知道，所以打算先去找周琴。周琴拍摄节目，控制着大量的无人机，也许她能很容易找到舒小妘的下落。

"我说啊，你在东叶市大街上随便拉个男人都比余伊强！他那种人就是个神经病！地球联邦都躺尸七千年了，还保卫个啥劲呀？不如赶紧丢下枪，把《古代同胞申请星舰联盟公民身份登记表》填一填，老老实实找份工作安顿下来。"医院门外远远传来周琴叽叽喳喳的声音，她那性子没有一刻是安静的。

余伊正准备跑出去找周琴问舒小妘的下落，却看见舒小妘抱着满满一个纸袋的食物走进医院，她神色很紧张，显然是担心同胞们的伤势。他愣愣地看着她一路小跑，一身漂亮的衣服，比水虹岛上任何一个同胞……不，是比昔日新熙雍市任何一个贵妇名媛都漂亮，那精美的面料，是联邦末期随着桑蚕和棉花的灭绝，已经无法生产的纯棉和丝绸。

“余伊大哥您回来了？大家没事吧？”“小妘，你没事吧？”他们都很担心对方。话刚出口，余伊却笑自己自作多情。小妘虽然被逐出滨海渔村，但是并非无家可归，人家有弓雨晴收留，日子过得一点儿都不差。

医院手术室外的长椅上，余伊和舒小妘并肩坐着，等待着中弹的村民结束手术。直到晚上八点多，最后一名村民被送出手术室，医生说没有生命危险，余伊才放下心头的大石：“小妘，我们走吧。”

舒小妘站在余伊面前，并不作声，余伊这才后知后觉地想起，小妘已经回不去滨海渔村了。他只好改口说：“你住哪儿？我送你回去。”在余伊的认知中，晚上的水虹岛很危险。

“东叶市月色大街 202 号，公司宿舍区 2 单元 305 室。”舒小妘说了个地名，那是余伊去不了的地方。

余伊尴尬地摸摸鼻子，问：“你在水虹岛，没有合适的住处？”

舒小妘说：“有时候跟弓姐姐一起住在山巅别墅，有时候独自住在南方的独树森林。”

独树森林位于南方的温泉沼泽，水虹岛位于四季分明的温带，但是温泉沼泽是地壳运动造成地热泄漏所形成的无底沼泽，四季如夏，那里生长着水虹岛唯一的大榕树。那棵榕树非常大，每一根垂落沼泽的气根都发育成几个人抱不过来的新树干，榕树茂密的树冠在无数气根形成的树干支撑下蔓延好几公里，形成独树成林的自然奇观。

余伊说："独树森林很远，我护送你回去吧。"他知道从北方基地到南方的独树森林，光是走路就要走一整天。

他们走到医院门口，舒小妘走到一辆很漂亮的地效飞行车面前，掏出车钥匙，打开车门，说："走吧。"余伊只觉得好像有把尖刀扎在他的自尊心上，不管是地球联邦末期还是星舰联盟时代，舒小妘总是能比他过上高一个档次的生活。

余伊坐进车里，只觉得手足无措，他一身衣服又脏又破，一路探险，不知道多少天没洗过澡了，生怕弄脏了舒小妘漂亮的车。好在小妘并不嫌弃，毕竟大家都是在联邦末期的战乱中颠沛流离过的人。

车在水虹岛上空的森林飞过，余伊看着车窗外的森林巨树如无数卫兵矗立，夜幕上空蔚蓝的"月亮"是与离朱星舰互为双星的荷鲁斯星舰。"月亮"之上，那三艘梦幻般的巨星舰仍然高悬，但是听说科学家联席会议快结束了，它们也快消失了。车载电视播放着星舰联盟的旅游节目，屏幕上的湖光山色是出乎意料的美，听说联盟为了振兴就业，大力发展旅游业，但是效果也是不尽如人意。

"星舰联盟再美也是别人的家，余伊大哥，您说是吗？"舒小妘停车，飞行车慢慢下降，悬浮在直径超过五米的榕树枝桠上。余伊看见一艘失事的大飞船斜斜地插在独树森林里，前半截扎入无底沼泽的淤泥中，后半截被榕树茂密的树冠托住，算是很完好的。

舒小妘站在树枝上，对余伊说："这是星辰重工的'昨日 VII'型超光速飞船，制造于怀斯托斯星舰，是产量最多的民用超光速飞船之一，被卖给天狼星 5 号殖民星，后来被殖民星的军方加装武器，作为入侵星舰联盟的军舰，在卫星轨道上被击伤，坠落在这里。但是我想，应该还能修复。”

余伊跟着舒小妘，走进飞船，穿行在一个个舱室中，有些舱室是一排排整齐的座位，有些舱室是小型酒吧、医疗室、粮仓、吊床式集体卧室，甚至还有一个被改成武器储存室的室内保龄球馆。

“他们，竟然有这么富余的运载能力可以浪费？这么先进的飞船竟然就这样随便丢在森林里？”余伊忍不住咂舌，在地球联邦时代，哪怕是成本最低廉的飞船，每一克有效载荷的升空成本都堪比黄金，速度通常只有光速的几分之一。

舒小妘黯然说："我觉得，在他们眼中，这样的飞船只怕不能算先进吧？你看天上那艘，才是让他们羡慕的先进飞船。这种通用型民用飞船的图纸在他们眼里甚至都算不得机密，在网上随便一查就有很详细的资料，大概是方便星舰联盟的人在外太空旅行时自行维修一些小故障吧。”

透过舷窗，余伊看到了夜空中的“唐古拉星海号”飞船。早在地球联邦成立之前的信息时代，各国的科技差距就已经被拉大到非常可怕的地步，一些落后国家，连最简单的电子二极管都无法自行生产；而同时期一些科技先进的国家，孩子们手中游戏机的运算能力就已经比阿波罗登月时所用的计算机还强大了。眼前的世界，科技差距只怕比当年的地球故乡还大。

灰色的黏液透着高温，在舒小妘的指尖像是有生命般游动，飞船的能量核心仍然能正常运作，为她提供操纵灰潮所需要的大量能量。这种充沛的能量供应要是放在地球联邦末期，必定会引起无数人偶觊舰。但是在星舰联盟，只要是艘超光速飞船，都有这种能量核心，只要是个飞船维修中心就都有得卖。

余伊看着舒小妘使用灰潮拆解各种物质，重铸成各种零件，像是施了魔法般迅速维修飞船，便忍不住问她：“你这些天都在这里修飞船？”

舒小妘边忙边说：“嗯，下班之后一有时间就修。但是灰潮的能力是对原子级别的粒子进行修改拼接，飞船的一些零件属于亚原子甚至夸克简并态，灰潮没法重铸这类零件，只能网购。”她不时翻看厚厚的飞船维修手册，对照图纸修理破损部位。

重组分子结构的高温让焊接部位散发着腾腾高热，在这带着冷意的初冬舒小妘竟然也热得汗流浃背。她的血肉之躯无法长时间在这种高温环境中工作，维修时断时续。

夜渐深，下雪了，雪花在沼泽的泥浆温泉中变成雪水，余伊听到森林里有零星几声蝉鸣。这应该是一年中最后的蝉声了，凄楚间带着临终前的绝望和不甘。

“地球联邦都灭亡几千年了，你还执拗着要复国，这有意思吗？”余伊想起曾有很多人都劝过他向现实低头。

“只要联盟军还没死绝，地球联邦就没灭亡！”这几声孤独的蝉鸣，像极了余伊不甘心的悲鸣。

二十一、大雪连风冰峦重

当姜炎衣还是普通的人偶时，她的小主人喜欢看魔幻题材的电影、听童话故事，那时的她被小主人紧紧地抱在怀里，看着 3D 电视屏幕扑面而来的炎龙，学会了挖掘人类内心恐惧的方法。

在机器人叛乱中，姜炎衣燃烧的鳞片、带着火焰的翅膀、喷吐烈焰的血盆大口，在无数人心头留下了恐惧的阴影，但是，那都是过去很久的事情了。现在的姜炎衣已经沦为战斗力的计量单位，在水虹镇外的荒地上，五个姜炎衣被一个舒小妘用利爪撕成碎片。

十二名雇佣兵合力消灭了另外三个人偶，六名古代人“活死人军团”的战士则消灭了其他两个人偶，外带着漫山遍野的机器人叛军。舒小妘落在雪地上，褪下一身和姜炎衣相同的炎龙鳞片，重新化为人形。得益于吞噬了几艘失事飞船的能量核心，她的力量要是放在地球联邦末年可以远远凌驾于绝大部分人偶之上。

舒小妘抬头看着天空，太空中那三艘巨星舰的影子在白天也隐约可见。想挑战曾经和姜炎衣齐名的阿史那雪仍然是不可能的，她们之间隔了一整个科学审判庭的战斗力。刚才的激战使舒小妘的隐形眼镜脱落了，所有的人都看见了，她的眼睛变成了和姜炎衣相同的朱红色。

斯迪克站在水虹镇的广场上，双腿颤抖，死死抱着可以对殖民星发表演讲的特殊通信电台，大声说："你们……我告诉你们，邪恶永远战胜不了正义！地球联邦永远不会战败！殖民星的援军们一定会……""咔嗒"，余伊切断了电源，说："总统阁下，省点儿力气吧，没人把你当个人物。等我们修好了飞船，给你留个座位，咱们一起离开星舰联盟。"

"你这是篡位！你想挟天子以令诸侯！你是不会得逞的！"接着，斯迪克用最恶毒的语言问候起了余伊的祖宗十八代。

来自滨海渔村的战士们刻意跟舒小妘保持一段距离，尽管大家的目标都是修好飞船离开这个世界，但是分裂无处不在。周琴的无人机盘旋在高空，直播着打斗之后人群分裂成好几派，互相保持距离的情形。

实力最弱的是自诩"地球联邦临时政府"的水虹镇老人们，他们的人数已经越来越少，只剩下四十多名内阁高官；站在雪地呆若木鸡的是来自殖民星的侵略者，他们没想到在这儿竟然也能遇到传说中恐怖的人偶娃娃，转眼间这些人偶又被消灭殆尽；匆匆赶来还没顺过气的是滨海渔村的武装村民，他们赶到时，战斗已经结束；雇佣兵和"活死人军团"的古代人士兵则聚在一起，坐在堆成小山的机器人残骸上。

这几派人互相敌对，但是最让他们忌惮的是站在众人中间的舒小妘。一个舒小妘比五个姜炎衣还危险。

无人机把画面传回东叶市的直播室里，并邀请老托马斯当节目嘉宾。老托马斯慢条斯理地说:“在我那个时代,有个老童话是这样说的:勇士战胜了恶龙，正义战胜了邪恶，勇士慢慢变成了新的恶龙，绝望的人们只能等待着新的勇士，去战胜这新的邪恶。”

周琴问:“这‘新的邪恶’就是指舒小妘吗？”屏幕上出现了七千年前新熙雍市最后一次选美大赛过后，身为明星、红极一时的舒小妘的舞台照。

老托马斯意味深长地说:“她是否真的邪恶并不重要，重要的是大家认定她邪恶。”

周琴问:“正如……”

老托马斯说:“正如星舰联盟消灭了邪恶的机器人叛军，所有的地球人后裔殖民星都认定星舰联盟是新的邪恶魔王，给大家带来了灾难深重的战争一样。”

“在别人眼中，我们才是最终的魔王。”周琴做了一个总结。

每当遇到事情，警察总是姗姗来迟，古铁雷斯带着警察赶到水虹镇时，舒小妘已经成了所有参战方共同的敌对目标。那些惊慌失措的入侵者并不感激她的帮助，在他们的认知中，比他们强大的统统是妨碍他们占据这片土地定居的强敌；“活死人军团”的古代人特殊战士们一边对舒小妘的力量充满恐惧，一边又被侵略者和古代同胞排斥，他们夹在中间，只觉得左右两边都是敌人；在水虹镇自诩为“地球联邦临时政府”的老人眼中，眼前所有不听他们命令的人都是杀千刀的反贼；而舒小妘，则是他们眼中共同的怪物、共同的敌人。

在古铁雷斯眼里，面前这些家伙一个个都是养不熟的白眼狼。星舰联盟为了救这些古代同胞，打了收复太阳系的狠仗，死了那么多士兵，救活了他们，却换不到他们一丁点儿的感激。就连他曾经另眼相看的舒小妘也不例外，弓雨晴给了她工作，给了她让星舰联盟的普通人都羡慕的丰厚待遇，她也同样是想着离开星舰联盟。

更让古铁雷斯气愤的是，上头给他的任务就是保护这帮白眼狼。他不止一次跑到荒无人烟的森林中，像受伤的野狼般高喊："我的战友们都白死了！"眼前浮现的是雷泽尔、阮、辛格……一张张牺牲在地球战场上的战友们印着硝烟的笑脸。吼过了，情绪发泄完了，还是只能回到水虹岛，默默地拿起枪继续保护这些白眼狼。

舒小妘朝着森林深处走去，所有的人都畏惧地后退，为她让开一条路。她在和姜炎衣的搏斗中负伤了，灰色的血液夹杂着红色的血丝从伤口渗出，她需要大量的有机物作为原料修复伤口。她慢慢地向前走，薄薄的灰潮在脚边漫延，分解她脚边方圆数十米的一切生物，为她的复原提供能量和物质。

这样的场面勾起了古代人心底的恐惧，记得新熙雍市毁灭时，阿史那雪脚边的灰潮也是这样疯狂漫延，她被奋勇作战的士兵们射出的子弹打出的伤口都在灰潮的作用下迅速愈合，一个个鲜活的生命在她的灰潮中分解消逝。

轰！一棵被舒小妘吸干生命力的大树轰然倒地，大量的积雪砸在地上，腾起一阵雪雾，倒下的大树像是被烧过的炭灰，在地上碎成粉末。然后，是第二棵、第三棵、第四棵……一棵棵百年巨树接连倒地，一些来不及逃走的动物惨叫着变成白骨，每一声巨响砸在古铁雷斯心头，都是一阵心痛。

舒小妘走过的地方，都变成了没有生命的一片死灰，在她走远后失去芯片信号的灰潮自毁消散成飘荡的灰烬，伴着鹅毛大雪在风中飞舞。

“小妘你疯了？你知道自己变成了怎样的怪物吗？”余伊对着她的背影大声喊道，喊声瞬间就被呼呼的风声吹散了。

余伊独自去追舒小妘，毫无畏惧地走向死亡森林。“余伊大哥！别靠近！她已经变成人偶了！”滨海渔村的战士们试图拉回余伊，却被余伊用力甩开了手。他转身对村民们说：“你们不要忘记，小妘也是我们地球联邦的人！她救过我们很多次，你们赶她出村也就罢了，我身为一名军人，决不放弃任何一个同胞！”

起初积雪没过膝盖，离舒小妘越近，雪却越冷越薄，最后变成混着薄雪的冰水，余伊只觉得这焦炭般矗立着的死亡森林一阵阵冰火交替，冷时冻得骨头发麻，热时火浪逼人差点儿连头发都烧着了。

一辆武装跑车出现在身边，古铁雷斯大声说：“上车！”舒小妘的变异是古铁雷斯没想到的，他担心小妘在森林里闯出大祸来。

余伊在犹豫，他不想和敌人共乘一辆车，但是又实在担心舒小妘，最后还是一咬牙上了车。古铁雷斯驾车狂飙，大声说：“你有句话我特别认同！”

余伊问：“什么话？”

古铁雷斯说：“身为军人，不放弃任何一名同胞！救出你们这些混账之前，我也是这么想的！”

余伊怒目相向：“我们才不稀罕你们的救援！我们一直盼望着援

军到来，把我们从机器人叛军的致命威胁中拯救出来！但是这援军并不包括你们！”

古铁雷斯大声说：“我倒是听弓督说过一个故事：老大老二老三分家产，为了能多分一份，把年纪最小的老幺赶出家门，后来老大老二老三家道中落了，老幺在外面发了大财衣锦还乡，于是好像无数个巴掌落在老大老二老三脸上，各种羡慕嫉妒恨把他们烧得眼睛冒火，亲人转眼间就变成了仇人！”

余伊怒不可遏：“你在讽刺我们？”

古铁雷斯大声说：“不！这是郑清音和三个哥哥的故事！”

他们俩眼看就要在车上打起来，突然森林中火柱腾空而起，余伊看到死亡森林的深处，火焰的翅膀慢慢张开，舒小妘发现了他们，于是化身炎龙，巨大的身躯掠过车顶。古铁雷斯站起身抬起加特林重机枪开始扫射：“我们把她打下来！”

“你疯了？！向一个女人出手，算什么男人？”余伊和古铁雷斯扭打起来，乱扫的子弹在舒小妘比钢铁还硬的鳞片上打出一连串火花。

“我遭到攻击……要自卫！”舒小妘的理性时有时无，控制人偶之力是很难的事情，哪怕是弓雨晴这样有充分的准备、查阅过无数资料的人也差点儿阴沟里翻船，更别说是舒小妘这种半吊子的控制力。

锋利的龙爪打碎越野车的前风挡玻璃，半米长的爪子像利剑般刺穿了古铁雷斯的胸膛。

古铁雷斯只是个普通人，没有弓雨晴那强化人的超级反应速度，也没有人偶的强大修复能力，他避不开舒小妘的致命一击，鲜血像喷泉般涌出。舒小妘直飞上天，又掉头俯冲直下，余伊抢过方向盘，没命地逃。

“撑住！我们很快就到医院了！”余伊手忙脚乱，一边顾着方向盘，一边还要腾出手来努力按着古铁雷斯的伤口，阻止更多的鲜血涌出。舒小妘仍然穷追不舍，一次次俯冲直下，逼得余伊猛打方向盘，避开她落下的龙爪。

水虹镇外。警察们正在收拾残局，记录事发现场，他们戴着自动翻译器盘问现场目击者：“这位老先生，请问当时您看见是谁先动手的？”

“是他们！是侵略者先动手的！还有！请叫我总统阁下！”斯迪克气得胡子都翘起来了。

被缴了武器的入侵者首领大声说：“我抗议！这是我们发现的‘新世界’！根据我们地球人自古以来的规矩，谁发现的无主新星球就归谁拥有！现在我宣布，这颗星球的名字将以我的名字命名，叫托拉斯克！”

“什么无主新星球？这是我们建造的星舰！”一名星舰联盟籍的年轻雇佣兵大声说。

“对，所以你们不是‘发现者’！不配拥有这个‘新世界’！”入侵者首领很懂得挑字眼，故意无视建造者而强调发现者。

“你当我们是空气，还是不配拥有星球的野人？”雇佣兵大声反驳。

入侵者首领说：“态度放谦卑点儿，你们这些流放犯后裔！如果我们心情好，可以制定相应的原住民保护政策，给你们一小块保留地！”

双方扭打起来，区区几名警察根本没法劝阻。森林里突然传来巨大的响声，面目狰狞的炎龙拖着炽热的火焰，追着古铁雷斯的越野车冲来。所有的人都慌了，古代人连爬带滚狼狈不堪地逃窜：“是人偶！

人偶又回来了！”入侵者也顾不上敌对身份，跟着古代人乱跑。只有雇佣兵、勇敢的“活死人军团”士兵和警察们靠着手中的枪支还击。

古铁雷斯吃力地吩咐余伊：“告诉大伙儿……火力不能停，边打边往北方基地撤，把小妘的袭击目标从古代人身上吸引到我们队伍中来，确保他们的安全……”

余伊照做了，警察和雇佣兵们的车队边还击边逃跑，一辆警车不忘把现场情况向北方基地通报，让他们做好抵御舒小妘、抢救古铁雷斯的准备。“能联系上弓督吗？只有弓督才有能力阻止这怪物！”警察们没忘记弓雨晴的强大，大家平时对强化人充满畏惧，多少有点儿排斥，但是危急时刻，这样的强者才是支撑危局的中流砥柱。

“我在做什么？舒小妘疯了，我却帮不上什么忙，只能拼命逃跑。”余伊知道自己在逃离心爱的女人，载着最憎恨的人飞车赶往最讨厌的北方基地，找他不愿见到的人，救仇家的性命。

北方基地。扩建基地的工程队正冒着鹅毛大雪热火朝天地施工，很多工人都是古代人。弓雨晴承诺过给他们工作，让他们能靠着自己的双手养家糊口。

弓雨晴穿着一身雪白的长绒风衣，她让施工队挖了一个深坑，坑边放着一个大箱子，箱中是她的审判庭黑色军装、密闭式动力铠甲、一堆表彰她在地球战役中作战英勇的勋章，还有她很少使用的单手式电磁突击穿甲步枪，以及砍坏过无数机器人叛军的黑色窄刃链锯刀，一张照片覆盖在武器上，那是她和战友们的合影，照片上的战士们，只剩她和古铁雷斯还活着。

“弓督，您这是要做什么？”一名古代人工头看着这装满了用鲜血和生命换来的荣誉的大箱子。

弓雨晴说：“我想把这些荣耀埋掉。我越强，牧亦哥就追得越辛苦，我不想看见他在外头那么拼命，只为了能爬上配得起我的地位。”

工头只觉得可惜，如果当年地球联邦末年有这样的强者保护大家的安全，大家也不至于颠沛流离；但是转念一想，他们也曾经有过视死如归又强大的“活死人军团”，可惜大家都把他们视为怪物，作为炮灰不断消耗，这些最早的强化人大多不是死在敌人的枪口下，而是在不公正的后勤待遇下活活饿死。

警报响了，人偶来袭！工头焦急地问：“弓督，咱们该怎么办？”

“你们看着办吧，我已经不想作战了。”弓雨晴说着，心已经飞回小别墅找笔墨纸砚了，她想练练笔。

“古铁雷斯身受重伤！敌人非常强大！所有的人都赶紧拿起武器！”留守北方基地的警察局代理副局长大声叫喊着。女人带着孩子进入安全的地下室，所有逗留在北方基地的雇佣兵、保安，甚至在地球时代当过兵的古代人，都拿起武器，朝南方大门跑去，在当过航天陆战队小排长的代理副局长指挥下，紧张有序地奔赴工事中的战位。

“那是什么怪物？”士兵们看见天空中飞翔着追逐警察车队的炎龙。他们看着车队中的装甲车像是玩具车般被它的爪子掀翻，森林在它的烈焰中变成灰烬，不禁骇然。他们知道人偶可以利用灰潮变成各种怪物，也见过变身后的姜炎衣，但是如此庞大狰狞的炎龙，还是第一次见。

炎龙落在基地顶端，基地坍塌，大块的落石让人避之不及。它一路汲取有机物，不停重组自身，当它落下来时，光是那弯曲如刀的爪子就已经比人还高。“这不可能！生物的体积不可能有这么大！它应该被自身的重量压垮才对！”学过生物学的雇佣兵大声叫喊。

一发穿甲炮弹打在炎龙身上，掀掉它大片龙鳞，那血肉模糊的皮肤之下，是夹杂着金属和复杂高分子材料的躯体。一名游客拿起照相机，不顾危险疯狂拍照：“快看！是生物和机械的结合体！完全突破了正常生物的体积极限！”

一名保安把游客拉回掩体中，大骂：“光顾着拍怪物！你不要命了？”事实上，正是这随时出没的人偶娃娃、机器人叛军和各种人造怪物撑起了水虹岛的旅游业。星舰联盟五百多亿人口当中，从来不缺喜欢冒险的游客。

炎龙带着烈焰的尾巴扫平了一片建筑物，朝着试图阻拦它的交叉火网走去。已经丧失了理智的它，只知道这些枪炮把自己打疼了，出于本能地要清除威胁。它前面就是军火库，万一被它带着烈焰的脚爪踩穿军火库的天花板，只怕整个基地都会被炸上天。

一名“活死人军团”老兵把烈性炸药捆在腰间，试图冲出战壕爬到炎龙身上引爆炸药同归于尽。他也知道这种自杀式袭击不会有什么效果，但是他没有更好的攻击手段了。“前辈你们撤，我扛着！”弓雨晴的手按在老兵肩膀上。科学审判庭的强化人战士们，向来把这些半人半机械的老兵视为前辈。

人偶的能力强弱和知识渊博程度成正比关系，他们的知识储量上限又取决于具体的出厂型号的储存芯片容量，学习能力又跟在主人家后天培养的性格有关，种种因素限制下来，导致只有极少数人偶懂得制造反重力飞行核心并集成在体内，让自己具备飞行能力。

得益于技术的进步，星舰联盟的同类反重力飞行核心体积比地球联邦时代的老式产品小很多，但是通常只有某些喜欢改造自己的身体的嬉皮士才会在自己体内植入这种东西，他们把这视为跟一些古代人文身、戴耳环、戴舌钉类似的炫酷行为。对更多人来说，一辆地效飞行车或是一具飞行背包，会是更实在的选择。

偏偏看起来一点儿都不像嬉皮士的弓雨晴，在众目睽睽之下飞了起来，宛若仙女飞天，她左手持链锯刀，右手持穿甲型电磁突击步枪，站在一座摇摇欲坠的钢铁高塔顶端，面对着炎龙比灯笼还大的眼睛。这些她原本打算埋起来的武器，终究又拿出来了。

“小妘，你旷工了差不多一个月呢！”弓雨晴对炎龙说。

“她是……”炎龙认出了眼前的人。姜炎衣破碎的记忆中，记得那是炎帝陵血战时遇到过的前所未有的强大对手，星舰联盟第七陆战师 663 连的督察官，绰号“母老虎”的弓雨晴；舒小妘时隐时现的记忆里，记得那是一直很照顾她的仙子般的大姐姐，给了她安身之处和宝贵的工作的弓雨晴姐姐。

“她是敌人？她是朋友？”炎龙停止进攻，迷茫地看着弓雨晴。最可怕的对手，可怕到骇人听闻地试图夺取人偶之力，那是炎帝陵血战时的强敌弓雨晴；最亲爱的好姐姐，会手把手教她练习毛笔字，在宣纸上写下“窈窕淑女，君子好逑”的古诗，那是努力让她融入星舰联盟的社会的弓雨晴。

炎龙的眼珠慢慢变成黑色，舒小妘的意识占了上风，弓雨晴向她伸出手：“小妘，回来吧，乖乖回去上班，你在地球联邦得不到的大好前程正在等着你。”

炎龙突然喷出炽热的火焰，把弓雨晴脚下的钢铁高塔烧成扭曲的面条。弓雨晴跃到空中，灰潮缠绕着她的身体，化成一冰一火的双翼，链锯刀和炎龙的巨爪短兵相接，她踩着巨爪向前冲，两人在空中交战成一团。

无论是姜炎衣破碎的思维还是舒小妘残留的意识，都对弓雨晴强大的战斗力感到恐惧。她吸收同化人偶之力之后，比当初在炎帝陵交手时强大了很多，姜炎衣在弓雨晴身上看到了她本身作为强化人的能力，看到了津波玲子和迦璃的灰潮特征，看到了姜炎衣自己的烈焰灰潮，甚至看到了她最为畏惧的阿史那雪的寒冰灰潮。

同样是灰潮，同样由数不清的纳米机器人构成，不同的人偶有不同的战斗模式偏好。姜炎衣喜欢利用灰潮分解万物，灰潮拆解和拼接分子时剧烈的反应会产生高温，形成火焰；阿史那雪却喜欢让灰潮从弥散态凝聚成雪花般飘落的细小冰晶，如雪花覆地般覆盖目标，让敌人无处可躲。纳米机器人的键能变化在这一过程中是吸能反应，空气中的热量被大量吸取而形成局部的寒冬。

炎龙败落，负伤向南逃窜。弓雨晴回头看了一眼身后的同胞，看见了他们眼中的恐惧。她想起了老托马斯讲的故事：勇者打败了恶龙，比恶龙更强大的勇者就成了异类，成为村民们更为恐惧的对象。弓雨晴独自去追炎龙，她担心舒小妘，同时也是想暂时远离这些在她展示了强大的战斗力后战栗不已的同胞。

舒小妘无处可去，水虹镇不接纳她，滨海渔村驱赶她，回东叶市的公司上班她又不愿意。她挣扎着飞过冰雪皑皑的群山，不停往南飞，直至体力不支而陨落。

弓雨晴在南方的独树森林找到了重伤之后晕倒在地、无法控制灰潮而解除变身的舒小妘，也看到了她身后的飞船。飞船上有很多修补的痕迹，都是用灰潮修复的。弓雨晴想起了这段时间以来，小妘经常邮购飞船零配件，这是只有跑星际运输航线的飞船司机们才常做的事情，现在看到这飞船，她终于知道了原因。

身后传来地效飞行车的声音，弓雨晴不必转身都知道是谁。她听到余伊扑通一下跪在雪地里，哀求说："求求你，救救小妘，别让她变成怪物！"余伊是很高傲的人，却为了拯救同胞丢下颜面不要了，三番四次向敌人下跪。

弓雨晴说："你可要想清楚了，我抢夺人偶之力是因为跟姐姐赌气，想要变强，现在回头看看不值得；小妘抢夺人偶之力，却是为了保护大家，修复飞船离开这世界。如果她失去了人偶之力，你们也许永远都无法修复飞船，逃离星舰联盟，去重建地球联邦。"

余伊说："我大男人一个，怎么能让女人做出牺牲？我一定会另外找办法，击败你们！离开星舰联盟！"

弓雨晴从来没把余伊当成敌人，因为他太弱，不够格。她从口袋里掏出一瓶药，丢给余伊："一天一粒，抑制人偶之力，什么时候能变回普通人不好说。她肯不肯吃，就看你的本事了。"

这种药原本是弓雨晴自己服用的，每次吃药都很犹豫：她想变成普通的女生跟杨牧亦厮守，但是这身强大的力量太诱人，也不是嘴巴上说放弃，就有勇气真的放弃。

当余伊在独树森林的飞船里找到舒小妘时，小妘正在修理飞船，这些天，她甚至连班都不去上了。余伊跟他说明来意，把药交给她，她看了一眼药瓶上的说明，放在一旁，并没有要服用的意思。

“把药吃了。”余伊的命令很强硬。

舒小妘置若罔闻，她知道，如果失去人偶之力，她将无法维修飞船，无法带大家离开星舰联盟、重建地球联邦。

“把药吃了！这是命令！”余伊最强硬也只能如此，他不会对女人动粗。舒小妘完全把她的话当耳边风。余伊大声说：“把药吃了！我们不能让女人做出牺牲！”

“你这是性别歧视。”舒小妘的声音还是和以前一样，并不大声，但却没有丝毫退让。

二十二、冬至流冰望春庭

冬至，地球故乡北半球白天最短的日子。星舰联盟的五百多艘星舰在建造之初就定下了复刻地球故乡气候的目标，在今天，星舰轨道上空的人造太阳都位于最偏北的轨道上，和星舰赤道面形成一个夹角，绝大部分星舰上的北半球大陆都进入了严冬。

蓬莱星舰，冰封万里的海洋上。孤独的人偶岛白雪皑皑，阿史那雪温了一壶梅子酒，奠于梅小繁的孤坟前。

“老师，杨牧亦来了。”郑清音带杨牧亦来到人偶岛。

阿史那雪点头：“你的战绩出乎我的意料，大家已经同意你加入科学审判庭了。”

这句话算是褒扬，但是杨牧亦听在心里并不觉得舒服。对任何一个良心尚在的人来说，用同胞的鲜血染红自己的前程，并不是一件愉快的事。以战止战是非常无奈的选择，但是放任不管又会造成更大的灾难。杨牧亦有时候也会想，如果星舰联盟没有归来，是不是这一切悲剧都可以避免？但是任由沉睡在地球避难所里数以亿计的难民们在休眠中慢慢死去，又是否正确？

人在世上，有时候摆在面前的所有选项都是错误的，人能做的就是在所有的选项中，选出一个相对而言错误没那么严重的。

该回离朱星舰了，终于要见到弓雨晴了，杨牧亦心底却忐忑不安。虽说他已经不是初来乍到时什么身份地位都没有的地球难民，但是自己现在的地位是否已能配得上她？杨牧亦反复揣摩弓雨晴的心思，揣来摩去却始终猜不透。女人的心思，对男人来说就好像是永远解不开的谜。

男人到底在想什么？对女人来说，这好像也是个永远解不开的谜题。入侵者来袭的次数越来越少，杨牧亦发送回来的消息却渐渐多了。刚开始时，他会和弓雨晴聊战场上的事，说自己立了多少战功，把多少殖民星炸回石器时代。其实弓雨晴并不喜欢这个话题，尽管她自己也立过很多战功。

后来，等到杨牧亦自己也变成了沙场老兵，才慢慢知道，真正的老兵不太爱提那些事，不管是看见同为地球人的敌人倒在枪口下，还是看见朝夕相处的战友变成一具尸体，都像是一场噩梦，并将在未来的岁月里如梦魇般缠绕在一生的记忆里。后来，他们绝口不提战争，只聊风花雪月，倒是找到了共同的话题，相谈甚欢。

弓雨晴也不爱聊公司的事，公司仍在按照杨牧亦离开前制订的计划向前发展。郑清音看人很准，知道杨牧亦是这块料，弓雨晴需要做的事情也不太多。

北方基地以西新建了一座小镇，弓雨晴的新家里，白雪把庭院的松树染成白色的树冠，苍虬的树干装点着昨夜的新雪。今天难得天气放晴，阳光和煦，她摊开宣纸，提起毛笔，蘸满温泉水研磨的墨汁，随手练字。

幼雁北去，其鸣切切；异域孤雏，逐浪浮兮；
千鹏万里，势震云汉；星舰破浪，归旧国兮；
故园荒丘，繁花尽逝；九泉幽冷，子静寐兮；
之子于归，比翼齐眉；月下红线，越千载兮；
蓬莱梦短，离朱雪华；窗台瑟影，子不见兮；
一日不见，如隔三秋；一月不见，如三世兮。

“弓督，又在练字？”古铁雷斯路过庭院外的青石板小路问弓雨晴。这些神秘的汉字在古铁雷斯看来就像符文般让人着迷。

弓雨晴微笑，问：“老铁，你伤势刚好，就又开始工作了？”

古铁雷斯说：“总要有人维持治安的。听说杨牧亦要回来了？”

弓雨晴点头：“是的，他下午的飞船。”她掏出小瓶子，吃了一粒药，这是压制人偶之力的药，她总担心坚持不到杨牧亦回来，自己就失去了人类的感情。

牺牲作为人类的七情六欲，换取超越姐姐的战斗力，在以前单身时，弓雨晴并不认为这是多大的代价，反正她一直都觉得自己是没人疼没人爱的孩子，是郑家捡来的孤儿；但是爱上杨牧亦之后，她觉得失去感情这种事，逐渐变得无法接受了。

低矮的篱笆墙，周琴一跃而过。她问道："雨晴姐，刚才的新闻看了吗？收视率不低呢！"

弓雨晴说："嗯，骂声也不低，你就是喜欢去水虹镇撩拨那些可怜的老头子取乐。"

周琴说："那句古话怎么说的？'可怜之人必有可恨之处'嘛！"

节目原本是一个没什么看头的慈善活动，这些年经济形势不好，不少商家积压了大量卖不出去的商品，捐了一批取暖设备给水虹镇的老人们，周琴却偏偏拍摄到"地球联邦临时总统"斯迪克怒不可遏地咆哮："这算什么？慈善？打发叫花子吗？我们是地球联邦政府！"

斯迪克身边从来不缺马屁精，也不缺墙头草。他愤怒地摔上门之后，"联邦星球殖民部长"老托马斯先是点头哈腰地对各商家表示感激，紧接着截留了不少物资中饱私囊，最后才屁颠屁颠地带着商家代表去见斯迪克，用他自认为星舰联盟的人听不懂的地球时代语言谄媚地对斯迪克说："这些都是对星舰联盟的残暴统治敢怒而不敢言的人暗中为我们献上的物资，这世界还是有很多人站在我们这边的。"

不知道斯迪克是真傻还是装傻，总之他抚摸着雪白的胡子，龙颜大悦。倒是新闻媒体那头的评论又是一片骂声，谁家做慈善是卑躬屈膝求着别人接受捐助的？

但是，这些都是小事，真正的刺儿头，是滨海渔村那些铁杆的"地球联邦复国分子"，企业的慈善物资他们照单全收，逃离星舰联盟的计划却有条不紊地进行着。他们甚至会游说北方基地里那些早已经投靠星舰联盟的古代人，劝说他们一起离开。

弓雨晴听到小镇上有人大声劝说古代人："在星舰联盟逆贼们的

眼里，我们只不过是动物园里的猴子！他们喜欢看我们过苦日子，喜欢看我们出丑！他们会在电视机面前嘲笑说：‘看看这些自以为高贵的蠢货吧！就是他们流放了我们的祖先！看看他们现在寄人篱下的样子！多可笑！’”

弓雨晴搁下笔，走出门，那个从小镇中心广场传出的声音仍不知收敛：“你看看他们！他们在这世界重建了地球联邦末期的军事设施！他们复活了人偶，重建了机器人叛军！他们喜欢看我们和敌人玩命搏斗！他们把自己的快乐建立在我们的噩梦之上，来满足他们那些自私的收视率！还要我们一次次地重演那些绝望的战争！一次次让我们活在过去的噩梦和恐惧中！”

终于有古代人开口说话了：“兄弟，这是工作！他们雇我们这些历史亲历者当演员，让我们打一场又一场的历史重演的战争。我们把历史重现给他们看，他们给我们发工资，事情就这么简单。”

游说者发现了弓雨晴，他们掏出枪就射击，手段激进。弓雨晴听警察们说过，如果北方基地的古代人不愿意跟他们离开，他们甚至会试图用武力威胁别人就范，这样下去迟早会成为祸害。

前几天，当游说者掏出手枪时，弓雨晴只是把他们打翻在地，叫来警察逮捕他们了事；但是今天，游说者抢了警察的越野车，劫持了几名古代人时，弓雨晴坐不住了。她追着越野车，拿出手机打电话给古铁雷斯：“老铁，滨海渔村那些人劫持了人质，我正在追。你别离开小镇，全力保障镇上居民的安全，我担心这是调虎离山之计。”

弓雨晴知道整个滨海渔村的古代人加起来也不是她的对手，她担心他们别有目的：引开她和警察，伺机袭击小镇。但是当她在森林深处见到余伊时，却觉得事情不太对劲。余伊穿着一身破旧的地球联邦士兵制服，在新熙雍市废墟的地下城避难所初次见面时，他就是穿着这身制服。

弓雨晴停下脚步，她今天穿的是一身漂亮的冬裙，并不方便战斗，原本想着迎接杨牧亦回家，出来时也只带了随身的窄刃链锯刀。余伊紧紧盯着链锯刀的刀锷上熟悉的军徽，科学审判庭的前身是地球联邦军残部，审判庭和联邦军有着相同的军徽。

余伊手里捏着一瓶药片，这是弓雨晴半个月之前交给他的抑制人偶之力的药。

弓雨晴问："你没把药给小妘？"

话音未落，她突然觉得背后一痛，舒小妘的声音从她背后传来："我不需要这些药，我只需要重建地球联邦，那才是我的家。"

直到此时，弓雨晴才明白，原来看似怯弱的舒小妘，才是古代人当中最不惜一切代价的强硬复国分子。她转身，看见了舒小妘朱红色的眼睛里灰色的泪，却不知道那是不是小妘最后的眼泪，她只知道，小妘总有一天会失去作为人类的所有感情。

小妘下手极狠，偷袭得手，紧接着就是杀人的狠招。她的攻击非常凌厉，只攻不守，势必要除掉弓雨晴。她拼命驱动灰潮，一棵棵大树被抽干能量变成飞灰，大雪下冬眠的生灵被剥夺了生命力，再也无法苏醒，这一切都变成攻击弓雨晴的能量。负伤的弓雨晴匆忙招架，但是抑制人偶之力的药物此时发挥了药效。

弓雨晴并不知道，逃离星舰联盟计划的制订者并非一根筋的余伊，而是她向来不戒备的舒小妘。余伊原本不打算让女人冒险打入公司内部刺探情报，舒小妘干脆就没告诉过余伊自己的计划，她单枪匹马接近弓雨晴，博得她的同情和信任，进入公司成为她的左膀右臂，接触到了很多原本只有弓雨晴才知道的资料，甚至偷到了人偶之力。

直到半个月之前，舒小妘拒绝服药时，才把计划告诉余伊。那时小妘对余伊说："如果你愿意和我合作，那么大家就一起离开星舰联盟；如果你不愿意合作，那我就独自离开，你一个人另外想办法。"

那时候，舒小妘认真维修着飞船，小声说："眼看水虹岛的项目越来越完备，利润也越来越高，如果我们成了郑氏集团的摇钱树，郑清音只怕不会轻易让我们离开。集团负责监视我们的有好几个级别的力量：最低一级是水虹岛的警察，他们只是普通人，不难对付，但是除掉他们并没有意义，他们只是无关紧要的小兵；往上是弓姐姐，战斗力极强，除非我偷袭得手，否则无法战胜；弓姐姐之上是璃静央，我们一定要在惊动璃静央之前离开，因为她是审判庭的高阶官员，很容易就能调动大批的审判庭战士来阻拦我们，其中甚至不乏弓姐姐这种级别的强者。我们无法跟这样的部队硬拼，就算我们不惜牺牲，硬闯过去，事情也就不可避免地闹大了，那样我们面对的就很可能是审判庭的大督察官阿史那雪。"当舒小妘提起阿史那雪的名字时，余伊只觉得恐惧感几乎都要让血液冻结了。

舒小妘说："离朱星舰的科学审判庭分部向来没什么业务量，各位督察官很少像别的星舰上那样保持即时联系。我们唯一的方法，就是偷袭弓姐姐，在他们的控制力上短暂撕开一个漏洞，他们应该不会那么快发现弓姐姐被偷袭，我们就趁这个机会赶紧驾驶飞船逃走。"

余伊知道舒小妘的计划后，不禁倒吸一口凉气。这女人的城府深得惊人，他想拒绝，但是又不忍看见她瘦弱的肩膀独自扛起重建地球联邦的梦想。他陷入了痛苦中，挣扎了很久，始终无法做出决定。

直到今天，舒小妘在公司得知杨牧亦正在回来的路上，知道弓雨晴必定用药物压制人偶之力，匆忙赶回水虹岛，便对余伊说："我必须今天动手，过了今天，杨哥哥回来了，我无论如何都无法同时对付弓姐姐和杨哥哥两个人。我很可能会送命，你带人逃走，我就死得有意义；你不动手，我就死得毫无价值，你自己看着办吧。"

余伊才发现自己已经被逼上梁山，不得不配合舒小妘。

灰潮使不出来了！弓雨晴知道这是药效的必然结果，却来得不是时候。她落在下风，避开舒小妘的利爪，跳到一棵大树上试图逃走，却看见小妘的灰潮凝结成标枪，刺穿了她的胸口。

这招，是今年夏天大家都还是最亲密的好友时，她和舒小妘在海边钓鱼，被巨齿鲨叼走猎物，她气不过，聚起灰潮烧结成固体，熔成炽热的尖枪，刺穿巨齿鲨所用的招式。她的格斗向来无招无式，却唯独给这招闹着玩的招式起了名字叫"龙枪"。万万没想到过了半年，就是这凌厉无匹的招式刺穿了自己的身体。

鲜血从弓雨晴身上迸射而出，鲜红，不带一丝灰色。"我们赢了！终于杀死这怪物了！"余伊的战友们兴奋地高喊着，舒小妘却脸色凝重，看着北方基地的方向。

舒小妘大声说："快撤！敌人来了！"

"是警察还是人偶？"余伊拿起枪，问舒小妘。

舒小妘说："人偶！很强大的特征信号，以前从没见过的！"

大家赶紧往南方的独树森林撤退。滨海渔村已经有一大批人撤到飞船上，只等着余伊一行人上船。舒小妘知道来者不善，要不是偷袭得手，她根本对付不了这个级别的对手，只能寄希望于对方停下脚步抢救弓雨晴，因而不得不放过他们。

弓雨晴并不是留在水虹岛监视他们的唯一一人，舒小妘仔细监听散发在空气中的人偶电磁波特征信号，那人在弓雨晴面前只犹豫了片刻，信号就消失了。她心中一惊：这也是个能在人类和人偶之间自由切换状态的混合型对手！

舒小妘把自己的地效飞行车留给了战友们，她自己化身炎龙，搭载着余伊往南飞。她利用人偶能力监听到的无线电波中传来一个更加不祥的航天塔台导航信号：科学审判庭的特殊飞船解除空间跳跃状态，即将降落在北方基地。杨牧亦回来了！

时隐时现的人偶信号在森林中穷追不舍，舒小妘顾不上杨牧亦即将回来的消息，只知道拼命向前飞。独树森林慢慢出现在眼前，她看到了飞船。地效飞行车上的战友们跳下车，爬进飞船，特征信号越来越近，飞船仓促升空，小妘全力爬升。飞船敞开的舱门边，战友们伸出手拉住余伊，余伊拉住舱门，向舒小妘伸出手："小妘！快变回人形！咱们一起离开星舰联盟！"

战友们却把余伊拖进船舱，大声说："大哥！不能让这种怪物上船！"到了这一刻，这些古代人仍然在排斥变成怪物的舒小妘。

"你们这群王八蛋！这是小妘的飞船！你以为是谁在舍命拦住敌人？"余伊和战友们扭打起来。

舒小妘监听到一个信号："姬红绫呼叫'唐古拉星海号'，目标：独树森林升空的飞船！"一束激光从天而降，飞船的引擎炸裂，借着惯性飞过水虹海峡，狠狠地在大地上擦出一道几公里长的凹痕，火焰和浓烟从飞船中冒出，人群连爬带滚逃离飞船。

“周琴姐姐？”舒小妘不敢相信，站在她眼前的，是那个整天做节目，嘻嘻哈哈没个片刻正经的周琴姐姐。

周琴说：“请叫我姬红绫。小妘妹妹，他们似乎想丢下你逃跑呢！”

舒小妘说：“这在我的计划中。我没想过要逃，总有人要留下来牺牲性命去断后的。”

这一刻，舒小妘想起了故乡被人偶毁灭时，牺牲了性命，让很多城里平民们逃出生天的父母。

而周琴想起的，是地球收复战时，多次负责断后，让战友们安全转移的弓雨晴。

“如果舍弃生命，有几分把握跟周琴同归于尽？”舒小妘心中忐忑，但是仍然打算赌一把。

独树森林在她们的激战中化为灰烬，漫天灰沙在刀割般的寒风中消散，余伊不知道他们之间谁胜谁负，只知道赶紧带人离开。

“如果计划失败，我们就只能孤注一掷。飞船一旦升空，要马上向西飞行，如果它被击毁，尽量让它坠毁在西面的大陆上。大家立即转移到咱们找到的那几艘还算完好的入侵者飞船里，我负责拖住敌人。能逃出多少人，就看运气了。”这是舒小妘对余伊交代过的后续方案，也是成功率最低，只能赌运气的方案。面对强大的星舰联盟，她实在没有更好的办法。

事实证明，这个方案彻底失败了。这群年轻人互相搀扶着，在大地上吃力地跋涉，好不容易找到离他们最近的入侵者飞船，却发现大批军警已经严阵以待，璃静央更是亲自坐镇现场。

当杨牧亦踏上水虹岛的大地时，他惊觉一切都变了。古铁雷斯大吼着骂他不配当个男人，把他拖上车，朝着南方疾驰。弓雨晴遇袭的消息是刚刚收到的，杨牧亦在蓬莱星舰精心挑选的求婚戒指还放在口袋里，正准备给雨晴一个惊喜。

浮空的警车护送着越野型救护车在森林中疾驰，警察匆忙封锁现场。杨牧亦走下车，整个人都惊呆了，森林中的大树东倒西歪，尽是灰潮腐蚀过的焦痕，雪化成了水又在树干上结成一层薄冰，一棵参天巨树上，一根灰潮烧结成的长矛把弓雨晴钉在树干上。

杨牧亦得知，弓雨晴的精神恢复正常之后的几个月里，她一直支持他努力奋斗，去谋求更好的职位、更高的社会地位。不管杨牧亦离开她身边多久，弓雨晴都无怨无悔，默默地等待他归来。

“你这浑蛋，你看看你都做了些什么！”古铁雷斯摁住杨牧亦，往死里打。

二十三、小寒傲雪归家翼

这一切悲剧的始作俑者是谁?

今天的天气是杨牧亦一生中见过最冷的，毕竟他以前生活的联邦末期，严重的温室效应已经让地球失去了冬天。但是弓雨晴说今天还不算冷。

“幸好我妹妹抢救了过来，不然我砍死你！你毫无疑问是个优秀的商业人才，但是作为男人，我只能给你打个不及格！”郑清音在电话里一点儿都不跟他客气。

没人能否认杨牧亦是个商业奇才，在这艰难的经济形势里，他的商业化运作养活了前前后后收留的总共数十万古代人，也激怒了一些古代同胞。他知道几十万人当中，必定有余伊这样一根筋想着要复国的人存在，也知道他们必定会搞事，但是伤到弓雨晴，却在他的意料之外。他摸不准女人的心思，没想到雨晴会为了他而大幅削弱自己的实力。

“别把姐姐的话放在心上，我这不是活得好好的?”轮椅上的弓雨晴倒是一点儿都不责备杨牧亦，但是高位截瘫怎么也说不上是“活得好好的”。

“又不是治不好，推我出去散散步吧。”弓雨晴怕杨牧亦担心，还不忘补充一句。要是人偶之力还在，这点儿伤根本就不算伤，但是在力量和爱情之间，她最终选择了后者。

杨牧亦在她耳边小声说：“不要放弃你的力量，我好不容易变成和你一样的怪物，想和你永远在一起。”

弓雨晴看了杨牧亦一眼，掏出抑制人偶之力的药片：“咱们一人一片。”杨牧亦拿过药瓶，丢进垃圾桶。

东叶市里热闹非凡，游人如织，不像别的大城市那样由于经济危机而萎靡不振。绝大多数游客都是冲着复刻地球联邦末期的历史而来，听着古代人讲述祖先们颠沛流离的生活，顿时觉得现在的经济危机还不算太糟糕，咬紧牙熬一熬，总是能熬过去的。一些有作战知识的游客选择了临时充当雇佣军，在广袤的雪原上和复活的机器人叛军厮杀，一解心头之恨，暂时忘记工作和生活上的辛苦。

一家叫作“博罗季诺老家”的面包店里，顾客很多，店老板是瘸了一条腿的古代人老兵，店里的壁挂式电视机正在播放古代人老兵的采访实录，弓雨晴示意杨牧亦停下脚步，静静地看一会儿。画面中，一名老兵正向记者讲述残酷的乌拉尔山阻击战，那时他们面对数不清的机器人叛军，弹尽粮绝，每名士兵都只能分到一小块用磨细的木屑和泥土混杂着少量人造面粉烤成的面包。活下来是不太可能的，每个人都知道要坚持作战至死方休，让后方的妇女和孩子们尽可能多地撤离。

“撤到哪里？”记者问老兵。

老兵说：“不愿离开地球的，就撤到地下避难所；愿意离开地球的，就撤到拜科努尔，在那里乘坐难民飞船逃离地球。后来拜科努尔也沦陷了，就转移到普列谢茨克基地、共青城，甚至是更加遥远的酒泉、文昌……”

记者问：“您的家人……”

“老婆和孩子都乘坐飞船离开了，听说在逃往南门二的路上被流放者兄弟会俘……不，收留。”老兵豆大的泪水顺着脸上的皱纹流下，手中紧紧握着巴掌大的画像，这是一名来旅游的画家根据他的描述为他画的老婆和孩子的肖像画。

记者给了老兵一个大大的拥抱：“也许，您就是我们的祖先之一。”

老兵的嘴唇一张一翕，好像还想再说些什么，但是最终还是没说，把一个若有似无的问号留给观众。来自同一时代的杨牧亦却知道，老兵想说的是那个时代的人对流放者兄弟会的恐惧。那都是过去的事了。

大街上，杨牧亦遇到了周琴，她一身风衣，肩上沾了薄雪。她告诉杨牧亦：“余伊和同伙们越狱了。”

杨牧亦说：“我知道。”这其实是三天前的事情了，那天的决斗以周琴重伤、舒小妘落败告终。周琴在医院里躺了十二天，小妘却下落不明。周琴出院后才知道余伊越狱的事。

周琴问：“有小妘的消息吗？”

杨牧亦说：“她跟余伊在一起。”

水虹岛的雪堆了半米厚，饥饿的舒小妘徒手撕裂一只凶猛的恐鸟，吞咽着余温仍存的血肉。拥有超越常人的力量，要付出很惨重的代价，其中之一就是被普通人排斥，只能孤独地生存。滨海渔村已毁，水虹镇驱逐她，她唯一的去处原本应该是投奔弓雨晴。

弓雨晴在发现她窃取人偶之力后，就警告过她："星舰联盟在五百多艘星舰组成的世界之外，另有三艘巨星舰，供我们这种强化人、人偶和最高科学院的永生科学家们定居。大家都是普通人眼中的怪物，他们敬重我们，同时也排斥我们，所以我们只能远离凡尘，抱团取暖。如果你不加入我们，宇宙虽大，又有谁愿意收留你？"

也许当初发现时就阻止她，才是最正确的选择，但是那时，身为强化人的弓雨晴又怎么会阻止无家可归的舒小妘成为同类？弓雨晴甚至想过在蓬莱星舰给舒小妘买一套房，想好了要和强化人朋友给她举办一场盛大的欢迎宴会，想好了欢迎她加入强化人大家庭的祝词。只是后来，事情没有往她预想的方向发展。

雪地里，余伊向舒小妘伸出手，邀请她一起走，余伊身后的同伴们却跟舒小妘保持着十几米的距离，对她非常忌惮。舒小妘知道自己会被排斥，但是她当初打定的主意是和弓雨晴、和科学审判庭的追兵同归于尽，像她生活过的那个时代的老兵们一样慷慨赴死，所以在她当初的计划中，这种排斥无关紧要。

然而，手无寸铁的同伴们离不开舒小妘，他们唯一可以充饥的食物是她吃剩的野兽。舒小妘在前面走，她利用人偶之力捕捉飞船通信的电磁波，试图寻找可以离开这个世界的飞船，但是所有的飞船都在她不可及的高空之上。熟悉的"唐古拉星海号"在半个月前送弓雨晴到蓬莱星舰急救之后，就一直没在水虹岛上空出现过。舒小妘突然发现自己很想念弓雨晴。

“煎鸡蛋不能把蛋壳一起煎。”“古筝要用指甲来拨。”“这套仿古真丝罗裙是准备在七月初七给杨牧亦的惊喜。”“你说八月十五是嫦娥升空的日子还是到达月球的日子？”“我相信杨牧亦一定会回来的。”……那些日子，弓雨晴教了舒小妘很多原本属于地球却在联邦末期佚失于战乱的文化；弓雨晴也经常和她在北方基地的星空下，想象着杨牧亦风度翩翩地出现在面前的样子。

“大哥，前面是水虹镇。”一名战友对余伊说。

寒风伴着大雪，冻得每一个人的骨头都咯咯作响，这是他们经历过的第一个真正的冬天，没有人知道该怎样取暖避寒。余伊带着大家，决定到水虹镇躲一阵子风雪。水虹镇还是那么破败，唯一的小酒馆所有的窗玻璃都被砸碎了，用木板胡乱封了破窗，黑漆漆的像个黑店，门边挂了“联邦星球殖民部”的破木板招牌，托马斯不在家，八成又去东叶市录节目了。小镇虽然破落，但是大家走在不知多久没清扫过垃圾的街道时，只见街两边全都是名头大得吓人的部门：以前的小花店被改成财政部，部长大人亲自动手印刷劣质钞票，作为纪念品向零零散散的游客兜售；以前的咖啡厅被改成联盟防卫部，白发苍苍的将军裹着慈善机构发放的毯子蜷缩在屋子烧火取暖；小镇尽头的小别墅以前是弓雨晴的家，现在那块“地球联邦临时政府总统府”的破招牌特别扎眼。

余伊一行在大雪中颤抖得像是树枝上残留的枯叶，他们原本指望着在水虹镇找个避风港，躲避一阵子暴风雪，但是现在看来，小镇穷得掉渣，只怕不会有人收留他们。余伊看到了斯迪克，他比以前更苍老了，佝偻着腰，身上裹着厚厚的大衣，臃肿不堪。

斯迪克看到余伊一行十几人，揉揉昏花的老眼，眼睛慢慢湿润了，在水虹镇，他已经很久没见过敢于和星舰联盟作对的年轻人了。他流放了所有敢于反对他的人，最终身边只剩阿谀奉承之徒；当他大声下令攻打星舰联盟时，这些阿谀奉承之徒又跑了大半，最终整个水虹镇只剩下这么点儿老人。

斯迪克敞开大门，一反常态，热情地迎接这些年轻人到“总统府”躲避风雪。他们踏进这座小楼，抖落满身的雪，雪水在室内融化，感觉更湿更冷了，所有的人都冻得瑟瑟发抖。斯迪克在地球时从来没用过地暖一类的取暖设备，小别墅里所有的取暖设施对他来说都是陌生的，他只知道把能找到的被子毯子统统用绳子绑在身上，把自己捆成一个粽子来取暖。

“来来来，大家喝点儿热汤取取暖。”斯迪克给大家煮了满满的一锅热汤。清水煮面包片，煮成一锅面糊糊，味道虽然不太好，但是他敢保证绝对能吃。水煮面包、清蒸面包、红烧面包、白切面包、醋熘面包、酸辣面包……斯迪克用尽了自动烹饪机上所有的功能，为年轻人准备了各种口味的丰盛面包大餐。

“没面包了，我出去再叫他们送点儿过来。”斯迪克又给自己身上捆了一床被子，缩着脖子出了门。他赶走的人太多，贵为“总统”的他，身边连个可以使唤的用人都没有。

“这破镇子有地方卖面包？”有战友起了疑心。

舒小妘由于拥有人偶之力，听力远比正常人类强，她听到了斯迪克在外头打电话：“喂？莱莉雅……莱莉雅，是我啊！余伊和舒小妘一伙儿被我暂时挽留在家里了，最好是快点儿派人过来吧，我这把老骨头控制不住他们……你要按地球联邦末期的总统标准，提高我的待遇？

谢谢，谢谢你……”说到最后，斯迪克的声音竟然带着近乎哭泣的颤抖。

“我们被斯迪克出卖了。”舒小妘的声调慢悠悠的，不带任何感情波澜。他们都知道斯迪克是个倔老头，宁死也不会向星舰联盟低头，但是他们忽略了他口中的“莱莉雅”——他活下去的唯一精神支柱。

“快走！”余伊知道大伙儿手无寸铁，根本没办法和对方搏斗。他们夺门而逃，却没想到对方来得非常快，一艘飞船竟然直接通过空间跳跃瞬间出现在小镇上空——“唐古拉星海号”。

人还没现身，声音先到：“余伊大哥，好久不见，你这匆匆忙忙的是要去哪里？”一个披着名贵风衣的年轻人顺着飞船投下的光柱慢慢降落地面，风衣敞开的领口下是黑色的科学审判庭制服，他手中拄着的窄刃链锯刀上篆刻着余伊熟悉的名字：杨牧亦。

同一个人，实力和地位不同了，气势自然也会截然不同。当年随着余伊在地球上惶惶不可终日地寻找容身之地的残兵败卒杨牧亦，现在正岿然如山地站在他们面前。

舒小妘飞快地思考眼前的形势：动起手来，我们的胜算非常低，但是他有我们急需的飞船。我那致命一击，弓姐姐还不知道是死是活，杨牧亦不会放过我的。逃跑吗？他飞船激光炮一开火，我再快也快不过光速……

舒小妘猝然出手，速度极快，但是杨牧亦的速度更快，反手一巴掌，她整个人像是断线风筝般飞出去，撞塌了夹着保温材料的别墅木墙。

他们这才知道，杨牧亦不忌讳打女人，特别是打这种出手就要人性命的女人。杨牧亦的实力和弓雨晴是一样的，舒小妘知道如果当时不是偷袭弓姐姐得手，只怕也是这样一招就败了。

“我不过是想离开星舰联盟，你凭什么阻挠我？”余伊知道自己逃不掉，横竖不过是一死，干脆破口大骂。

“离开之后，想去哪儿？”杨牧亦怜悯地问余伊。

余伊大声说：“当然是回地球！”

舒小妘试图偷袭，再次出招，杨牧亦手臂一抬，掐住她的喉咙。舒小妘只觉得力量不断消失。毫无疑问，杨牧亦接受过克制人偶之力的训练。舒小妘试图挣开杨牧亦的手，吃力地说：“不要剥夺我的力量……我需要这种力量重建地球联邦……”

杨牧亦慢慢松手，舒小妘跌落在雪地上。他曾经感激过舒小妘，同情过舒小妘，但是在舒小妘差点儿杀了弓雨晴之后，这一切感激和同情都不复存在了。杨牧亦对余伊说：“地球已经不适合人类生存了，你们回去也活不了的。”

余伊慢慢抱起舒小妘，用蔑视的眼神看着杨牧亦。杨牧亦想起了这种眼神，这是在恍若隔世的第七次机器人叛乱中，大家面对机器人叛军，明知道冲锋是送死，仍然一声令下慷慨向前的勇气。

天空中，周琴的无人机在盘旋着，水虹镇这十几名来自地球故乡的年轻老兵让整个星舰联盟的观众都看见了他们坚毅的神情。在那个遥远的年代，他们就是这样坚定地站着，牺牲自己，为数不清的老弱妇孺争取时间撤离地球。那些逃往太空的孤儿寡母们，很多都成了星舰联盟的祖先。

“让他们走。”杨牧亦收到了通信器里的命令，这是来自科学审判庭最高层的命令。

“但是，那是送死！”杨牧亦急了。

一艘极大的飞船降落，那是阿史那雪的“渺云千仞雪号”。余伊看见了阿史那雪，身后跟着一群审判庭的军官，军装上的军徽和余伊身上破军服的军徽相同。

一名两鬓斑白的审判庭将军向余伊敬礼：“为了人类的生存而战！”喊这句口号时，他用的是地球时代的语言，而非联盟通用语。它是审判庭的信条，也是曾经响彻地球战场的口号。七千年前的第七次机器人叛乱中，这个口号曾经响彻兵临城下的纽约，响彻机器人叛军滚滚南下的华北平原。直至七千年后，还曾经响彻太阳系收复战的每一个战场。

没人能打败阿史那雪，不管七千年前，还是七千年后，她都是无敌的存在。舒小妘全身发抖，蜷缩在余伊身边，那抹不去的恐惧感让她不敢直视阿史那雪青色的眼睛。阿史那雪就静静地站着，看着余伊，什么都不说，什么都不做。

余伊向前迈出了一步，然后是第二步、第三步，心头的恐惧让他的脚步微微发抖，但是他还是抱着必死的决心向前走。他要逃离星舰联盟，阿史那雪身后就是他急需的飞船。

杨牧亦大声说：“地球已经不适合人类生存了！七千年前崩溃的生态环境到现在都没能恢复！永远都无法恢复了！”

余伊停住脚步，低下头，不敢再看阿史那雪的目光，那场机器人叛乱，联邦毁灭的源头正是七千年前地球生态的大崩溃。是坐视人类在大崩溃中灭绝，还是把人类数量削减到脆弱的生态圈能承受的数量？人类迟迟没有做出决定，于是机器人基于古老的“机器人三大法则”选择了后者并展开杀戮，试图削减人类数量来确保人类作为一个物种的生存。

余伊和阿史那雪擦肩而过，发抖的身体勉强镇定了下来。

杨牧亦问："阿史那督，您不阻止吗？"

阿史那雪说："是的，重返地球是死路一条。但是七千年前，流放者兄弟会逃离太阳系时，我也认为那是死路一条，所以我离开地球，追杀流放者兄弟会，想收集他们的基因样本，作为将来重建人类的种子，避免人类的基因消逝于他们死路一条的流浪中。我穷尽一切算法，最终却没能算到人类创造奇迹的无限可能性。"

星舰联盟是一个奇迹，阿史那雪套用过无数人类社会学模型，推算的结果都是：这支弱小的流亡舰队原本应该在找不到合适的星球定居之后，在流浪中走向灭亡。谁能想到七千年后的今天，他们会成为雄踞一方的霸主？

余伊突然夺过杨牧亦手中的窄刃链锯刀朝阿史那雪刺去。她没反抗，刀刃也刺不穿她的身体，这蚍蜉撼树般的实力差距让余伊绝望。她说："飞船送给你，要是哪天你需要我们的帮助，就呼叫我。"

余伊抱着负伤的舒小妘，带着战友们上了飞船。这艘飞船非常先进，却采用非常简单的语音控制，使用阿史那雪诞生的那个时代的地球语言。舱室内简单素雅，所有的生活设施一应俱全。飞船升空，广袤的大地和海洋在飞船身后慢慢缩成蔚蓝色的星球，大气层外的漫天星光，分不清哪些是遥远恒星的光辉，哪些是遨游星际的大型飞船的光芒。只见流淌的星河从肉眼看不到尽头的远方，延伸到自己身边无数的人造繁星，然后又延伸到肉眼看不到的另一端遥远深空。

几次空间跳跃，飞船来回穿梭太阳系好几遍，都检测不到任何生命存在的迹象。飞船停泊在地球上空的大气层顶端，土黄色的大气层风沙弥漫，像是另一颗毫无生机的火星。余伊绝望之际，在控制台边翻到阿史那雪的笔记。

花开花落，草木荣枯，七千年不知见过多少次沧海变桑田，多少次星陨化飞尘。就连太阳也有燃尽坍缩成白矮星的一天，就连宇宙也有热寂的时候。君不见冥古宙时奔流于焦热大地上的岩浆河流汹涌澎湃；君不见太古宙时最古老的生命诞生于覆盖全球的海洋中，而陆地只是零星岛屿；君可知元古宙时海洋退去，最古老的大陆板块慢慢露出雏形？人生不过百年，地质年代动辄以亿计算，君只见显生宙时万物生长，无限繁荣；君不知终有一日，地壳下熔岩不再灼热、磁极逐渐消失，浩瀚海洋再次干涸。火星体积小，来不及孕育智慧生物，就早早地走完了生命的全程。而火星的今天，也将是地球不可避免的明天，人类的破坏，不过是加速了末日的到来。地球故乡就像主人童年生活的小山村，依稀记得主人提起小时候逢年过节那热闹的鞭炮声，然而少小离家，待到年迈试图落叶归根，才知当初小山村，早已荒草蔓延。

余伊不死心，反复进行空间跳跃，将地球各大行星的每一寸土地都扫描一遍，始终没有发现人类生命信号。飞船的能量在一次次耗能巨大的空间跳跃中被大量消耗，剩余的能量已经不多了。太空荒凉寂静得可怕，飞船里静得连心跳声都依稀可闻，有人强忍住哭声，但眼圈还是红了。

余伊的声音打破寂静：“我们只剩最后一次空间跳跃的能量了，只够夹着尾巴逃回星舰联盟。”话音过后又是死一样的沉默。愿意跟他逃离星舰联盟的，都是连死都不怕的硬汉，又有谁会为了活命，乖乖地回去?

“我们还有另一条路，至少能暂时活下来。”舒小妘细细的声音像针划破寂静。余伊搜索太阳系时，她就已经留意到那个蛰伏在奥尔特云中的沉默身影，她伸手指着那个体积将近三分之一个月球大小的沉默巨影，让大家都倒吸了一口凉气：那是一艘航天母舰，编号CV587，“哪吒”。

最后一次空间跳跃，“渺云千仞雪号”慢慢接近“哪吒”表面巨大的环形山，舒小妘和“哪吒”取得联系，幽暗的飞船发射井慢慢打开。

他们不知道，航天母舰内部有完善的生活设施，有可以运作上百年的生命循环系统，甚至还有可供休闲的人工森林和人造湖泊，这一切原本已经停止运行，但是阿史那雪提前重启了它。

“你看那是什么？”有人指着舷窗外的夜空问她。

舒小妘说：“星舰联盟最常见的超光速客运飞船。”

他们不知道，星舰联盟刚刚通过一个重大的决定：在告知太阳系和地球的现状之后，所有的古代人同胞愿意留下的就留下，想回家的就赠送飞船，让他们离开。星舰联盟已经没有能力继续打肿脸充胖子，绑着这些古代同胞，强迫他们接受大家好心的施舍了。

很多古代同胞都想返回地球，哪怕明知道会死。

更多的星舰联盟公民知道自己永远都回不了地球，只能在最外围的奥尔特云远远眺望传说中曾经是蔚蓝色的故乡。

三艘巨星舰慢慢隐去，返回凡人难以到达的另一个维度的宇宙。他们洞悉一切，却不能轻易开口。

二十四、大寒星霜复远行

我们从这场等待了七千年的复仇和横跨无尽星海的远征中得到了什么？

数以万计的年轻士兵，永远地沉睡在地球战场的黄沙下；曾经强盛的联盟，经济到了崩溃边缘；曾经闪耀星空的地球人殖民星，熄灭了三分之二。付出那么多代价，却没有赢家。

没人能打败星舰联盟的太空舰队，除了恶劣的经济形势。如此沉重的损失，前所未有。

有时候，找最高科学院提供参考意见，无异于烧香拜佛求神仙指点迷津，他们明知道事情会带来什么后果，也不见得会开口。数十年前，科学家们发现地球故乡的坐标时，谁敢冒天下之大不韪，大声说“我们不要回故乡，别去找机器人叛军复仇”？

科学审判庭，银装素裹的梅树林依稀可见尚未绽开的花苞。七位大督察官很难得地聚在一起，作为大督察官当中唯一的非人类，阿史那雪仍然像夏天时那样，一身清凉的打扮。

阿史那雪看着梅花树："本来不想出面的，又怕那些孩子撑不起局面。"

"有人告诉过你，担心孩子不成器是人类的典型思维吗？"大督察官欧阳对她说。

阿史那雪说："不必你提醒，我心里清楚。"

"接下来的烂摊子，只怕比我们回来之前还要烂。"大督察官张伯伦说。

世俗的事，如果不是危及星舰联盟生存的大事，那也没理由插手。尽管大家都很清楚，以战止战留下大量被炸回石器时代的殖民星，那都是适合人类生存的星球，离开的古代人在地球找不到合适的生存环境，必定改为前往那些殖民星。到时候会发生什么事，就是另一个故事了。

联盟政府已经顾不上殖民星了，毕竟光是联盟内部的烂摊子就足以让政府焦头烂额。各大城市都爆发了游行示威，示威人群冒着大雪高举标语高喊口号，有些地方还演变成暴力冲突，科学审判庭作壁上观，意味着这件事还没闹到可以威胁人类存亡的地步。政府的最高执政官正在发表电视讲话试图平息事态，他的电视讲话出现在全联盟所有的电视屏幕上。

执政官回顾了星舰联盟的崛起历程：当年逃离地球的流放者兄弟会在南门二的殖民星通过非常不成熟的空间跳跃技术，一逃不知多少亿光年，到了连他们都不知道是哪儿的陌生星海。那里没有适合人类生存的星球，只有无数对外来者充满敌意的外星文明。这些太空海盗的后裔们凭着骁勇善战的性格，顽强地活了下来。从流放者兄弟会改组成星舰联盟，从居无定所的流浪汉成为漂泊不定的顶级霸主，外星文明众多的星海中，他们强大的星际舰队镇守着一片又一片的星区，震慑着数不清的外星文明，维持着和平，也保护着自己漫长又繁荣的星际贸易航线，源源不断地往联盟输送利益。

执政官说："……那是星舰联盟的黄金时代，是我们爷爷辈、曾祖父辈、高祖父辈的美好生活。那时的怀斯托斯星舰接到的飞船订单多如鹅毛大雪，数不清的外星文明排着队用真金白银购买我们先进的超光速飞船，所有的工人都不担心会失业，工资高到令我们这辈人无法想象。很多外星文明以拥有星舰联盟生产的电子娱乐产品为荣，他们到我们的世界旅游、购物，为我们带来巨大的财富。我们精明的大商家善于制造流行，他们可以为某些十八条腿的外星人量身定做牛仔裤，向使用声呐确定方位的水生型外星人推销墨镜，向硅基生命体推销茶叶和咖啡，就算没有需求的地方也能被他们开拓出市场，成为源源不断的新财源。我们的文化成为霸主标杆的象征，他们学着我们，过起那些地球古代的传统节日，我们一个蹩脚三流歌手到他们的世界转一圈，都能圈回无数的金钱……

"这一切，都在科学家们发现地球故乡在宇宙中的坐标之后，发生了改变。阔别七千年，夜深梦萦的故乡，我们地球人的起源地，祖先们仓促逃离的故乡。那个时候，我还是中学生，但是我永远忘不了整个星舰联盟五百多亿人口集体发出'要回家'的呼声！你们这代的人，无法想象当时爷爷辈们的决心，他们切断全部的星际贸易，撤回镇守所有星区的航天母舰战斗群，所有的人都勒紧裤腰带做好准备，有人捐出了全部的家产，有人投笔从戎，生产民用飞船的工厂迅速转型制造星际战舰，生产车辆的企业不顾损失转为制造将来残酷的地面战争所需的坦克和战车，最高科学院中止了一切跟军事无关的科研，归家的长路上我们不惜一切代价，碾碎任何拦在归途上的外星文明……

“我们赢得了太阳系收复战。当我们庆祝胜利时，从没想过竟然亲手挖了一个坑把自己埋了进去。各殖民星地球人后裔竟然在失去机器人叛军这个共同的威胁之后厮杀起来，战火很快波及星舰联盟。逐渐恶化的经济形势，让我们强大的舰队瘫痪在太空轨道上，我们第一次发现自己竟然虚弱到失去了抵御外敌侵略的力量。我们一直杀伐果断，从不手软，但当面对的敌人是地球同胞时，我们陷入了不知道该如何应对的局面中，毕竟地球人之间的战争，对我们来说已经是几千年前的往事。同时，联盟的经济正在崩溃，我们的财政已经见底了，甚至无法再足额支付士兵们的薪水，我们引以为豪的航天母舰战斗群像死鱼一样飘浮在太空轨道上，我们的星际贸易已经瘫痪，大量的工人失业，巨大的工业产能在这片群星稀疏的星海中找不到买主……”

执政官鼓足勇气继续说：“现在，我们必须离开故乡，回到那片让联盟崛起的遥远星空去！那里有我们祖辈奋斗过的密集星群，有我们赖以生存的资源和财富！”

听众席上嘘声一片，有人愤怒地朝主席台上投掷臭鸡蛋和烂番茄。好不容易回到故乡，谁愿意说走就走？

执政官擦去脸上的烂番茄汁，说：“我知道，在大家眼中，我是个软弱的窝囊废，遇上事情就只会跑到蓬莱星舰，跪求科学院的各位姑爷爷姑奶奶出手相救。很多人都说放头猪在我的位置上，都做得比我好！是的，但不要忘记，我们的祖辈选择了回故乡，选择了战争！而你们，选择了比猪还蠢的我！”

讲话稿被执政官撕成碎片，抛向空中，他大声说：“现在我宣布！离开故乡！你们可以辱骂我，控诉我，弹劾我！但是，只要我还是最高执政官，这个命令就决不更改！”

“我不能接受！”听众席中，有人站起来反对。他的声音很孤独，他原本以为会有很多人一同站起来，没想到，只有自己。

对故乡的思念与生活的现实需求之间孰轻孰重，很多人心头都有杆秤。大家就像个离家好多年的孤儿，在大城市功成名就了，想家，回到山村老家的路口时才发现，自己已经回不去了。在大城市，他日子过得非常舒服，能耐大得可以呼风唤雨，但是在贫瘠荒凉的荒山废村，他连一间不透风的房子都找不到，连一块可以充饥的红薯都挖不到。想家，这不假，但是最终只能离开。

今天，是传承自地球故乡的二十四节气中的大寒。他们不要最舒适的环境，他们只要复刻故乡的气候变化，为此不惜让卫星轨道上的人造太阳周期性变轨，哪怕酷暑严寒都不怕。

戴森球笼罩着整个星舰联盟，它的直径将近两个光年，由特殊的空间泡构成，它拦截了联盟内部无数人造星体和宇宙飞船的光芒，把这片人造星海辐射的能量截留下来重新利用，也让整个联盟隐藏在宇宙背景辐射中。从外部看去，星舰联盟就像个沉默的黑洞般让人无法发觉它的存在。

戴森球体解除，万千人造星辰的光芒照亮整个星空，数百艘星舰环绕着空荡荡的中心旋转，像一片看不到中心恒星的超级太阳系。

七位大督察官出现在人造星系中心取代恒星的引力发生器前面宣读命令："经联邦政府命令、最高科学院授权，星舰联盟结束停泊状态，转入迁徙状态。"工作人员关闭恒星级引力发生器，产生引力的希格斯玻色子被转换成没有静止质量的其他粒子，引力以光速在太空中消失，人造星系的上百艘星舰沿着切线方向飞离，然后启动星舰引擎，缓缓转向。

在这滴水成冰的季节里，联盟五百多艘星舰的每一艘星舰上，冰封在南极大陆的所有巨型行星引擎都逐一亮起。灼热的温度烧裂冰山，露出巨大的引擎真容，高耸的冰壁接连爆裂，坠入海洋，冲天的巨浪在南极大陆边缘腾起，高温从南极上空的大气层往全球扩散，气候紊乱，海平面迅速上升，奔腾的涌浪漫过赤道，扑向位于北半球的各片大陆。

这就是流浪的代价，星舰联盟很少变轨机动，更多的时候是依靠惯性在太空中漂泊。这种近乎灾难的变轨在发现故乡时用过一次，到达南门二时用过一次，每次都付出了不小的代价。今天，他们不得不再承受一次损失，为的却是离开故乡。

谁知道这些引擎的工作原理？超越了古老的核聚变飞船发动机，超越了忙碌于平凡工作岗位的芸芸众生所能理解的科学理论，根植于大统一理论，延伸向高不见顶的科技树巅峰，它散发的光芒像是无数巨柱，穿透一切凡尘，直接作用于狄拉克海，直抵"众神"的宫殿。

星舰群缓缓转向，原本正对着太阳系的北极慢慢掉头，星舰表面各片北方大陆上的城市群里，人们承受着气候剧变带来的飞沙走石，但是很多人还是走出家门，冒着狂风，抬头看着原本像北极星般岿然不动、指示着故乡方向的遥远太阳慢慢南移。

星舰拥有地球般大小的身躯，转向需要好几天时间，这已经算是快得超越普通人认知的速度了。巨大的扭力引起滔天的巨浪，海水倒灌陆地，拍打着各座城市外围临时筑起的防波墙。

“疯子！整个星舰联盟都是疯子！”水虹镇里，修葺一新的“地球联邦临时总统府”里，斯迪克震惊地看着窗外翻涌的惊涛骇浪。海啸把厚厚的海冰撕碎，抛向陆地，海水冲垮厚厚的积雪，拍打在镇外的防波墙上。无论是森林，还是草原，整个大地都成了夹着浮冰的泽国。钢化玻璃筑成的防波堤如此结实，水墙不停拍打都撼不动它丝毫，深埋地下的真空磁悬浮地铁也不受影响，仍然有不少游客无视这滔天巨浪到水虹镇游玩。

“总统阁下，用餐时间到了。”一名男仆站在斯迪克身后提醒他。弓雨晴按约定给了斯迪克总统生活的排场，每日三餐都是丰盛到让他不敢想象，并且还有各种陌生的贵客陪同他一起用餐。在现在的水虹镇，有一个很有名的旅游项目——“与总统阁下一同进餐”，游客们需要身穿礼服赴宴，恪守古老的地球时代烦琐的用餐礼仪。尽管这个项目名额有限，但是仍然非常火爆，游客们往往需要提前竞价购买共同用餐的名额。

斯迪克在宴会现场入座，嘴角堆满微笑，他知道自己只是公司的赚钱工具，跟动物园里的猴子无异，但是公司为风烛残年的他提供了非常好的待遇，比真正的地球联邦末期坐困愁城的总统待遇还要稍高一些。他可以闭上眼睛幻想这是征服了星舰联盟之后获得的尊贵享受，为此他感到非常满意。

人的一生，能看见一次星舰实施变轨机动已经是很难得的体验了，很多人一辈子都未必能见到一次；而这个时代的人，不知道是幸运还是不幸，在不到十年的时间里就目睹了两次。

北方基地。古铁雷斯带着年轻人冒着狂风巡视防波墙，整个基地成了汪洋中的孤岛。十米高的拼接巨墙不知道能不能抵挡住洪水流冰的拍打，而那些滞留基地的游客们，仍然兴奋不已地聚在基地最高的建筑物上拍摄大洪水的画面。

等到洪水退去，太阳系沉没在南方的地平线下，人们就再也看不见地球故乡了。水虹岛最高的山上，杨牧亦抬头看着夜空中慢慢南移的繁星，天上那轮蔚蓝色的“月亮”是跟离朱星舰互为双星的荷鲁斯星舰。弓雨晴坐在他身边。此时，星舰的南极也喷射出淡蓝的光芒，那是引擎工作时的高温所散发的蓝光。

弓雨晴静静地听杨牧亦讲述地球上的故事，讲完了一个，便换弓雨晴讲述星舰联盟的故事，他们都有很多故事讲给对方听。那些位于比宇宙诞生之初的第一束光还要遥远的世界之外的璀璨星海，有很多地球故乡的人从未听说过的外星文明，发生过很多杨牧亦想象不到的事情。

“星舰联盟真的这么强？”杨牧亦颇为诧异。

弓雨晴点头：“如果地球不是故乡，让巡天战列舰对着太阳发射一发人造黑洞，战争就可以结束了。”

但是，现在的星舰联盟，已经不是当初它最强大时代时的样子了。为了凑够返回遥远群星的能量，又有一批军舰被抛弃，巡天战列舰“罗睺”“奥丁”，以及十几艘航天母舰被永远留在了故乡。至此，联盟军损失了超过一半的主力巨舰，从来没有任何一次战争让联盟付出过如此惨重的代价。

惊涛拍岸，巨浪舔舐着山脚的乱石，杨牧亦看着夜空中那颗最亮的星，眼眶湿润了。那是遥远故乡的太阳，今晚，也许是最后一次看到故乡的太阳了。

弓雨晴拿出手机：“牧亦哥，要给余伊留个言吗？我可以让老师帮忙转发。”

在 CV587 航天母舰“哪吒”之上，余伊一行人算是暂时安顿了下来，他们又收留了几艘飞船的几百名同胞。母舰的生态循环系统养活区区几百人完全没问题，但是将来该何去何从，他们仍然一筹莫展。

指挥室的星图上，曾经璀璨如繁星的地球人殖民星已经熄灭超过三分之二，大量的地球人文明被炸回石器时代，死寂的太空没有回应余伊发出的呼叫信号。舒小妘指着一颗尚未熄灭的殖民星说：“我们去这里吧。”

那是一颗荒星。“荒星”是地球联邦对人类只能勉强生存却没有多大利用价值的殖民星的称呼，这类星球都很偏僻，既不是交通枢纽，也不是战略要地，更没有宝贵的资源。星球上开发廉价资源所得的利润还不如太空运输的成本高，每运送一吨货物就亏一吨货物的钱，久而久之就被联邦遗弃了，任由星球上面的定居者们自生自灭。

荒星往往缺乏支撑高科技社会的资源禀赋，失去联盟的支持之后，往往会迅速衰退，从太空时代衰落到只能勉强糊口的农耕时代。没人觊觎这样的星球，这倒是让它躲过了殖民星内战的摧残。

当余伊让“哪吒”通过空间跳跃到达那颗荒星上空时，航天母舰巨大的身躯遮挡了阳光，形成日食，重归愚昧的同胞们惊恐地对着消失的太阳匍匐膜拜。当一个文明失去支撑先进产业的条件，衰落到落后的农耕时代时，一切先进知识就成了多余的东西，久而久之就失传了，致使愚昧再次统治了人们的心灵。

航天母舰亮起光柱般的降临通道，余伊带着舒小妘和战友们降临，同胞们惶恐地把他们视为天神，顶礼膜拜。这颗星球缺乏煤和石油，让重建工业文明成为不可能的事。他们看见了宫殿、楼宇、木材和石头建成的城市，退化到农耕时代的人类文明顽强地延续着，却看不到诞生工业革命的希望。

“我们要想办法改变这一切。”余伊看着同胞们的愚昧落后，心中不忍。舒小妘扶起一名猎户，拿过他手里崩了口的小刀——落后的冶铁技术做不出好的工具。于是她伸手按住大地，掌中渗出的灰潮抽出泥土中的碳和钨，她的手掌慢慢抬起，一把碳化钨小刀随着灰潮冶炼金属的炎热慢慢从地上抽出。灰潮的冶金原理，类似于蚌类生物可以在无数种酶的作用下形成被称为“珍珠”的无机物碳酸钙晶体，只是它能制造的东西比天然生物更广泛。

“神！是神！”百姓们奔走相告，舒小妘无奈地摇头。

余伊大声说：“我们要重建地球联邦！要发展高科技！要让所有

的人摆脱这种落后愚昧的生活！”

“大哥，你看天空！”有战友提醒余伊抬头。日食形成的夜空中，那璀璨的星舰联盟正在慢慢移动，像是无数繁星在逐渐远离天幕中的位置。

他们走了，星舰联盟走了！余伊想不明白，这个强大的联盟回到故乡，把世界弄得一团糟后又离开了，到底图个什么？也许他们真的什么都不图，纯粹是因为想家了。

余伊收到了“哪吒号”传来的消息，那是杨牧亦发来的："老战友，我走了，要到不知道多少亿光年之外的遥远太空去，这一走也许就是永别。如果将来某一天，星舰联盟再回故乡看看，希望你们已经重建地球联邦，希望星舰联盟和地球联邦的后代们能坐在一起，把酒言欢。”

星舰联盟离去的光芒以光速在太空中扩散，巨大的星舰群在太空舰队的护卫下将利用数年时间以 0.7 倍光速远离太阳系，到达比南门二更遥远的空旷深空，避免下一步的加速引发的引力扰动破坏故乡。他们将在那儿启动空间泡发生器，利用空间膨胀速度可以超越光速的特性开始超光速旅行，寻找足以展开巨型虫洞的更空旷的空间。

回趟家不容易，离开也不容易，群星飞奔的星舰联盟所途经的世界的所有星球都在他们强烈的引力激波中战栗发抖。在那些被炸回石器时代的殖民星上，残存的军队朝着天空开枪，激动得大喊："我们打败了邪恶的侵略者！他们终于撤退了！”他们的故事，将在未来衍生出无数个版本，并且可以预见，跟地球时代那些老掉牙的地球人打